개는 어떻게 웃는가

개는 어떻게 웃는가

김병용 소설집

작가

나는 이 자리를 통해 이 책에 실린 작품과 그 시간을 이야기하는 대
신, 이 책에 실리지 않은 작품과 시간에 대해 말하고 싶다. 그 시간은
설명될 수도 없고, 누군가에게 이해를 받아야 한다거나 내 스스로 떠
벌려야 할 시간도 아니지만, 이제 이 작품집을 묶으면 영원히 봉인될
것만 같은 시간이란 생각이 드는 까닭이다.

외도, 나는 이 책에 실린 작품들을 내팽개친 채 다른 길을 떠돌았다.
돌이켜 생각건대, 그 시간이 되돌아온다고 하여도 나는 여전히 집 바
깥으로 뛰쳐나왔을 것만 같다. 하여, 다른 길을 좇은 것에 대한 후회는
별로 없다. 학생들과 함께 하는 시간이 좋았고, 선후배들 뒤치다꺼리
가 남의 몫이 될까 두려웠다. 그게 당시 내 앞의 삶이었다.

자연스럽게 소설은 내게 손에 닿지 않는 열망 같은 것이 되었다. 마
치 허황한 꿈이 무거운 내 이마를 지탱하는 것처럼, 소설에의 열망이
그 시절 나를 끌고 나갔다. 그런 시간들이 내게 있었다. 마치 누대에
걸친 덤덤한 세교世交처럼, 소설과 내가 지낸 시간은 그렇게 흘러갔다.

그런 사이, 나는 낡았다, 자연스럽게 여기 담긴 이야기들에도 세월
속에 너덜너덜한 때가 끼었다. 누추한 시절, 불민한 한때, 그리고 나이
를 먹은 이야기……. 어린 시절, 산판을 하는 외삼촌을 따라 다닌 적이
있었다. 그때 거기서 일하던 목부들에게 가장 많이 들었던 이야기가
오랜만에 집에 들어가 보니 아이들이 덜썩 커서 서로 낯선 시간을 보

내기가 힘들었다는 것이었다. 그때마다 나도 모르게 눈물이 났다. 아마 내가 눈물이 났던 것은 낯 모르는 그 아이들이 나나 내 형, 누나와 같이 여겨졌기 때문일 것이다. 그렇다고 그 아저씨가 새삼 미워진 것도 아니었다. 평소 조금 더 어렵게 대하던 아저씨들도, 그런 이야기를 들은 뒤로는 가깝게 여겨졌었다. 서로 그리워하는데 왜 떨어져 사는지……. 그때는 이해할 수 없지만, 언젠가는 다 이해할 수 있을 거란 생각이 들었었다.

이 소설집을 엮기 위해 옛작품들을 다시 모으는 순간, 그 먼 산판 시절이 떠올랐다. 난 과연 그때 그 아저씨들이나 한 번도 얼굴을 마주한 적이 없는 형 누나들을 이해했던 것일까, 이해할 수 있을까……?

내가 어떤 시간의 강을 건넜다고 해서, 또 다른 시간의 강을 건널 수 있으리라고 장담하는 것은 어리석은 일이다. 돌이켜 보는 일의 지난함과 소중함에 관한 한, 나는 여전히 오리무중이다. 무책임에 대한 반성의 마음을 담아 이 책을 엮는다. 오직 바라기는, 여기 네 작품들이 이 책 안에서 오순도순 지냈으면 하는 마음이다.

나를 소설가로 기억해 주는 모든 이에게 오랜만에 이렇게 허술한 인사를 보낸다. 이 또한 부끄러운 일이다.

2009. 4. 19
남고사 산벚꽃 그늘 아래에서

차 례

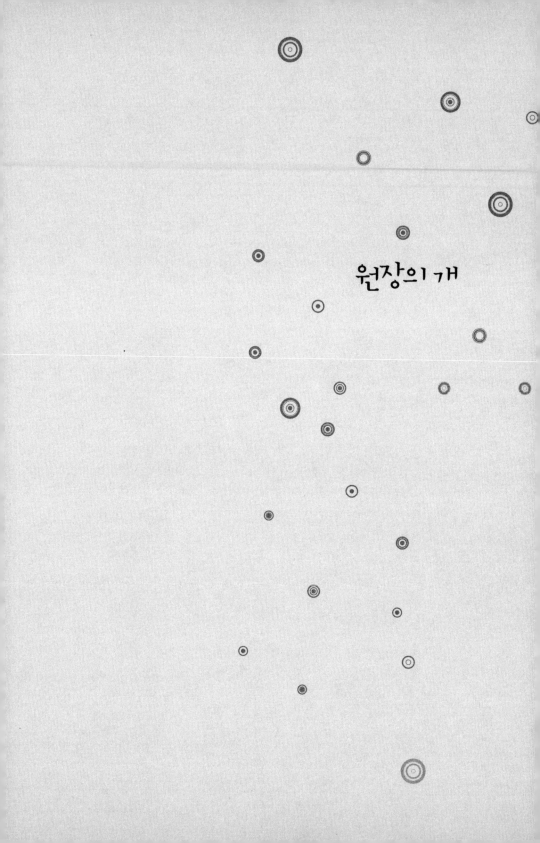

원장의 개

1

    하늘은 아득히 높고 먼 곳까지 올라붙어, 아무리 해도 그 끝이 보이질 않았다. 거기에서 시퍼렇게 날아온 햇살이 비수가 되어 대지에 날카롭게 쑤셔 박혔다. 빛살이 내려 꽂히는 그 순간마다 대지는 들썩들썩 몸을 틀었지만, 그것도 힘에 겨운 듯 곧 잠잠해졌다. 때로 신음처럼 마른 회오리가 풀썩 솟구쳤고, 이내 가물가물 흐려졌다. 햇살은 억세고 쐬한 쇳내음을 풀풀 풍기는, 빳빳한 철사줄처럼 늘어서 있었다. 그것들은 하늘과 땅 사이를 빽빽하게 줄지어 연결하고 그 사이를 팽팽하게 지탱했다. 자신들이 그처럼 촘촘하고 튼튼하게 짜인 철사망 사이에 놓인 듯 여겨지고 보니 더욱 발이 떨어질 줄 몰랐다.

    워낙이 햇발의 기세가 드세고 보니 자신들로부터 늘어져 나간 그림자마저 흐물흐물 녹아드는 기분이었다. 걸음을 옮기면 그림자는 한참

만에 간신히 따라붙곤 했다. 그때마다 어찔한 현기증이 뒤통수에 뭉쳐졌다, 풀어졌다.

운규는 여전히 씩둑거렸다. 어지간히 숙어들만한데도 그럴 기미가 없으니, 경철은 은연히 짜증스러웠다, 옆에서 거친 목소리가 씨근덕거리는 걸 참고 듣는 일도 여간한 고역이 아니었다, 더구나 이처럼 무자비하게 구름 한 점 바람 한 점 없는 날씨 속에서.

'누구는 좋아서 이딴 일 한대. 너만 그런 것도 아닌데 웬만큼 했으면 아가리 좀 닥치지 못해!'

맘 같아선 벌써 한소리 내질렀겠지만 경철은 꾹 입을 다물었다. 여지껏 화가 가라앉지 않아서 그대로 입 다물기는 너무 억울하고 분통 터진단 것인지, 아니면 내쳐 떠들어오던 참이라 옆 사람이야 거북해 하든 말든 그저 습관적으로 입을 놀리는 것인지, 그조차 알 수 없었다. 거의 한 시간 가까이 운규는 떠드는 중이었다. 그것도 순 욕지거리였다.

운규 표정을 살펴선 후자로, 별생각 없이 지껄이는 것 같았지만 그도 단언키는 어려웠다. 평소 한 번 독이 오르면 삭여내질 못하고 온통 얼굴을 벌겋게 물들이는 성정인지 익히 아는 터라, 아마 지금은 얼마큼 열이 내린 분노의 찌꺼기를 입담으로 풀어내는 수작일 게라 짐작만 할 따름이었다.

"경철아! 내 진즉에 알아봤다고 안 글대? 첫인상부터 영 고약시럽게 생긴 꼬라지부터 골치깨나 아픈 인사라고 알아봤당게. 영락없잖냐? 그때도 내가 말했을 것이다. 이마빼기 풍신난 것들허고는 상종 않는 거라고. 그 주먹떼기만한 게 어디 사람 마빡이다냐? 도승허지 도승혀,

괭이 새끼 도승허지! 그런 천장 가진 놈치고 성질 안 디런 놈 없고 잔 대가리 안 굴리는 놈 없단 소리도 내가 했을 것이다…….

이번엔 이 주임의 좁은 이마 타박이었다. 그런 이마 가진 사람치고 성미 좋은 이 없다는 거, 이 주임을 보면 영락없잖냔 이야기였다. 운규는 그런 사설을 주절주절 늘어놓았다. 그 이야기엔 동의하지 않았지만 이 주임 이마가 좁은 것만은 사실이었다. 눈썹이 이마선까지 바투 치켜 올라간데다 관자놀이 사이가 좁다 보니 영 볼품없는 면상이었다. 아닌 게 아니라, 이마가 그 모양이니 사람도 답답하게 보이고 때론 고양이처럼 음침한 인상을 주기도 하였다.

그렇지만 남의 얼굴을 두고 시설스럽게 떠들 것까지야……, 그것도 마음에 들지 않았다. 기껏 훈련생에 불과한 자신들로서 어쩔 것인가, 기분이 나쁘다고 핏대만 올려서야 뾰족한 수가 생긴다던가. 다시 한번 '그만 좀 쫑알대라' 쏘아 주고 싶은 충동이 일었으나, 경철은 이번에도 군말 없이 운규 떠드는 대로 내버려 두었다. 그런 소리 해 봐야 경철 자신의 입만 아플 게 분명했다.

그나마라도 가라앉은 운규 성미를 어설프게 들쑤실 필요가 없었다. 운규는 뚝성질이 되어놔서 제풀에 지칠 때까지 기다려야지, 섣부르게 말참견이라도 하는 따위는 괜한 짓이었다. 오죽하면 136기 후배들이 운규더러 '무가내'라 부를까, 심사가 배배 꼬이면 그야말로 막무가내인 운규 '꼬장'을 모르는 사람은 훈련원 내에 아무도 없었다.

사실 운규가 연신 불만 섞인 욕지거리를 늘어놓는 것도 무리가 아니었다. 그렇지만 어쩔 것인가, 자신들에게 '훈련생'이란 족쇄가 채워진 바에.

경철은 걸음을 취사반 임시 오물장으로 쓰이고 있는 공지 쪽으로 돌렸다. 혹 무슨 흔적이라도 있을지 모를 일이었다. 경철과 운규, 인도까지 셋이 한 조로 나온지라 맨 앞장선 경철의 걸음이 그리로 향하자 나머지도 마지못해 따라왔다.

역겹고 시큼한 냄새가 벌써부터 풍겼다. 얼마 전까지는 어느 양돈업자가 대금을 얼마간 치르고 그 음식 찌꺼기를 수거해다가 돼지를 먹였는데, 그 대금을 두고 마찰이 생겨 요즘은 나오는 그대로 방치하는 실정이었다. 처음엔 매립도 하였지만 그 양이 어느 정도여야지 날마다 산더미같이 쏟아지는 '짬밥'을 모두 다 매립할 수도 없고 해서 아무 조치도 취하지 못하고, 무더기 위에 또 한 무더기씩 보태기만 하는 한심한 꼴이었다. 대금 인상을 요구했던 원무과에서는 그때부터 당황하여 다른 업자를 알아보는 모양이나 이 지역 양돈업자들이 단합하는 바람에 그것도 쉽지 않은지 벌써 보름이 넘도록 처리 대책을 못 세우고 있었다. 그 덕에 원생들만 고생이었다. 악취는 말할 것도 없고 쉬파리 때문에 창문을 열지 못하는 판국이었다. 한참 더위가 기승을 부리는 때인지라 창문을 꼭꼭 걸어 잠그는 고통도 이만저만한 것이 아니었다. 고래 잡는다고 쳐놓은 그물에 애먼 새우만 맥없이 걸린 격이었다.

"야, 경철아! 너 그 일 생각난가 몰르겄다, 왜 보일러실에서 낮잠 잤다고 짤린 선배 있잖냐? 그땐 워떻게 했냐? 고작 한 십 분이나 찾아본 둥 만 둥 말아 불고, 것도 우리겉이 지리는 깜깜 깡통들헌티 찾아보랬으니 찾을 턱이 있었냐, 어디? 근디 그걸 갖고 원장헌티 보고가 들어갔으니 헐 수 없네, 바람든 무시 짤라내덧기 짤라분진 매정한 것들이 인제는 강아지 한 마리 없어졌다고 이 성화를 다 들들 볶아대? 참말로

12

그놈의 개새끼가 웃을 것이고만! 아무리 훈련생이라고는 허지만 말여, 우리가 똥개 한 마리만도 못한 신세다 그것 아니냐, 이 처사가?"

'운규도 그 일을······?!'

경철은 적이 놀라웠다. 마침 자신도 그 일을 생각하는 중이었다.

— 갓 입소하여 '훈련생 누구누구' 하는 호칭마저도 입에 배지 않았던 때였다. 얼굴도 이름도 가물가물하지만, 지금 자신들만큼이나 수료를 얼마 남겨 두지 않았던 선배가 제적당한 일이 생겼다. 입소한 족족 모두 수료를 하는 것도 아니었고, 오히려 중도 탈락하는 사람이 더 많은 게 이곳이었지만, 기능사 시험을 코앞에 둔 수료 예정생이 제적당하는 일은 드물었다. 일 년이 넘게 교육을 받아온 사람이었다. 큰 잘못을 저지른 것도 아니었다. 오후 학과 시간을 빼먹은 것이다. 모두 기숙사 생활을 하는 곳인지라 결석은 곧 집단으로부터 일탈을 의미했다. 정문을 통해 빠져 나가지 않은 것이 확인되고 바로 전 원생이 동원되어 수색 작업을 펼쳤다. 한 십 분 찾았을까, 그 선배가 나타났다. 점심을 먹고 잠시 쉬는 시간에 졸음을 못 이겨 보일러실에 들어가 낮잠을 잤다며, 미안하게 되었다고 너털웃음을 터뜨렸다. 일은 그렇게 마무리되는가 싶었다. 하지만 그게 아니었다. 모두들 별일 아닌 것으로 생각했지만 그날 밤 그 선배에겐 날벼락처럼 출소黜所 명령이 떨어졌다. 무단이탈은 원칙院則상 제적이란 것이었다. 새파랗게 질린 얼굴로 그 선배는 원무과 과장을 붙잡고 통사정을 했다. 나중엔 눈물범벅으로 손이 발이 되도록 빌었지만 소용없었다. 태만한 학생은 교육할 가치가 없다는 것이었다. 공짜로 먹여주고 재워주고 교육시키는 게 다 세금으로 이루어지는 것인데, 그런 은덕을 알고 기능 수련에 매진할 일이지 왜

잠을 자느냐 매정한 답변만이 그 선배에게 돌아간 것이었다. 피곤하다고 낮잠 좀 잔 죄과론 너무 큰 것이었지만 칼자루 쥔 사람은 원생이 아니었다. 정히 꼬치꼬치 따진다면 그 선배의 잘못이겠으나 원무과의 처리가 옳다고 생각하는 사람은 아무도 없었다. 더구나 찾아보기도 전에 무단이탈로 보고를 먼저 하였다는 사실은 비교육적 처사의 표본이었다. 바로 그게 화근이었다. 원무과에서도 제적시킬 마음은 없었는데, 그 보고를 받았던 원장이 퇴근하면서 문득 그 일 어떻게 되었느냐, 원칙에는 그런 학생 어떻게 처리하느냐 묻자 '제적'이라고 답을 하였고 그 대답대로 실행에 옮기자니 일이 그렇게 된 것이었다.

경철은 생생하게 그때 일을 되살려낼 수 있었다. 아니, 한번도 그 일을 잊은 적이 없었다. 그 선배는 자신이나 운규와 같은 전기 배선 과정에 있었던 사람이라 더욱 생각이 또렷한 것인지도 몰랐지만, 그 기억은 늘 경철을 욱죄고 있었다.

두 달 뒤면 수료를 하는 지금까지 항시 자신의 언동이 원칙에 조금이라도 걸릴까 전전긍긍하게 만들고, 자신의 행동거지를 움츠릴대로 움츠리게 만든 일을 어찌 잊겠는가. 그 일을 떠올릴 때마다, 혹시 지금 나는 흐트러지지 않았나, 언제나 경철은 자신을 제어해 왔다.

찾아보지도 않고 무단이탈이라고 보고를 해버린 원무과의 야박한 처사에 대해 분통을 터뜨리는 사람이 많았지만, 경철의 관심은 그게 아니었다. 비교육적인 일이었지만 그래서 경철에겐 더없이 교육적인 사건이었다. 그저 수료를 하고 자격증을 손에 쥘 때까지는 아니꼬운 일을 보고도 아니꼽다고 생각지 않겠다고, 그 당시에 경철은 크게 각오한 바 있었다. 그리고 그 결심을 지금까지 단 한 번도 어긴 적이 없

었다. 교육받는 일을 제외하고는 외눈 한 번 꿈뻑하지 않은 경철이었
다.

"저어—, 김 선배님요! 강아지 생김이 어떻다 했능교?"

"이 자식이! 야, 임마! 설명해줄 때는 뭘 들었어, 귓구녕을 틀어막고
있었어? 이마에 얼룩배기 점이 큼지막허게 떡 붙어 있는 흰둥이라고
안글대! 야, 이 자식아! 우리가 건성이다고 너까지 건성으로 들어!"

경철, 운규와 한 조를 이룬 인도가 눈치도 없이 한참 열이 올라 어쩔
줄을 모르는 운규에게 말을 붙였다 되레 면박만 당하고 머쓱해졌다.
인도는 경철과 운규의 두 기期 아래, 같은 배선반 후배였다. 한 기가 6
개월 만에 뽑히니 꼭 1년 후배인 셈이었다. 배선은 1년 6개월 과정으
로 이 훈련원에서 가장 교육 기간이 길었다. 그래서 3기가 함께 있는
경우가 배선반에만 있었다.

작대기 끝에 아직도 더운 김이 무럭무럭 오르는 닭내장이 걸려 올라
와 경철은 비위가 확 상했다. 여기에도 아무 흔적이 없는 모양이었다.

"강아지만도 못한 놈의 신세라니까, 개새깽이 중한 줄은 알고 넘의
집 귀한 자제는 소중한지 몰르는 것들이 직원입네 깝치고 다닝께 우리
신세가 요 모양 요 꼴이지! 팔자 늘어진 개새끼는 좀만 아픈 성싶으면
자가용에 모셔 병원으로 나댕기고 우리겉은 놈들이사 감기약 한 번 타
먹기도 힘든 일이 대명천지에 있다고 허면 아무도 안 웃을 놈 없을 것
이고만."

도대체 운규는 언제나 입을 다물 것인지, 줄창 떠들어댔다. 운규 하
는 이야기는 대체로 그른 건 아니었다. 하지만 지금 할 일은 그런 불만
이나 늘어놓는 게 아니었다. 맘에 들지 않는다고 부과된 일을 안 할 것

15

인가, 어서 끝내고 조금이라도 쉴 수 있는 시간을 마련하는 게 현명한 일이지. 하긴 그 일이 운규에게 포원된 바를 경철이 모르는 것은 아니었다.

원장이 금이야 옥이야 애지중지하는 강아지가 콧물 좀 흘리면, 혹 급성 폐렴일지 모른다고 차에 싣고 밖의 동물병원으로 내달리는 일이 비일비재했다.

또한, 여기 원생들을 위한 것으로 설치되어 있는 의무실은 운규 말처럼 감기약조차 타먹기 힘든 정도까지는 아니어도, 구비된 약품이란 게 형편없었고 누가 몸살이라도 날 것 같으면 밖에 나가는 사람에게 약 지어 오길 부탁해야만 했다. 언젠가 운규도 강아지가 아픈 것을 원무과 직원과 함께 들쳐메고 밖으로 나갔다 온 적이 있었다. 하필 며칠 뒤 운규는 한축이 나 의무실을 들락거리며 애를 먹었으나 결국 비싼 돈 들여 밖에서 약을 지어 먹고 말았다. 의무실 일 년 예산은 모두 동물 병원에 꼬나박을 것이란 말이 아주 틀린 게 아니었다. 의사나 약사 자격증을 가졌을 리 만무한 의무실 늙은 아줌마 입에서, 의무실 예산 태반은 그리로 유용된단 말이 나왔다니 거의 맞는 이야기일 게 분명했다.

이런 우스운 일이 이것만이 아니었다. 지금 당장 자신들 앞에 벌어지고 있는 일도 그렇다.

오늘, 훈련원에도 어김없이 토요일 오후의 나른함과 느긋한 안온감은 찾아오게 마련이었고, 대부분 빡빡한 일과에 시달리다 못해 부족한 잠을 보충하려 하고 있었다. 더구나 이번 토요일은 달포 만에 찾아온 반半공일이었다. 노동부에서 나온 기능 측정이 엊그제야 끝나 그동안 원내는 평일, 휴일 가릴 것 없이 부산스러웠고 원생들은 측정 준비와 수검에, 직원들은 겸하여 나오는 연례 정기 감사를 받느라 모두들 눈코 뜰 새 없이 바빴던 거다. 아무래도 눈치를 살피게 마련인 후배 기수들은 일찌감치 밀린 빨래짐을 한 보따리씩 짊어지고 세면장으로 몰려갔고, 나머지들은 쇼 재방송하는 텔레비전 앞에 모여들었으며, 이도저도 만사가 다 귀찮은 운규 등은 일찌감치 모포 속으로 오그라들었다. 고참이라고 해서 빨랫거리가 없을 리 만무했지만 속옷 등속을 제외하고는 모두 후배들이 도맡아 세탁해 주는 것이 이곳 관례였다. 그러다 보니 후배 기수가 생기면 선배들은 자연히 게을러졌다. 그래도 경철의 내무반은 배선반이라 좀 덜했지만 용접이나 선반 과정의 내무반 후배들은 새카맣게 기름때가 절어 나오는 작업복을 선배 것까지 세탁해야 했다. 그것은 만만한 사역이 아니었다. 그래도 그걸 싫다 마다하는 후배는 없었다. 이곳은 기숙사 생활이 원칙으로 전 원생이 내무 생활을 하고 있으니, 내무 생활 나름의 기율이 필요했고 그것은 언제부턴지 군대식으로 철저한 상명하복 관계를 형성했다. 모든 게 선배 위주였다. 또한 모두 '기름밥'의 사내고 보니 저절로 위계 질서도 엄격해졌다. 지금은 아니꼽지만 나도 언젠가 후배를 받게 될 텐데, 하며 경철 등도 후배 시절을 지내왔고 지금 후배들도 마찬가지였다.

모처럼 토요일 오후는 이처럼 느긋하고 평안하게 흘러가고 있었다. 그러던 것이 '내무반장 원무과 집합!'이란 전갈과 함께 흐트러지기 시작했다. 편지를 쓰고 있던 경철은 배선반 내무반장이었던지라 부랴부랴 원무과로 달려갔고, 돌아와서는 '전 인원 체육복 차림으로 운동장에 집합!'을 전달했다.

황량히 너르던 운동장에 체육복 차림을 한 원생들이 꾸역꾸역 모여들고, 그들의 허우대에 짓눌린 연병장 구석구석 궁금증과 긴장감이 팽배할 즈음, 원무과 이 주임이 나타났다.

"강아지를 찾아라!"

이 주임 입에서 일성이 터졌다.

2

훈련원은 그 시간부로 비상 상태였다.

— 원장님께서 특히도 애지중지하시는 강아지 한 마리가 느슨해진 목걸이를 풀고 어디론지 도망쳐 버렸다! 멀리 가지야 못했을 것이다. 원내에 있을 것이니 원생 여러분은 좀 수고스럽더라도 꼭 찾아야만 하겠다!

말투는 완곡한 듯했지만 이 주임의 말은 명령에 진배없었다. 아니, 원생들에겐 강아지가 없어졌단 사실의 전달만으로도 충분한지 몰랐다. 그 정도로도 사태의 심각성을 인지하기에 부족함이 없었다. 강아지가 없어졌다니……! 보통 일이 아닐 수밖에 없었다.

기르는 동물 알기를 친자식 이상으로 아는 인물이 원장이었다.

운 나쁘게도 그때까지 퇴근을 안 했거나, 못했던 직원들까지 모두 전전긍긍 강아지를 찾아 나서고 있었다. 원생들은 말할 것 없이 전부 동원되었다. 운동장에서 담당 구역을 나누어 흩어진 대오는 눈에 불을 켰다. 강아지가 어디 있을 것인지?

자못 우스꽝스러운 일이라 할 만도 하였지만 누구도 이 원내에서 이런 일을 우습게 여길 사람은 없었다. 강아지 없어졌다는 일이야말로 큰일이었다. 토요일 오후를 쉬지도 못한다고 여기기는 직원, 원생이 매한가지였고, 사태가 좋지 않다는 인식 또한 같았다. 강아지가 없어졌다는 일은 곧 원장의 심기가 극도로 불편하다는 것과 마찬가지였고, 직원들은 안절부절 못한다는 이야기였으며, 원생은 강아지 찾아내란 성화에 들들 볶인다는 뜻과 상통했다.

훈련원 원장, 강분모 씨.

그는 경철 등이 입소한 시기에 이 훈련원에 부임해 온 인물이었다. 퇴역 장교 출신으로 훈련원 원장만도 여러 군데에서, 몇 차례씩 역임한 인물이었다. 하지만 군인 티는 거의 나지 않았다. 중앙 고위층 인사와 밀접한 관련이 있다는 소문이 부임 초기부터 파다했는데, 이를 증명이라도 하듯이 실습 장비, 시설물 등이 그의 부임과 함께 개선되었고 예산도 부쩍 늘었다.

원생들의 처우도 무척 좋아진 셈이었다. 기숙사 비품이며 식사의 질과 양까지 대폭 개선되었다. 체육대회라도 할 양이면 원생들과 곧잘 어울려 막걸리 파티도 하고, 족구도 할 줄 아는 인물이기도 했다. 그런 덕에 원생들에게 인기는 나쁜 편이 아니었다. 얼마 전엔 임시직 강사 문제까지 시원스레 해결하기도 했다. 다음 중앙직업훈련원장을 노린다는 풍문이었다.

하지만 직원들은 날마다 비명이었다. 전에 비해 업무량이 엄청나게 폭증한 것이었다. 그래서인지 직원들 처우가 좋아지는 기색이 있어도 그다지 반기는 눈치가 아니었다. 원장이 야심 있는 사람이고 보니 또

일 부려먹으려고 그러는 모양일 게야, 예상하는 것이었고 그 예측은 거의 들어맞았다.

그렇긴 하지만 그들이 원장의 지시를 거부할 수 있는 위치도 아니었다. 시키면 시키는 대로 해야 하는 공무원 처지인지라, 노상 불평을 늘어놓긴 하여도 업무가 떨어지면 즉각즉각 처리해서 올려야 했다. 오늘은 훈련원 교육 일정을 새로이 작성하는 일, 내일은 숙사 주거 환경 개선 방책 등등…… 이런 식으로 원장은 원무과 직원들에게 쉴 틈을 주지 않았다. 그건 강사들도 마찬가지였다. 교육 중 아무 때나 불쑥불쑥 실습장에 나타나 교육을 참관하기 일쑤였고, 교무회의 때는 각 강사들을 하나씩 지정하여 수업 내용이 이런데 저렇게 바꿔 보는 것이 어떻겠냔 식으로 꼬치꼬치 따져 물으니 아주 질색들이었다. 이처럼 원장은 대체로 극성맞은 사람으로 원내 사람들에게 인식되어 있었다.

그렇지만 대개의 원생들은 원장에게 호감을 가진 편이었다. 적어도 반감을 가진 사람은 거의 없었다. 우선은 원생들에게 잘하는 축인데다 직원들을 들들 볶든 말든 원생과는 관계가 없었기 때문이다. 직원과 강사들의 심기가 사나워지면 때론 그 여파가 원생들에게 밀려오기도 하였지만, 그런 일은 거의 생기지 않았다. 바빠서 허덕이다 보니 원생들에게 눈 돌릴 틈도 없기 일쑤였다. 그러니 원생들은 간섭하는 사람 없어 좋은 것이다. 부임 초기에 보일러실 낮잠 사건이 있었지만, 이제 그를 기억하는 사람은 경철 등과 같은 몇몇 고참 원생뿐이었고, 그 일도 원무과 사람들에게 원성이 돌아갔지 원장 욕하는 사람은 없었다.

한데 직원, 강사는 말할 것도 없고 원생들까지 모두 싫어하는 것이 있었다. 바로 그의 별스런 취미였다.

동물 기르는 것이 그것이었는데 그도 이만저만한 정도가 아니니 문제였다.

그가 부임해 온 날이었다. 전 직원과 원생들이 진입로에 나가 일렬로 도열해 그를 환영할 차비를 하고 있었다. 조금 있다가 저편에서 먼지를 일으키며 차가 한 대 들어왔다. 원장 승용차이겠거니, 그들은 모두 박수를 치기 시작했다. 웬걸! 낡아빠진 '지에무씨' 트럭이었다.

트럭은 곧장 원내로 진입하더니 원장 관사 앞에 정지했다. 아니, 트럭을 타고 부임한단 말인가! 그들은 부랴부랴 차 옆으로 달려갔다.

트럭에서 내리는 건 원장이 아니었다.

강아지, 투계용 닭, 애완조 조롱이 내리더니 늙은 원숭이까지 실려 내려 왔다. 그것들은 차에서 내리자마자 꽥꽥! 짖고 울어댔다. 마치 자신들의 입성을 시위하는 것으로 들렸다. 그것들은 위세도 당당하게 자신들이 이제부터 거처할 곳을 둘러보는 시늉을 했고, 직원과 원생들은 멍청한 얼굴이 되고 말았다.

원장의 승용차는 그 뒤로 들어왔다. 급히 다시 도열한 직원과 원생들은 거들떠 볼 생각도 하지 않고 차에서 내린 그는 급히 동물들에게 다가갔다. 먼 길을 오는 동안에 혹시나 차멀미라도 안 했는지, 적이 근심스런 표정이었다.

이렇게 시작된 원장의 유별남은 거기서 그치지 않았다.

으레 취임하면 하게 되어 있는 취임 인사도 마다하고 그는 막바로 직원들을 소집해 그의 첫 지시를 내렸다. 동물들이 거처할 막장을 지으라는 것이었다.

원생들의 사역으로 막장은 곧 지어졌다. 다음 지시는 막장 당번을 구성하여 동물들을 보살피란 것이었다. 그것도 곧 원생들로 해서 조직되었다. 막장 청소와 먹이 주는 일이 주된 일이었다. 편찮은 짐승이 있는지 살피는 일과 머릿수를 헤아리는 일도 거기에 포함되었다.

원장의 취임과 동시에 벌어진 이런 일들은 원내 사람들을 당황케 만들었다. 제 좋은 게 취미라지만 너무 하는 처사 아니냔 불평이 쏟아지기 시작했다.

직원들은 항의도 해 본 모양이었다. 하지만 이내 그런 불평들은 소멸했다.

보통 때는 대범한 풍모를 보였지만 짐승 문제로 아랫사람이 불만스러워하는 기색이 있으면 당장 그 자리에서 불같이 역정을 내는데다, 그는 전임 원장과 달리 힘 있는 원장이라는 소문이 돌면서였다. 몇몇 직원들이 재빨리 동물 애호 극찬론자로 둔갑했다.

고된 것은 원생들이었다. 원장도 원장이었지만 새 원장에게 잘 보이려는 직원들은 그때부터 원생들에게 동물 감독을 철저히 할 것을 요구했고, 그 요구에 미치지 못하면 그만한 댓가가 돌아왔다. 관리 소홀한 막장 당번은 정기 외박이 통제되기 십상이었다. 때론 반성문을 쓰기도 했고, 심하면 그 일로 징계를 당하기도 했다.

원생들은 소극적으로 저항했다. 개밥에 닭뼈를 집어넣기도 했고, 원숭이한테 잔돌을 집어던지기도 했으며, 먹이에 조그만 단추나 압침을 섞기도 했다.

그 일은 오래 가지 못했다. 그때마다 원내는 발칵 뒤집혔고 끝까지 범인을 색출하려고 직원들은 눈알을 뒤집었다. 그래 봐야 원생들만 고달픈 것으로 사세가 기울자, 원생들은 저항을 포기했다. 비가 오는 날

막장이 고스란히 비를 맞도록 방치한 막장 당번이 다른 이유를 빌미로 재교육 처분을 받고 결국은 출소를 당하고 말자 원생들은 도리 없이 백기를 들고 말았다. 동물 건사하는 일이 그렇게 큰 것인지 원생들은 그때야 실감을 했다.

아예 요즘 입소한 신참 원생들은 훈련원에서 원장이 사사로이 자신의 동물을 기르는 것을 당연한 것으로 알았다. 감사가 올 때만 조금 편했다. 아무래도 그때만은 두려웠던지 감사가 나올 때는 동물들을 사택으로 옮겨 갔다. 하지만 그것도 눈가림에 불과한 듯 했다. 감사 나온 직원들도 모두 그 사실을 아는 듯했지만 눈감아 주는 모양이었다. 형식적으로만 옮겨 놓는 것이지, 정말 감사에 적발될까 무서워하는 것이 아니었다.

이처럼 원장의 짐승들은 이 훈련원의 제일 가는 칙사였다.

오늘의 사건은 이런 동물 중에서도 원장이 각별한 정을 쏟는 흰둥이가 사라진 일이었다. 그러니 큰일이 아닐 수 없었다. 원장이 기르는 대부분의 동물들은 혈통이 좋은 것이었지만 그 흰둥이는 속칭 '똥개'였다. 한데도 원장이 아낀다면 그만이었다. 막장 당번들의 관리가 소홀한 것도 아니었다. 최상의 대우와 보호 속에 놓여 있었지만 사라져 버렸으니 큰일이 아닐 수 없었다. 막장 당번은 불쌍하게도 사색이 된 지 오래였다.

운규가 화를 내는 것은 개를 찾아야 한다는 사실 때문은 아니었다. 강아지가 원장과 동격으로 취급되는 판에 원생들이 그 일을 마다할 수 없는 것이고 강아지는 사실상 자신들의 상전이었다. 상전의 신상에 이상이 생겼는데 아랫것들이 쉰다는 게 말이나 되겠는가, 경철은 다시

한 번 속으로 쓴웃음을 지었다.

운규는 이 주임에게 화가 난 것이다. 이 주임도 원장이 무서워 그런 지시를 했겠지만 명령을 내리는 태도가 운규로선 영 불만스러웠던 게다.

개를 찾아야 한단 말에 운동장 전체가 술렁거리자 이 주임은,

"에— 또, 굳이 전 원생이 찾아 나설 필요야 없을 테니까 정 급하고 밀린 일이 있는 원생은 이야기하도록. 내가 빼줄 테니까."

운을 뗐다.

운동장 뒤켠에 몰려 있던 고참 원생들은 그 말을 듣고 술렁거렸다. 거들먹거리는 이 주임의 선처를 바라는 것도 역겨웠지만 토요일 오후에 쉬지도 못하고 강아지나 찾는다는 일도 마음에 드는 것은 아니었다. 내가 원생 중에서 최고참인 셈인데, 나 하나 빠진다고 해서…….

"하지만, 내 생각에는 전부 같이 찾고 같이 쉬는 것이 진정한 동료애가 아닐까 싶다! 그래도 나는 꼭 열외를 하겠다는 사람은 지금 좌측으로 빠져!"

순간, 운규는 전신에 찬물을 뒤집어쓰는 듯했다. 자신의 뒷덜미를 덜컥! 움켜쥐는 소리였다. 그런 소릴 듣고 빠질 원생이 어디 있겠는가. 헛심만 팽긴 것이다. 막바로 운규는 분노가 치밀었다. 저게 우릴 놀려. 다른 직원이라면 괜찮았지만 이 주임에게 당하긴 너무 억울했다. 이 주임은 처음 정식 직원이 아니었다. 운규 등이 처음 입소했을 때는 원무과 사환 노릇을 하고 있었다. 그러던 것이 어떻게 원장 눈에 들었는지 정식 직원이 된 것이었다. 운규는 온몸에 닭살이 돋는 걸 느꼈다. 더하여 나이도 별 차이가 없었다. 이런 모욕을 줄 말한 입장이 아니었다.

"목욕헐 때 본 게로 앙상맞은 새가슴에 어깨도 좁짱허더만 지가 지금 직원이다 이것이지! 그거 하나 믿고 건들거리는 꼴 하고는……. 언제 한 번 잘못 걸리기만 했담 봐라, 요절을 내고 말 것이니께."

듣는 사람도 없는데 운규는 다시 중얼거렸다. 더구나 어찌 된 일로 이 주임은 원생 관리하는 보직에 있었다, 운규와 같은 고참 원생들로서는 수치스러운 일이었다.

경철은 아무 말 없이 앞으로 발걸음을 옮기고 있었다. 운규가 하는 이야기는 물론 들려왔다. 하지만 이미 불가능한 일이었다. 이 주임을 어떻게 해 보겠다니! 사환이라고 원생들에게 업신여김 당하던 때의 이 주임이 아니었다. 무엇이 원장 눈에 예쁘게 보였는지는 몰라도 현실은 그에게 주임이란 칭호를 얹어 주고 있었다. 고등학교 졸업하고 빈둥빈둥 놀다가 사환으로 들어와 어깨 너머로 기술이라도 배우려고 안간힘을 쓰던 때의 이 주임을 지금 입소한 신참들이 알 리 없었다. 어엿한 원생 관리 주임으로, 신참들은 그에게 잘 보여 좋은 내무 점수를 받으려고 하는 판국이었다. 원장이 뒤를 봐주었다지만 직원 공채에도 합격한 정식 직원이었다. 사회란 것이 지위에 따라 사람 만드는 것인데 어쩔 수 없는 일은 일찌감치 수긍하는 것이 잘하는 짓이었다.

운규는 홧김에 원장도 씹고 있었다.

"원장도 그려, 벌써 눈매가 쪽 찢어졌드라고. 내 그때부터 알아봤다닌까. 성질깨나 까탈스럴 거라고 안 글디? 마누라가 고쟁이를 잘 안 벌려주는갑써, 키우는 짐승치고 수놈 한 마리가 없다니까 또 웃기지. 그렇게 뒤룩거리는 두룩저지를 날쥐라고 헌다니 말여. 그냐, 안 그냐?"

원장 잠자리를 훔쳐본 것도 아니면서 운규는 부부의 잠자리까지 들먹이고 있었다. 동물들이 암컷들만 있는 것인지도 확인된 것은 아니었다. 하여간 사실 여부와는 상관없이 남을 헐뜯는 이야기는 누구나 귀가 솔깃한 모양이었다. 자신도 모르게 운규 하는 이야기에 마음이 쏠리는 것을 경철은 당황하여 추슬렀다. 없는 사람 욕하는 데는 끼여들지도 말랬는데…….

　날쥐란 원장의 별명이었다. 어느 지방 사투리인지도 확실치 않았으나 박쥐를 그렇게 부른다는 것이었다. 말뜻처럼 잽싸고 날랜 구석이 있기는커녕 느려터진 행동거지의 원장이었는데도 언제부터 누가 불렀는지도 모르게 원장의 지칭이 되었다. 근 백 킬로그램에 육박하는 원장의 육중한 몸매와 전혀 관련이 없음에도 별명이 갖는 반어적 어감으론 그만이었다. 말하는 사람이나 듣는 사람이나 그 말만 나오면 웃음을 터뜨렸으니 어울리진 않았어도 꽤 잘 지은 별명이 아닐 수 없었다.

　강아지를 찾아 나선 원생들의 모습은 그야말로 각양각색이었다.

　하수구에 고개를 쑥 들이밀고 혀를 끌끌! 차는 사람이 없나 하면, 달랑 철조망에 들러붙어 막 벼가 패는 논배미를 향해 휘파람을 불어제끼는 사람도 있었고 빈둥빈둥 딴청만 부리다가 운규나 경철의 눈길과 맞닿으면 급히 개 찾는 시늉을 하는 원생들도 수두룩했다.

　하지만 그 대부분은 물먹은 버들강아지 꼴로 축 늘어져 있었다. 억지로 내몰린 일인데다 날씨는 푹푹 찌고 있으니 애시당초 일의 의욕이란 게 있을 리 없었다. 그들은 그래도 지금 운이 좋은 편이었다. 만약 운규가 이 주임에 대한 분을 삭이는 데 골몰하고 있지 않았다면 그 급한 성미에 그런 꼴을 그냥 놔둘 리 없었다. 일에 신바람이 나지 않더라도 그런 시늉이라도 해야지, 그렇지 않으면 벌써 한 대씩 쥐어박혔을 게 분명했다. 운규는 후배들에게 손찌검 잘하기로 악명 높은 선배였다. 여기 원생 중에 운규, 경철만큼 입소한 지 오래된 원생은 없었다. 비위에 거슬리면 운규는 무자비하게 주먹을 휘둘렀다. 음성적으로 자행되는 것이라 그를 말릴 사람이 있을 리 만무했다.

개를 부르는 휘파람 소리가 다시 울려 퍼졌다.

개 찾는 일은 이제 뒷전이었다. 의욕도 없겠거니와 그동안 측정 받느라고 고단해진 심신, 쉬지 못하는 토요일 오후의 아쉬움 등이 복합적으로 작용하여 어떻게든 꾀부릴 요량뿐이었다. 날씨는 무덥고 고단해질대로 고단해져 있는데 개를 찾으라니 그게 먹힐 리 없었다. 원생들은 거의 그늘을 찾아 숨어들었다. 개를 찾고 있다는 표시로 그들은 휘파람을 날렸다. 이곳저곳에서 제각기 멋대로 불어대는 휘파람들은 어색한 대로 제법 죽이 맞았다. 한쪽은 미성, 다른 쪽에선 날카롭고 꺽진 소성…….

머언 앞쪽의 누군가는 한 움큼의 푸른 갈대를 꺾어 어깨에 척 걸친 채 삐딱한 폼으로 옆사람과 잡담을 나누었다. 더운 것은 사람들이었지, 산과 들이 덥고 하늘까지 뜨뜻한 것은 아니었다. 하늘은 참으로 푸르렀다. 장마가 끝났으니 한 보름은 저렇게 푸를 것이고 산은 부산한 가을맞이 채비로 울긋불긋해지고 있었다. 풍광 하나는 그만이었다. 경철은 괜하게 심통이 났다. 이런 날에 우리 꼴이 무어람, 금세 속이 울컥했다.

"야, 경철아!"

운규가 눈을 반짝이며 인도도 불렀다.

"……??"

두 사람이 모두 주목을 하자, 운규는 재빨리 주위를 둘러보았다. 근처에는 아무도 없었다.

"우리 술이나 한 잔 허자고, 어쩌? 강아지가 찾는다고 나오는 물건이간디, 어디. 때 되면 다 알아서 지 발로 기어 들어오는 것이지, 안 그려?"

"술요? 그거 좋지예!"

인도가 아주 반색을 하고 나섰다. 경철도 은근히 회가 동했다. 하지만……

"야, 너는 어쩌?"

운규가 빠른 말로 채근했다.

"글쎄……"

"야! 글지 말고, 딱 한잔만! 배 곯으면 다 지 집 찾아 들오는 게 짐승 아니간이. 우리가 술 한 잔 헌다고 누가 뭐라 글겄냐?"

마시고픈 마음이야 있었지만 경철은 자신이 내무반장임을 상기했다. 남들은 다 강아지 찾는다고 난린데, 하물며 내무반장인 내가 술을 마셔?

"이 선배― 임! 한잔 후딱 빨아 제끼면 될 낀데."

인도도 몸이 단 모양이었다. 사정조로 말을 건넸다. 통제된 원내 생활에서 음주는 절대 불가였다. 하지만 어떻게든 술을 마시는 수는 생겼다.

"애새깽이허고는, 딱 눈 감고 한 잔씩만 허잔디, 뭘 그리 망설인다냐?"

운규가 힐책조로 말을 했지만 경철은 쉽게 승낙할 수가 없었다.

경철의 반응이 신통치 않자, 인도는 실망한 표정으로 하릴없이 무성한 풀섶을 들쑤셨다. 하여간에 꼼꼽쟁이라니까, 중얼거리는 소리가 들려오는 듯했다. 그렇지만 아무래도 께름칙했다. 이 주임은 만만한 사람이 아니었다. 그 사람에게 된통 혼쭐이라도 난다면 무엇보다도 체면이 문제였다.

"야, 워쩔 것이냐?"

운규는 부아가 치미는 것을 억지로 참는 표정이었다.

"그래! 그럼 딱 한 잔만 하는 거야!"

마지못해 경철은 승낙하며 다짐하듯 되물었다. 아무래도 탐탁치는 않았다.

"그럼, 그렇지! 내 경철이 늬 놈 술귀신인지 아는디 늬가 술을 마다겠냐. 야, 인도! 내 관물대 둘째 서랍 뒤져보면 술병 있을 것이니께 안 들키게 가져와야단다."

운규의 말이 끝나기가 무섭게 인도는 신이 나 내무반 쪽으로 뛰어올라갔다.

아마도 매점 아저씨를 꼬드겼을 것이다. 아니면 언제 밖에 나갔다 왔을까? 인도가 술을 가져오는 동안, 아무래도 미적이는 마음을 달래느라 경철은 술의 출처를 궁금히 여겨보았다.

"걱정 말라니깐. 직원들이 봐도 뭐라 글겠냐? 저쪽 폐쇄된 실습장 있잖냐, 거기로 들어가 있으면 귀신도 못 찾는다!"

경철의 불편해 하는 심사를 알아챈 운규가 옆에서 호들갑을 떨었다. 하여간 저건 눈치 하난 빠르다닌까. 그렇지만 대낮에 술을 마셔보기는 입소 후 처음이었다. 그런 모험을 즐기는 성미도 아니었다. 혹 걸리기라도 하면……. 그래도 내무반장인데 봐주겠지? 경철은 아랫배에 힘을 떡 줬다. 개를 찾아내 원장에게 더 좋은 점수를 따려고 혈안이 된 이 주임이 자꾸 마음에 걸리는 것을 경철은 애써 지워냈다.

운규의 예상대로 폐실습장은 한적했다. 땡볕에 누렇게 시들어버린 잡초가 우묵하니 가늘게 흔들리고 있었다. 그토록 위세를 부리던 여름 해도 시간이 기우는 것은 어쩌지 못하고 서쪽으로 걸음을 재촉하고 있었다. 서산마루, 조그만 뭉게구름이 걸려 바둥거리는 것도 눈에 띄었다. 경철 등은 주위를 살피고 폐실습장 뒤켠으로 재빨리 빨려들었다.

잠시 어디선지 두런거리는 소리가 들려와 그들은 신경을 곤두세웠지만 지나는 소리였다. 어느 쪽에서 보아도 이곳에 사람이 있을 것 같지는 않았다. 후텁지근한 바람이 목덜미를 더욱 무지근하게 했다. 독한 풀냄새가 코를 찔렀다. 더위에 감염된 풀 내음은 사람의 머리를 지끈거리게 했다. 운규가 바삐 병마개를 땄다.

소주는 밍밍했다. 이것도 더위 먹었는지 톡 쏘는 특유의 향도 풀이 죽어 있었다. 이런 술은 마셔야 짜증스럽기만 하고, 괜한 열만 나게 하는 것인데……. 그래도 술이라고 속이 화끈해지는 것을 느끼면서 경철은 또 한 번 술 마시자는 데 동의한 것을 후회했다. 날씨도 더운 데다 소주를 마셔 놓으니 속만 부글거렸다.

한 순배가 더 돌았다, 경철의 찜찜해 하는 기색은 풀릴 줄 몰랐다. 인도는 계속 경철의 눈치만 힐끔힐끔 살폈다. 운규도 입심 좋은 주둥이를 더 놀릴 마음이 없는지 침묵했다. 해질 무렵이라 부는 바람에 간혹 실려오는 역한 풀내음만이 그들 사이에 진동했다. 운규는 내심 경철이 괘씸스러웠다. 언제나 저런 식이었다, 내가 하는 일이라면 그저 모두가 못마땅하다는 저 표정!

둘은 입소 동기였다. 같이 배선반으로 벌써 일 년이 넘게 같은 내무 반 생활을 하는 처지였지만 지금껏 그다지 좋은 관계를 형성해 본 적이 없었다. 말없고 음침한 얼굴에 늘 고민을 안고 사는 듯한 몸짓, 허물없이 지내보려고 몇 번씩 접근을 시도했었지만 언제나 실패였다. 어쩌면 나이 탓인지도 몰랐다. 나이는 경철이 두 살 위였다. 자신 깜냥에는 나이 대접한단 염두는 두었지만 스스로 돌이켜 보아도 썩 잘한 것은 아니었다. 처음엔 존댓말을 하던 것이 지금은 반말 짓거리였다. 경철이 서로 하대하자고 해서 그렇게 한 것이었지만 은근히 마음에 걸리는 부분이었다. 하지만, 입소 동긴데 나이 차가 무슨 대수랴 싶은 게 솔직한 요즘 심경이었다. 나이 차가 벽이기보다는 은근히 자신을 깔보는 경철의 그 기분 나쁜 눈빛이 더욱 문제라고 운규는 생각하고 있었다. 언제나 한심하단 듯이 자신을 내려보는 듯한 게 운규는 영 께름칙했다. 동생도 한참 밑의 동생을 내려보듯이 할 것은 무어람.

사실 경철이 그동안 나잇값을 한 것도 아니었다. 딱히 나이 대접을 받을 만한 행동을 보인 적도 없었다. 오히려 애물 덩어리였다. 신참 원생일 때는 아프길 잘해서 신경 쓰이게 했고, 그런 연유였겠지만 동기가 맡은 일 빵꾸 났다 하면 주범이었던 데다가 당연히 고참들에게 얻어터지게 만드는 원흉이기도 했었다. 꺼떡하면 아프다고 빌빌거린 때가 언제인데 지금은 내무반장이라고……. 사실 내무반장은 자신처럼 모든 일에 적극적인 사람이 되는 것이 순리였다, 그저 겁만 많고 몸만 사리는 경철을 내무반장에 임명한 이 주임의 속셈을 이해할래야 이해할 수가 없었다. 아마도 그놈의 나이 대접이었을 것이다. 그래 봐야 두 살밖에 많지 않은데. 내무반장이라고 경철이 으스댄 적은 없었지만 가끔 그런 기미를 보일 때마다 운규는 눈꼴 시려 혼났다. 가령 일상적인 점호 준비를 하라는 지시를 할 때마다 저도 모르게 기분이 나빠졌다. 또 자신과 동기이면서도 자신에 대한 배려를 하지 않을 때는 열불이 치솟기도 했다. 아무 스스럼없이 자신에게 청소하란 소리도 경철은 곧잘 했다.

이런 저간의 사정에도 불구하고 항시 헤헤거려 주니, 이젠 술자리에서까지 오만상을 찌푸린다 생각하니 운규는 술맛도 가셨다. 어휴! 저것이 동기만 아니었으면 벌써 한 대 쥐어박았을 것인디.

서먹한 분위기는 계속되었다. 소주 기운은 괜한 열만 뻗치게 하는 것이었다. 괜시리 술 마시자는 데 동의했다니까, 멋쩍은 마음으로 경철은 슬며시 자리에서 일어났다.

낌새로 보아 운규가 자신에게 무언지 섭섭하게 여기는 줄 알아챈 것도 있었다. 하긴 그동안 자신이 먼저 운규를 피해 왔는데, 운규라고 서운하지 않을 까닭이 없었다. 사람은 호인이었지만 성격이 너무 거칠었다. 그것이 운규를 피해 온 이유였다. 왠지 운규와 자신은 서로 어울리기 힘든 상반된 성격을 지닌 듯했다. 자신들이 134기이니, 135기를 받을 때부터 운규의 거친 성격은 표 나기 시작했다. 그 거친 성격에 밑의 후배들은 거의 날마다 녹아났다. 때로는 그럴 듯한 이유를 들어 굴리기도 했지만 어느 경우에는 말도 되지 않는 핑계를 들어 후배들에게 곤욕을 주곤 했다. 때론 선배 전체의 이름을 빌려 후배 기강을 잡는 경우도 있었지만 대개 운규가 꾸민 일이었고, 경철은 그 자리를 회피해

왔다. 이런 것이 동기 사이에서는 좋지 않게 평이 나 나중에는 아예 경철을 제외하고 무슨 일을 하는 경우도 생겼다. 그래도 경철은 서운하지 않았다. 여기 입소한 목적이 동기들 단합이나 하자는 데 있는 것은 아니었다. 어떻게든 기능을 습득해 자격증 거머쥐고 취업하잔 것인 만큼 그 하나의 목적에 충실할 뿐이었다. 다 그만한 사정이 있어 여기까지 밀려왔는데, 여기서도 밀려난다면, 더 갈 곳이 없다는 것을 나남 없이 다 아는 처지에……. 목적에 충실하자는 것이 어찌 이상한 일이란 말인가. 물론, 내무 생활에서 운규가 고생을 더 많이 한 것은 사실이었다. 여러 모로 자신을 도와준 것도 또한 사실이었다. 이제 석 달도 채 남지 않았다. 그 시간이 지나면 그들은 훈련원을 수료하고 사회에 진출한다. 그리고 어쩌면 평생에 단 한 번도 만나지 못할지도 몰랐다. 그런 것을 생각하면 운규와 조금이라도 더 가까워지고 싶은 마음이 없지 않았다. 오늘 술을 마시자는 데 동의한 것도 그런 생각에서였다. 곧 기능사 시험이었고 그것만 끝나면 잠깐의 시간이라도 친밀하게 지내고 싶었다. 될 수만 있다면 지금부터라도 친하고 싶었다.

그렇지만 여전히 서먹서먹했다. 어쩌면 전보다도 더한 것 같았다.

막연히 수료를 기다릴 때는 그쯤에 사이가 좋아지겠지 했지만 막상 그 시간이 코앞에 닥치자 이제는 나가서 먹고 살 궁리에 모두들 바빴다. 그리고 지난 세월 조금씩 서로의 가슴에 쌓인 감정의 앙금들은 이제 그 두께가 만만치 않은 것이었다.

내 탓이야!

운규는 여러 번 스스럼없이 접근해 왔지만 언제나 자신이 몸을 사린 것을 경철은 알고 있었다. 기왕에 지내는 기숙사 생활, 그와 어울린다면 훨씬 재미있을 것이 분명했어도, 무언지 그때마다 자신의 발목을 움켜잡는 것이 있었다.

훈련원 주위로 쭉 둘러쳐진 철조망 주위로 막 피기 시작한 코스모스가 소담스럽게 무리 지어 있었다. 여름 저녁 특유의 붉은 노을이 어느새 몰려오고 있었다. 문득 바람이 스치며 코스모스가 하늘거렸다. 연한 하늘빛을 경철은 어릴 적부터 좋아했다. 따라서 코스모스를 대하는 심정도 남달랐다. 경철은 무심코 한 발을 내밀며 코스모스 줄기로 손이 갔다.

깽! 깨—앵! 깽! 깽!

금속음의 괴성이 경철을 혼비백산케 했다.

경철의 발밑에 밟히는 것이 있었다. 물크덩한 감촉이, 꼭 쇠똥이라도 밟은 것처럼 징그럽고 기묘한 감촉이 발목을 타고 올라왔다. 쫙! 소름이 끼쳤다!

어찌나 기분이 나쁜 것인지, 순간 경철은 쇳소리를 내지를 뻔했다.

기겁한 경철이 발목을 뺌과 동시에 꽃무더기가 활짝 흔들렸다. 쬐끄만 체신의 털북숭이가 다다—닥! 뛰쳐나왔다.

얼룩배기 흰둥이다!

직감적으로 경철은 그것이 자신들이 찾던 강아지임을 알아보았다.

"야, 그거다! 그거! 뭐 해, 안 잡고?"

뒤에서 운규가 버럭 소리를 쳤다. 경철도 놀랐지만 갑자기 나타난 사람에게 밟힌 강아지도 놀라 어쩔 줄 몰랐다. 찰나, 경철은 강아지를 향해 반사적으로 몸을 던졌다.

아슬아슬하게 강아지는 손에 잡힐 듯, 빠져 나갔다.

강아지 깨갱이는 소리에 놀라 달려온 운규와 인도도 벼락같이 강아지를 향해 몸을 내던졌다. 용케도 강아지는 그들 어깻죽지 틈으로 빠졌다.

삽시간에 벌어진 일련의 사태 속에 먼저 정신을 차린 것은 강아지였다.

휙! 몸을 비튼 강아지는 새로 지은 실습 공장 쪽으로 쏜살같이 줄행랑을 놓았다.

"저기다! 강아지가 저기 있다!"

"신공장 쪽이다!"

"야! 강아지가 저기 간다!"

여기저기서 떠드는 소리가 들렸다. 언제 달려왔는지 벌써 대여섯 명이 소리를 치며 강아지 뒤를 쫓았다.

재빨리 몸을 일으킨 경철 등도 부랴부랴 개 꽁무니를 보고 달렸다. 두어 발짝 앞에서 달리던 인도가 뛰다 말고 별안간 뒤돌아 뛰어왔다. 아직 반쯤 남은 소주병을 번쩍 철조망 밖으로 집어던지고서야 인도는 다시 대열에 합류했다.

다행히 아무도 본 사람은 없었다.

강아지를 추적하는 인원은 순식간에 스무 명 정도로 불어났다.

앞장서 달리는 운규와 강아지의 사이는 20미터…… 15미터…… 10미터, 좁혀졌다.

강아지 달리는 것도 여간이 아니었다. 경철에게 밟힌 다리가 성하지 못한지 쩔룩거리긴 했지만 대열과의 거리가 10여 미터로 좁혀진 후로는 좀체 더 좁힐 수 없었다, 그야말로 필사의 도주였다.

수월찮이 먼 거리를 그들은 강아지 뒤꽁무니를 쫓아 달리고 또 달렸다.

숨은 가쁘기 한이 없었고 굵은 땀방울이 이마에 비 오듯 쏟아졌다, 그래도 강아지는 대열의 맨 선두를 누구에게도 뺏기지 않았다. 원생들도 악착같이 달렸지만 강아지는 잡히면 죽기라도 한다는 듯이 달렸다. 먼 빛이던 신공장이 어느새 그들 눈앞에 크게 드러나고 있었다.

건장한 사내들의 뜀박질을 강아지가 당해내는 것도 한계가 있었다. 삼사 분 가량, 숨막히는 추격전 끝에 강아지는 사오 미터 정도로 간격을 좁혀 주고 말았다. 신공장 앞에서 강아지가 잠시 달려나갈 방향을 못 잡고 주춤하는 사이, 드디어 운규는 잽싸게 강아지의 진로를 틀어막는 데 성공했다.

강아지는 거진 운규 손아귀에 잡힌 셈이었다. 어쩔 줄을 모르고 강아지는 이곳저곳을 둘러보았지만 모두 자기를 잡으려는 사람뿐이었다.

하지만 그렇게 다 잡았다고 방심한 것이 실수였다. 아니, 그런 예상은 누구도 할 수 없었다.

막판까지 몰려 황급한 나머지 걸음마저 꼬이던 강아지는 운규가 잡으려고 손을 내밀자, 왼쪽으로 몸을 비틀어 철조망 밑으로 비집고 들어갔다.

철조망 밑둥치에는 촘촘하게 윤형輪形 철망이 설치되어 있었다. 언젠가 도둑 고양이 한 마리가 그리로 침투를 시도하다 삐쪽삐쪽한 가시철사 틈에 끼어 줄줄 피만 흘리다 다음날 아침 잡히고 만 철망이었다. 저 강아지도 철망 틈새에 끼여 살점만 쥐어뜯기고 비명을 지르고 말거야, 벌컥 숨을 들이키며 모여든 원생들은 모두들 두 눈을 질끈 감았다.

잠시, 후줄근한 땀내음이 근방에 진동했다……. 비명이 들리지 않았다!

원생들의 끔찍한 상상을 비웃기라도 하듯 그들이 눈을 떴을 때 강아지는 철망에 끼여 있기는커녕 철망 밖에서 달려가는 게 아닌가!

자세히 보니 하필 그 지점의 철망 이음새가 풀려 있는 것 눈에 띄었다. 작은 강아지 한 마리가 제 몸을 빼내기엔 남아돌고도 충분한 틈이었다.

억세게도 운이 좋은 놈이었다.

추격권을 완전히 벗어났음에도 강아지 달리는 것이 여전했다. 두 귀를 발딱 뒤로 젖힌 채 정신없이 빈 들판을 달려갔다. 들판은 저녁놀에 물드는 중이었다.

놀 진 벌판 속으로 강아지는 점점 빨려드나 싶더니, 금세 그들 눈앞에서 사라졌다. 붉은 놀이 벌판에서부터 경철 등의 시야로 밀려와 일렁거렸다.

3

"어디야, 어디?"

헐레벌떡 달려온 이 주임의 목소리가 거칠고 다급했다.

놓친 강아지가 못내 아쉽기도 하고 추후의 일에 대한 적잖은 불안감으로, 철망을 쓸어보고만 있던 경철은 얼른 그곳을 손짓하며 자리를 터졌다.

꼭지까지 차오른 숨을 채 다스릴 만한 겨를도 없었다. 정신없이 이 주임은 경철이 손짓하는 대로 달려갔다. 더운 살 냄새가 물씬 풍겨왔다.

개구멍을 바라보는 이 주임의 눈가에 차츰 실망이 번져 나갔다. 하긴 그럴 만도 했다. 그렇지만 그러는 것이 경철로서는 다행이었다.

하필 저곳일 게 뭐야!

이 주임이 자신의 마음이 쫄아든 것과 그 원인의 기미라도 알아챌까, 경철은 안절부절 못했다. 그런 기색이 밖에 드러날까 봐 경철은 숨도 크게 못 쉬고 있었다. 이 주임의 망연자실한 눈길을 따라 다시 눈여겨 본 개구멍은 아까보다도 훨씬 그 틈새가 넓혀져 있는 양 싶었다.

후—!

이 주임이 크게 낙담한 한숨을 내뿜었다. 약간은 안심이 됐다. 강아지 놓친 것에 대한 책임만 묻는다면야…….

별안간 이 주임이 홱 돌아서 경철을 똑바로 쳐다봤다.

흉맹한 눈길이었다. 경철은 전신에 감전이라도 된 듯, 소름이 끼치는 걸 느꼈다.

가쁜 숨이 아직도 가라앉지 않은 것인지, 놀빛에 물든 것인지 이 주임 얼굴은 벌겋게 달아올라 있었다, 씨근덕거리는 숨소리가 거세게 경철을 압박했다.

"어떤 새끼들이야?"

버럭! 뚝배기 깨지는 소리가 터졌다. 경철의 마음은 더욱 오르라들었다.

아무래도 눈매가 심상치 않았다. 아이쿠! 그걸 캐물으려나. 목이 바짝바짝 탔다. 그 물음만으로는 이 주임이 지금 무얼 생각하는지 짐작할 수 없었다.

"어떤 새끼들이야, 어떤 새끼들이 여기 공사 했어?"

'제기랄! 다 틀렸구나!'

경철이 여전히 대답을 못하고 미적거리자, 주먹을 불끈 쥔 이 주임이 경철의 코앞까지 내달아 득달했다.

"너 왜 말을 못해? 너 이 새끼, 너부터 한 대 맞고 이야기할 거야? 언놈들이야, 언놈들이 여기 공사 맡았었어? 빨리 말 못해!"

"······."

이 주임은 무엇인지 짐작이 가는 얼굴이었다. 이번 봄에 훈련원 전체 외벽과 철조망에 대한 일제 보수 공사가 있었다. 경철은 어금니를 꽉 다물었다. 이젠 어차피 터진 일이었다.

"예! 본래는 용접반 배당 구역이었지만 사람이 부족하다고 해서 저희가 ······."

철썩!

말을 끝내기도 전이었다. 벼락같이 이 주임의 주먹이 경철의 **뺨**을 후려쳤다.

경철 눈앞에 별똥이 번쩍 쏟아져 내렸다. 순식간이었다.

"이 자식들 내 그럴 줄 알았다! 개만 못 잡는 등신들이어도 봐줄까 말간데······ 그래! 그깟 철조망 하나 제대로 못 쳐!"

"······."

"그때도 늬 자식이 내무반장였었지?"

"……예……."

제기랄! 경철은 눈시울과 뺨이 동시에 화끈한 것을 참아냈다. 주먹으로 칠 것까지야 뭐 있다고……. 왼쪽 뺨이 아직도 얼얼했다.

재수에 옴 붙은 날이었다, 하필이면 그놈의 강아지는 우리 앞에 나타날 게 뭐고, 꼭 그 자리로 도망칠 것은 뭐야! 아무리 우리가 잘못했다고 해도 그렇지, 주먹으로 치는 건 또 무슨 경우고…….

강아지 빠져 나간 자리가 자신들이 공사를 맡았던 구역임을 상기한 때부터, 경철은 각오를 하고 있었다. 무사히 넘어갈 일이 아니었다. 개 놓친 것만으론 제아무리 이 주임이 심사가 꼬여도 화내기가 무엇 했을 텐데, 자신들이 좋은 꼬투리를 제공한 셈이었다. 기능 훈련을 받는 자신들이 철조망 보수 공사 하나 제대로 하지 못했다면 말도 아니었다. 어찌 된 연유로 이런 일이 생겼는지, 생각할수록 아득했지만 기왕지사 엎질러진 물이었다. 자신들의 과오이니 어떠한 징계도 감수할 도리 외에 다른 방도가 없었다. 더구나 경철 자신은 내무반장이었으니 이 사태에 대해 훨씬 비중 있게 책임져야 할 것이다.

뺨을 맞는 순간, 경철은 자신이 이 훈련원에 들어와 일 년이 넘게 쌓은 공든 탑이 일순간에 허물어지는 느낌이었다. 알 수 없는 누군가가 자신을 향해 해코지를 하고 있다는 걸, 막 알게 된 사람의 심정이 이럴까……. 이 주임에게 맞았다는 사실에 대해 분노를 느낄 만한 여유도 없었다.

사실 경철이 이 주임에게 맞았다는 것, 더구나 그것도 다른 데가 아닌 뺨이라는 게 결코 작은 일은 아니었다. 현직 내무반장이기도 했거니와, 경철은 원생 중에서도 최고참 원생이었다. 입소한 지가 경철만큼 오래된 원생은 이 훈련원 내에 없었다. 그런 경철에게 이제 신출내기인 이 주임이 손찌검을 하다니……!

워낙이 창졸간에 벌어진 일이고 아직도 그 상황이 해소되지 않은 상태여서 당사자인 경철은 그 일이 가지는 의미를 반추해 볼 틈이 없었지만 나머지 사람들까지 정신이 나가 있었던 건 아니다.

운규 낯색이 붉으락푸르락하는 것을 눈여겨 본 사람은 없었다. 운규 낯빛이 그토록 상기된 이유는 바로 경철의 뺨에 날아간 이 주임의 손 탓이었다.

처음 운규는 하도 당돌한 일이어서 꿈인지 싶었다. 이 주임 저 자식이 감히 우리에게 손찌검을 해!

곧 뜨거운 것이 가슴속에서 요동을 쳤다. 욱―! 치밀어 오른 것이 운규 전신을 이글거리게 했다. 저 자식이 돌았는갑네, 감히 우리들한테 손을 댔어. 어디 한 대만 더 쳐올려 보거라, 그 못된 놈의 손모가지를 칵 분질러 놓고 말텐게……. 경철이 놈이야 배알도 없이 속 좋은 놈이니께 참을지 몰라도 나사 그렇게는 못 허지, 암, 그렇게 허든 못 허지, 못 허고 말고!

임시직, 일종의 사환으로 근무할 때의 이 주임을 알고 있는 사람들은 자신들밖에 없었다. 원생들에게 자칫 말대꾸라도 했다가는 그날 퇴근 전에 어딘가로 끌려가서 치도곤을 당하던 주제에, 이제 와서 지가 직원이라 이거야! 우리가 성미가 무던해 놓으니께 성질 고약헌 선배들만 못 허다 이것여? 우리들헌테 우격다짐을 히서 지가 이겨 보겠다 이것여, 뭐여?

그렇잖아도 성미가 나 있던 운규였다. 함부로 주먹을 휘두른 이 주임을 노려보았다.

그동안 이 주임도 경철, 운규 등에겐 함부로 하지 않았었다. 자신의 임시직 시절을 알고 있는 그들을 슬슬 꺼려해 왔던 것도 사실이었다. 자신의 직무임에도 운규 등이 규정을 어기면 못 본 척 하기도 한 적이 많았다. 운규 등만 수료해 나가면 자신의 임시직 시절을 아는 사람은 없었다. 괜하게 그들의 성미를 사납게 해야 자신만 불리할 뿐이었다. 자신이 하는 일이 원생 관리인데, 실질적으로 원생 통솔을 하는 것은 군대식 기율에 익숙한 고참들이었다. 이들이 비협조적이라면 이 주임은 자신의 임무를 효과적으로 수행할 수 없었다. 또한 이 주임의 권한이 대단히 큰 것도 아니었다. 자신에게 대든다든지 할 때, 적절히 처리할 힘도 없었다. 서로간 묵계라고나 할까, 상호 불간섭의 조약 같은 것이 그들 사이엔 암묵적으로 존재해 왔었다.

한데, 그 평화를 깨고 이 주임이 도발해 온 것이다. 그 동안 훌륭히 유지해 온 상호 존중의 정신을 먼저 저버린 배신이었다. 그럴 만큼 자신이라도 있다는 것인가. 아니면 이제 몇 남지 않은 고참 쯤 우습단 말인가. 마음에 들지 않았어도 그동안 자신들이 얼마나 이 주임을 도운 셈인데……. 배은망덕하기가 그지없었다.

이처럼 운규는 내심 칼을 갈고 있었다.

경철의 뺨을 후려치고는 자신도 어찌할 바를 모르는 듯이 개구멍을 한참 굽어보던 이 주임은 무엇인지 결심한 표정으로 입을 뗐다. 결연한 다짐이라도 한 듯한 얼굴이었다.

"흠—! 그동안 이리루 나다닌 놈들이 많았구만. 이놈의 구멍 좀 봐! 이게 어디 개구멍이야, 장정들도 나다니겠다! 원내에 웬놈의 술병이 그렇게 지천으로 널렸는가 했더니 모두 이 구멍으로 들여온 모양이구만. 이 자식들! 아예 철조망을 뚫고 나다님서 술을 사 마셔? 그게 교육생들이 할 일이야?"

"……."

이 주임은 제법 장황하게 이야기를 했지만, 뚝뚝 끊어지게 하는 어투가 철조망 구멍이 아무래도 인위적으로 뚫린 것 같으며 그것은 원생의 소행일 터이니 범인을 색출하겠다는 것으로 압축되고 있었다.

덤터기를 그렇게 씌우면 또 할 말이 없는 게 원생들이었다. 공사를 제대로 하지 못했다고 해도 자신들의 잘못이었고, 잘 된 철조망을 일부러 뚫고 나다니며 술 마시러 다녔다는 것도 원생들에겐 불리한 이야기일 뿐이었다.

"너희들 정신 상태가 어떻게 된 놈들 아냐, 엉? 아무래도 너희들은 정신 상태가 풀렸어. 낫또가 풀려도 한참 풀린 놈들이란 말이야!"

이 주임은 제 이야기에 제가 흥분되어 아주 악을 썼다. 그럴수록 운규는 이를 갈고 있었다. 이 주임은 아무래도 이 트집으로 원생들의 기를 꺾어놓을 작정이었다. 원장에게 보고할 수도 있는 중대한 사항이라고 슬며시 흘리는 어투가 자신에게 고참 원생들이 자진해서 무릎을 꿇고 사과하기를 바라는 투였다. 이 주임이 고함을 칠수록 분위기는 더욱 험악해졌다.

거의 일촉즉발이었다. 운규는 더 이상 이 주임의 씨알머리 없는 소리를 견딜 인내심을 자기 자신에게 요구할 수 없었다.

그 순간이었다.

"쿵! 쿵! 이게 무슨 냄새지? 어데서 술 냄새가 나는 것 같은데……."

이 주임의 코가 벌름거렸다. 이 주임 눈매가 번들거리고 있었다.

아차! 이젠 술 마신 것까지 들키는구나.

이 주임의 후각이 원망스러웠다. 개코도 아니고 무슨 냄새는 저리도 잘 맡는담. 어느 틈에 미약하게 풍겨났을 술 냄새를 맡았단 말인가. 운규, 경철 등이 당황하는 기색을 놓칠 이 주임이 아니었다. 운규를 향해 이 주임이 걸어 왔다.

또, 주먹을 불끈 쥐고 있었다. 운규의 면전에서 이 주임이 빽 소리를 질렀다.

"아가리 벌려 봐!"

"……."

"야, 임마! 김운규! 말 안 들려! 이 자식이 고참 좀 됐다고 눈에 뵈는 게 없나? 아가리 못 처벌려!"

이 주임의 숨소리가 높아갔다, 암팡진 이마는 잔뜩 구겨진 상태였다.

그건 운규도 마찬가지였다.

하는 수 없었다. 술 마신 거 눈치챈 사람을 속여 봐야 사람만 추잡하게 보일 뿐이다.

"죄송합니다. 날도 덥고 해서……."

찰싹!

아까와 똑같았다. 말 끝내기도 전에 운규의 면상에 이 주임 주먹이 날아들었다. 이번에 운규의 뺨은 우로 팩 돌아갔다.

운규의 돌아간 뺨이 제자리로 돌아오기에는 제법 시간이 걸렸다. 타격이 컸던 것은 아니다. 운규는 왼손으로 자신의 뺨을 짚어 보았다, 아직도 얼얼했다, 주체할 수 없이 뜨거운 수치와 분노가 가슴 속에서 끓어올랐다. 운규는 이 주임을 정면으로 쏘아보았다, 눈에 핏발이 서고 있었다.

분위기는 급속도로 냉각되었다. 이 주임은 뺨을 때리고선 별말 없이 운규를 노려보고 있었다. 네깟놈이 날 째려보면? 술을 마신 것은 충분한 징계 사유였다.

하지만, 그까짓 징계가 대수랴. 당장에 핏발이 곤두선 판국이었다. 주위는 개미 새끼 한 마리 지나는 소리도 나지 않았다. 몰려 있는 원생들의 얼굴은 하나같이 딱딱하게 굳어 있었다. 운규의 두 손이 부르르 떨리고 있는 것을 그들도 본 것이다.

운규는 입안이 바싹 바싹 타 들어가는 것을 느끼고 있었다, 꿀꺽! 마른 침을 삼켰다. 메마른 목구멍에 역시 마른 침을 억지로 삼키니, 울컥 비린내가 입안에 가득 고였다. 마른 침이 무슨 가시같이 목구멍을 쑤셨다.

운규는 망설이고 있었다. 둘 다 이십대 혈기 방장한 사내였다. 뒷일 생각 않고 맞붙는 것이 상례일 듯했지만, 그 역시 훈련원에 입소한 목적을 까먹을 만큼 우둔한 머리는 아니었다. 그렇다고 참자니 저 많은 후배 원생들 앞에서 무슨 치욕이란 말인가.

이때, 이 주임이 맞붙은 눈길을 먼저 돌렸다.

표독한 살기가 피어오르는 운규 눈길이 예사스럽지 않았다. 독이 오른 상대와 눈싸움을 해서 그의 적의를 부채질할 필요는 없었다, 어쨌거나 자신으로서도 이득 될 일이 아니었다. 이 주임이 현명했다.

그렇다고 이 주임이 원생들을 그냥 놔둘 마음인 건 아니었다. 눈길을 돌린 이 주임은 잽싸게 철망 앞으로 뚜벅뚜벅 걸어갔다. 바짝 개구멍 앞에 다가섰다. 원생들의 눈이 그리로 쏠렸다. 뭐 하는 짓거리야?

이 주임은 불쑥 자신의 고개를 숙여 그 개구멍 속으로 처넣었다. 강아지가 빠져 나간 자리를 사람 머리라고 통과 못할 리 없었다. 그건 일종의 시위였다. 이처럼 개구멍이 크게 뚫렸는데, 그게 누구 책임이냐 묻는 것이나 다름없었다. 이래도 늬놈들 할 말 있어?

"너희 놈들 안 되겠어! 모두 연병장으로 집합해!"

어디 이 자식들 한번 옹골지게 당해 봐라.

"하란 공사를 제대로 할 줄을 아나, 강아지를 잡기를 하나. 하나 쓸만한 구석이라곤 있지도 않은 놈들이 술까지 처마셔? 여차하면 네 이자식들 깡그리 징계야. 일단 네놈들 전부 벌점 30점씩 각오해, 알았어?"

고함을 버럭 지른 이 주임은 운규를 다시 한 번 매몰차게 쏘아보곤 획 몸을 돌렸다.

벌점 30점이라면 작은 점수는 아니었다. 하지만 원생들로선 그나마 다행이었다. 그 정도 징계로 그친다는 이야기였다. 나머지는 언급하지 않겠단 이야기이기도 했다.

운규는 허탈하게 자신의 맥없이 풀어진 주먹을 내려다보았다, 완전한 판정패였다. 이 주임의 속셈은 뻔했다. 보고를 해서 자신들을 징계할 수도 있을 텐데, 벌점을 부과한다는 것은 자신의 재량으로 원생을 처리하겠다는 것이었다. 벌점 30점이 작은 것은 아니었지만 내무 점수가 좀 나쁘다고 해서 수료가 안 되는 것은 아니었다. 그런 경미한 조치를 취한 것은 그 뒤의 징계를 자신 뜻대로 하겠다는 것이었다.

강아지도 놓쳤겠다, 자신들이 공사를 한 철조망에 구멍은 휑하니 대문짝만하게 뚫려 있겠다, 엄금하는 술은 마셨겠다, 어떤 식으로든 징계는 피할 수 없는 것이 되었다. 이 주임 뜻대로 자신들을 굴려 보겠다는 게 확실하지만 어쩔 수 없는 약점이 이 주임 손아귀에 꽉 잡혀 있으니……원! 그렇게라도 처리해 준 것이 후배들에겐 고마웠을 것이다. 그들은 앞으로도 창창히 훈련원 생활을 해나가야 하는데 보고가 되어 문책을 당한다면 남은 기간 큰 지장이 아닐 수 없었다. 벌점 30점에 이 주임에게 좀 혼난다고 그 게 대수랴.

문제는 운규 등이었다. 그들은 차라리 보고가 되어 징계를 받는 게 나을 지도 몰랐다. 설마 출소만 시키지 않는다면 그들은 곧 훈련원을 수료할 판인데, 징계를 받으면 또 어떠랴. 이 주임이 자신들을 운동장에 집합하란 저의는 분명했다. 이른바 뺑뺑이를 돌린다는 것인데 그걸 운규 등이 받아야 한단 말이니 그게 어디 반겨 맞을 일인가. 하지만 자신들이 책잡힌 일이 한두 가지도 아닌 데다 후배들이 그게 낫단 식의 반응을 보이는 것을…… 어쩔 수 없었다.

곧 원생들은 운동장에 집합했고, 그들은 운동장을 뜀박질로 '그만!'이란 명령이 올 때까지 돌고 또 돌란 지시를 이 주임에게 하달받았다. 그 거들먹대는 태도라니, 운규는 분통이 터져 죽을 지경이었다.

효력이 확실한 약점이었다. 운규의 사나운 성질을 틀어쥘 만한 것이었으니 이 주임은 쾌재의 미소를 지었다. 이번 기회에 아주 야코를 죽일 작정을 하고 있었다. 이 주임의 입가에 맴돌던 비아냥거리는 미소를 떠올리자, 운규는 견딜 수 없이 소리를 질렀다.

"야, 이 개스끼들아! 더 빨리 안 돌아! 아가리 안 찢어!"

발작적으로 운규가 소리를 치자 뿌오얀 먼지 연기가 더욱 맵게 일어 났다. 규율……! 확립……! 규율……! 확립……! 규—율……! 확— 립……!

악을 쓰며 그들은 구보 구호를 외쳐댔다. 날도 더운데 체육복에 작 업복, 작업모를 껴입고 쓰게 만든 이 주임의 심술로 그들 잔등엔 곧 더 운 땀이 배어났다. 구호에 발을 맞춰 뛰니 한 발짝씩 내뛸 때마다 운동 장 전체가 요동치며 흔들렸다. 매캐한 흙먼지가 마구 원생들 코를 찔 렀다. 아직도 더위가 고스란히 간직된 흙먼지가 호흡을 곤란하게 했 다. 한 번씩 들이마실 때마다 정신이 어찔했다. 평소에도 아침 구보라 면 고개를 절레절레 내두르던 인도였다, 보조 맞추기에도 급급해 낑낑 거리고 있었다.

운규는 뛰면서 자꾸만 손이 왼뺨에 올라붙었다. 기분이 그래서인지 조금 부풀어오른 느낌이었다. 마른 흙먼지가 입과 코에 들러붙어 간지 럽혔다. 끈적거리고 불쾌했다. 칵! 가래를 내뱉었다. 가래는 땅바닥을 구르며 먼지를 둘둘만 채 엉겨 붙었다. 언뜻 핏빛이 내비쳤다. 다시 역 한 비린내와 매캐한 흙먼지가 날아들었다.

— 이 개자식들! 더 아가리 안 찢어!

— 너 이 새끼들! 다 죽을래? 벌써 캑캑거리기는 어디서 캑캑거리고 지랄들이야.

— 보조에 맞춰 노—래 —한—다, 노래! 진짜 사나이!

……사나이로 태어나서 할 일도 많다만 너와 나……

여기저기서 악다구니가 터져 나왔다. 시끄러운 구호가 그치면 바로 군가풍의 노래들이 울렸다. 소란스럽기 짝이 없었다, 뛰면서 구호를 외치고 노래를 부른다는 것도 상당한 고역이었다. 하지만 아무 소리도 없이 절벅절벅 달리기만 한다는 것도 우스운 것이었다. 그리고 그렇게 할 양이면 빽빽 악을 쓰는 게 어울리는 것으로 항용 인식되어 있었다.

규율……! 확립……! 규율……! 확립……! 협동……! 단결……! 협동……! 단결……!, 기술……! 연마……! 기술……! 연마……!

구호는 입때껏 많이 외쳐 보았지만 노래라고는 주워들은 군가들뿐이었다.

멋있는……? 있는…… 사나이……! 사나이…… 많고 많지만…… 바로 내가…… 바로 내가 …… 사나이……! 멋진 사나이!

그렇게 고함을 지르고 운동장을 구보하는 것도 어느 정도 힘이 있을 때는 어려운 것이 아니었다. 대략 열 바퀴나 돌았을까, 구보 속도가 걷는 속도와 비슷하게 처지기 시작했고 부른 노래나 내지르는 구령이 고작 서너 사람 목청 밖에 되지 않았다. 너무 더운 날씨였다. 그리고 모두들 점심때부터 강아지를 찾는다고 땡볕을 헤매고 다녔으니 지칠대로 지칠 수밖에 없었다.

그것은 원생들에게 좋지 않았다. 이런 경우 언제나 문제가 되는 것은 같은 원생이지, 다른 사람이 아니었다. 그렇지 않아도 가뜩이나 화가 나 있는 운규에겐 장작불에 기름을 끼얹은 격이었다. 운규의 속은 활활 타오르고 있었다.

진즉에 서산마루를 내려선 낙조는 한껏 행보가 빨라졌다. 운규 등이 허덕이고 있는 운동장을 향해 붉은 놀이 달려드는가 싶더니, 어느새 운동장은 짙은 땅거미에 휩싸이고 말았다. 숨을 헐떡이며 괴롭고 무거운 걸음을 뛰는 겐지 걷는 겐지 모르게 옮기고 있는 원생들의 얼굴도 모두 핏빛으로, 거무튀튀하게 물들어갔다.

더위가 많이 가시긴 했어도 여름은 여름이었다. 수그러진 듯하면서 여름의 열기는 계속 날름거렸다. 땅에서 올라오는 열기, 뜀박질에 지친 사내들의 급박한 맥박 등이 그들이 뛰는 대열을 감싼 채 벗어날 줄 몰라 더욱 숨이 막혔다. 핑핑 현기증이 일었다.

원생들은 하나같이 숨도 고르지 못하고 혀를 내빼물고 있었다. 거친 짐승의 신음 같은 것이 계속 사람들의 입에서 새 나왔다.

자신이 힘들기도 할 것이고, 그렇게 헐떡 숨만 내쉬는 후배들이 안쓰러울 만한데도 운규는 전혀 그런 생각이 들지 않았다. 그저 머리끝까지 뻗쳐오른 열이 그를 지배하고 있었다. 무덥고 찐득했다. 운규는 거의 제정신이 아니었다. 있는 소리 없는 소리 다 모아 고함을 지르고, 걸음이 처져 허덕이는 후배들을 인정사정 볼 것 없이 걷어찼다.

물에 빠진 생쥐 꼴도 그들보다는 덜했다. 그들은 땀으로 흠뻑 젖었다. 그들의 옷을 쥐어짜면 한 양동이도 넘게 짠물이 쏟아질 것이요, 그대로 볕에 말리면 왕소금 두어 주먹은 너끈히 훑어낼 수 있을 정도였다. 대열은 갈짓자로 길게 늘어졌다. 이제 엉망으로 흐트러져 버린 대열은 운규가 아무리 미쳐 날뛰고 고함을 지르고 걷어찬다 해도 그 회복이 불가능할 지경에 이르고 있었다.

처음 운규가 미친 듯이 걸음을 재촉해 흡사 단거리 경주라도 하듯이 힘을 빼 놓은 것이 하나의 원인이기도 했다. 원생들의 체력은 거의 바닥이 났다. 거북이 걸음으로 이어지고 있는 대오는 띄엄띄엄 그 간격이 벌어지고 있었다. 선두와 후미의 거리는 거의 연병장 반쪽 길이만큼이나 길게 늘어졌다.

경철은 아직 지치지 않은 편이었다. 옆에서 심하게 허덕이는 인도가 안쓰러워 그를 부축할 여력이 있었으니 상당히 잘 뛰는 축이었다. 갈수록 힘이 나는 것은 운규였다. 늘어진 뱀 몸뚱어리 같은 이쪽 대열의 처음과 저쪽 대열의 끝을 부산하게 왔다갔다 하며 욕지거리를 퍼붓고 처지는 후배들을 윽박질렀다. 그러나 말이 먹힐 리 없었다.

—선두 제자리!

운규는 엄포를 놓았다. 이럴 것 같으면 어디 보자, 이 자식들!

대열은 다시 출발했다. 돌고 또 돌아도 언제 끝날지 모르는 운동장에서 그들은 다시 맴을 돌았다. 달리는 일 자체가 고역이었고 그것은 모든 원생이 치르는 일이었지만 남달리 더 곤욕스러운 사람들이 있었다. 대열의 맨 선두에 선 사람들이었다.

자기 몸 가누기도 힘든 판에, 바람 한 점 없어 보이는 날씨가 사람들이 달려가면 막강한 저항 와류를 형성해 그걸 뚫어내야 했고, 운규는 계속 걸음이 처진다고 성화였다. 앞에 선 이들은 대개 후배들이고 보니 뒤로 처지고 싶은 마음이야 있었지만 그럴 수도 없는 일인데다, 하나 둘 뒤로 처져 농땡이를 치는 선배들을 훔쳐보자니 그것 또한 고역이 아닐 수 없었다.

'하나라도 낙오하면 전체를 다 밟아 버린다'는 운규의 살벌한 엄포도 후배들에게나 통용되는 것이지 운규의 동기인 선배 기수들에까지 적용되는 것은 아니었다. 다 같이 뛴다면 억지로 발걸음을 재촉해 볼 수도 있는 일이지만 여기저기 하나씩 빠져 버리니 운규가 아무리 소릴 질러도 뛸 맘이 생기는 것은 아니었다. 그저 운규의 폭력이 무서워 그들은 뛰는 시늉을 할 뿐이었다.

하지만 경철은 뒤로 처질 생각 없이 달리고 있었다. 뛸 수 있는 데까지 뛰어 보고 지치면 그만 뛰어도 되는 처지였다. 그것이 오히려 발걸음을 가볍게 하는지도 몰랐다. 후배들은 그저 꾀부릴 생각도 못하고 뛰어야 하는 게 마땅했다.

운규나 경철이나 이래저래 후배들에겐 하나같이 밉상인 선배들이었다. 하지만 내색을 할 수 없으니 그 또한 미칠 일이었다. 경철의 발걸음은 전혀 지친 기색 없이 날래기만 했다. 더는 못 견디고 낙오하는 원생들이 속출했다. 경철의 부축을 받아가며 어렵게 대오에 남아 있던 인도도 그중 하나였다. 혀를 내빼물고도 다시 대열에 복귀하려고 기를 썼지만 한 번 낙오한 사람이 될 리 없었다. 낙오한 원생들은 이제 막무가내였다. 흡사 미친 사람처럼 운규는 각목을 휘둘렀다. 널브러진 후배들을 장작 패듯이 족쳤지만, 퍽퍽 그들 육신에 각목이 파고들어도 무감각한 모양이었다. 동물적인 통증을 못 느낄 리야 없었겠지만 그보다는 조갈증과 몸에서 썰물 빠지듯 깡그리 빠져 나간 기력의 회복이 중요했다. 육신에 쏟아지는 무자비한 매질에도 불구하고 그들은 옴짝달싹도 하지 않았다. 통증을 못 이겨 몸을 뒤틀 따름이었다.

더욱 불쌍해진 것은 그렇게 낙오도 못한 후배들이었다. 납덩이처럼 무겁게 처진 걸음을 운규의 악받친 성화에 밀려 종종거리고 있었다. 원생들의 얼굴은 누렇게 뜬 채 비지땀을 흘리고 있었다. 야차夜叉처럼 날뛰는 운규를 그들은 두려운 눈치로 살폈다.

후배들 앞에서 신출내기 이 주임에게 뺨을 맞았다는 수치가 가실 리 없었다. 더하여 규정을 어기고 술을 마신 일이 이처럼 사태를 심각하게 몰아갔다는 자성도 없지 않았다, 그리고 후배들이 자신을 원망하고 은근히 비웃을지 모른다는 생각도 들었다. 운규의 온몸은 불덩이처럼 달구어져 있었다. 나부대지 않고서는 그 열을 발산할 길이 없었다. 혓바닥이 칼칼하고 벌써 갈라져 저린 목이었지만 고함을 안 칠 수도 없었다, 탁한 고함성이 운동장을 쩌렁 울렸다.

"굼벵이를 삶아 먹었어, 이 새끼들아! 빨리 안 뛰어! 악 안 써!"

이 주임은 사무실 창으로 어둑해진 운동장을 살피고 있었다. 운규 발광하는 꼴이 아주 가관이었다. 미친 자식…… 이 주임은 잊지 않고 있었다. 직원들 비상 대기가 있었을 때 저 자식이 배식 당번이었는데, 자신을 임시직이라고 깔보고 고작 깍두기 세 쪽을 줬던 수모…… 그걸 생각하면 아까 한 대 더 후려쳤어야 했다. 이만한 것도 자신이 너그러운 것이었다, 그래도 고참 원생이라고 엔간하면 눈감아 주곤 했더니 이것들이 이제는 기어오를 생각이나 하고, 아까 자신을 노려보던 운규의 섬뜩한 눈빛을 생각하면 불쾌하기가 이를 데 없었다. 이 주임은 오늘 퇴근을 포기한 지 오래였다.

이번 기회에 어떻게든 강아지를 찾아내 원장 눈에도 좋게 보여야겠고, 무엇보다도 시건방진 원생들의 기를 확실히 눌러 놓지 않으면 다시 그들을 제압하기가 어려울 게 분명했다. 자신의 본때를 보여야 운규 등은 말할 것도 없고 지금 갓 입소한 원생들에게도 교육적인 효과가 있을 게 틀림없었다.

거의 삼분의 일 가량의 원생들이 운동장에 주저앉았다. 서리 맞은 배추 포기마냥 그들은 흐느적거리기도 힘든 빛이 역력했다.

이 주임은 회심의 미소를 지었다. 이 자식들 이제는 내가 얼마나 독한 놈인지 절감했을 것이다.

이제 그만 구보하란 전갈을 운동장에 보냈다.

하지만, 그걸로 원생들의 고통이 마무리된 것은 아니었다. 독이 오를 대로 오른 운규가 다음 차례였다. 운규의 노여움이 가라앉지 않은 상태였으니 그들 고난의 상황도 아직 끝나지 않았다. 주섬주섬 다시 일어선 원생들에게 운규의 째지는 고함이 터져 날았다.

"이 개만도 못헌 새끼들! 고작 한두 시간 뛰었다고…… 나 잡아 잡수쇼, 퍼질러져? 그렇게 퍼질러지면 그냥 끝날 줄 알았어, 이 자식들아! 늬놈들이 고향 떠나 기술 배워보겠다고 온 놈들이야? 그러고도 늬놈들이 훈련생이야? 씹새끼들. 썩어 문드러질 대로 문드러진 새끼들! 이러고 끝날 줄 알았어! 나 보고 일렬횡대로 집합해!"

운규의 목소리는 분에 떨리고 있었다. 어디서 그런 힘이 나오는지, 죽을 둥 살 둥 운동장에 늘어진 엿가락마냥 붙어 있던 후배들은 후다닥 일어섰다. 운규의 눈매가 심상찮게 번들거렸다. 머리 끝에선 김이 모락모락 피어오르는 듯했다. 어찌나 화가 나는지 운규는 현기증이 일 정도였다. 그런 자신을 달래는 길은 하나밖에 없었다. 가슴속에 맺히고 응어리진 것을 모두 불사르는 것이었다. 그렇게라도 풀어 내지 못하면 자신은 금방이라도 돌아버릴 것 같은 무서운 생각이 들었다.

이런 경우, 후배들이 심정적으로 크게 반발할 것을 운규는 경험으로 알고 있었다. 또한 그런 때에 후배를 윽박질러 기를 죽이는 선배들의 논리도 운규는 잘 알고 있었다. 자신 역시 후배 때부터 숱하게 선배들에게 이런 꼴을 당해 왔고 귀에 옹이가 박히도록 들어 온 이야기였다.

—직원들에 의해 원생들이 기합을 받는다는 이 수모! 이건 두말할 것도 없이 우리 원생들의 기강이 그만치 문란해졌단 이야기가 아니고

뭐야? 지들이 뭔데, 직원이 뭐야? 왜 우리를 건드려? 우리가 평소같이 잘만 하고 아무런 하자만 없이 지내면 지들이 우릴 건드릴 것 같애? 우리가 제대로 기강만 있었다면 그놈의 구멍은 왜 뚫려? 그런 흠이 있으니까, 군소리도 못 허고 이 창피를 당하는 것 아냐? 틀림없이 진즉에 그 개구멍 본 놈이 여기 있을 거야! 근데 그걸 봐도 본척만척, 고참들한테 이야기도 안 하니까 오늘 겉은 날 보기 좋게 뒤통수 얻어맞는 것 아냐? 그렇게 고참들 엿 맥이는 게 고소해? 늬들이 그 따위로 행동하니까 우리 꼴이 뭐가 돼? 그러면 늬놈들은 얼마나 편할 줄 알았어……? 우리는 얼마나 독종이 되어 놔서 후배들 잡아먹을 궁리만 허는 사람인 줄 알어? 똑같이 집 떠나와 그놈의 자격증 하나 따보겠다고 발버둥치긴 똑같은 처지야. 같이 고생하면서 왜 이렇게 돼? 여기는 내무 생활을 하는 곳이고, 그러다 보면 자체 규율이 있게 마련이야! 늬들이 인정을 하든 말든 그동안 여기 규율은 고참 위주였어. 어디고 후배들 위주로 편성된 조직 있는 줄 알어? 늬들보다 하루라도 빨리 들어왔고, 고생을 했어도 더 한 우리라고, 근데 늬들 땜에 이렇게 뒤통수 맞으면 우리가 지금까지 지내온 게 너무 억울하잖어? 우리는 늬들만 헌 때 고생 안 헌 줄 알어, 또 그때 선배들은 지금 우리겉이 순헌 사람들이었는지 알어? 천하에 독종이란 독종은 다 모인 데가 여기였어. 그 고생 다 허고 이제 좀 편해 보나 했더니, 웬걸! 이건 후배들이 골치나 썩이고……. 늬들 겉으면 세상 살 맛 나겠어? …… 이런 때 아무 소리 안 허고 지나가면 우리도 신간 편해! 우리 곧 수료하고 나갈 참이고, 나가서 취직하고 돈 벌면 그만이라고! 허지만, 허지만 말이다! 늬들이나 우리한테나 다 같이 소중한 곳이야, 여기는! 우리가 피땀 흘려 고생

험서 지내온 데라고! 그런 이곳이 앞으로 직원 손에 놀아난다면 늬들도 좋겠냐? 늬들은 뭐 고참 안 될 것 같애……? 우리가 헐 일은 우리가 알아서 허고, 우리네 규율이 튼튼해서 지들이 백 마디 허는 것보다 고참 원생이 한 마디 허는 게 더 잘 먹힌다고 직원들이 생각혀 봐! 우리 헌티 함부로 허겠는가? 이런 때 어물쩍 넘어가면 안되는 게 이런 거라고……! 친형제처럼 지내야 허는 선배와 후배 사이에는 지켜야 되는 질서가 있는 것이고, 그것이 문란해지면 선배 말은 우습게 알고 직원들헌티 알랑방구 뀌는 놈이 나오게 마련이야. 그럼 원생들은 직원들 노예되는 거라고! 알어? 노예된다고, 노예! 우리가 기술 배워 취직해 보겠다고 여기 들어왔지, 이 주임 겉은 놈헌티 뺑뺑이나 돌라고 여기 들어온 줄 알어? 그까짓 강아지 새끼나 찾아다닐라고 여기 들어온 줄 아냐고……! 지금 우리는 선배도 없고, 후배도 없는 개판으로 지내는 줄 늬들도 수긍할 것이다. 우리가 나갈 때가 다 되어서 좋게 좋게 지낼라고 했지만 말여, 이제는 더 못 참어! 아까 강아지란 것 쫓을 때도 봐. 나보다 빨리 뛴 놈 있어? 전부들 퍼질러져 갖고 그늘 속에 들어가 짱박혀 낮잠이나 늘어질라고 헌 놈들이 늬놈들여! 여기 있는 경철이 내무반장이고, 다른 내무반장들도 있어. 하지만 나보다 여기 입소헌 지 오래된 사람은 몇 없어! 종당에는 원생들간의 내무 생활이란 건 뿌리째 뽑히고 말 것인디, 그걸 보고도 못 본 척할 수는 없는 노릇이라고. 내가 우리 배선반도 아닌 넘들네 반까지 손댈 것이 못 되는데도, 이렇게 간섭허는 건 그래서여! 서로들 우리 반이 어쩌고, 늬네 반은, 어쩌고 그렇게 지집년 겉은 소리나 허고 우리끼리 먹고 살겄다 허니까 이 꼴이 된 것이라고……. 기분 나쁘면 빨리 들어왔어야지. 다 늦게 들어

온 죄로 이러는 것인갑다 허라고…….

 얼핏 들어선 그럴 듯한 이야기였지만 그다지 설득력 있는 소리는 못
되었다. 거의 협박에 가까운 말투에 후배들은 떨기에 바빴지, 그 이야
기가 과연 논리적인지 아닌지 분별할 겨를도 없었다. 하지만 분명한
것은 지금 운규가 무척 화가 나 있고, 그 화를 풀기 전엔 후배들 전체
가 편안하지 못하다는 것이었다. 사실 말을 이해하고 못하고 상관없는
일이었다. 선배가 화났다는데, 후배는 그 화를 온몸으로 받아내면 그
만이었다. 잘은 모르겠지만 선배들에게 큰 죄를 지었는가 보구나, 막
연한 공포와 죄책감을 후배들이 느끼면 또한 그만이었다.

 하긴 굳이 운규가 열을 내지 않아도 윤규 바로 밑 기수들이 그것을
주지시키긴 했을 것이다. 그게 위계 질서였다. 운규만 수료해 나가면
자신들이 바로 최고참이 되는 운규 밑의 기수들은 울며 겨자 먹기로라
도 자신들 밑의 후배들을 윽박지르는 수밖에 없었다. 불만스럽기야 마
찬가지겠지만 자신들이 운규에게 반발한다면 언젠가 그들이 운규의
자리에 섰을 때, 다른 후배들의 반발을 받을 것을 각오해야 한단 이야
기였다. 그처럼 앞으로 후배 통솔하는 데 악영향을 끼칠 일을 그들이
할 리 만무했다.

 ―좌로 굴러!

 ―우로 굴러!

 ―뒤로 취침!

 ―앞으로 취침!

 ……

 운규는 가혹했다, 살기등등한 기세였다. 원생들은 정신없이 운규 구

령에 따라 몸을 굴려댔다. 군복에 절어 있던 소금기가 다시 서걱거렸다, 건장한 사내 냄새와 땀 냄새가 서로 엉기니 썩은 생선내가 진동을 했다.

경철은 그들에게서 한 발짝 떨어져 그 광경을 지켜보았다. 그만 하자고 운규를 말려 볼까 하는 맘도 없진 않았으나 경철은 슬며시 발걸음을 돌렸다. 내무반장이고 보니 함께 있어 주는 게 당연했지만 그러기가 싫었다. 뛸 때는 못 느꼈는데 제법 다리도 후들거렸고, 차갑게 말라붙고 있는 땀과 흙먼지가 찐득거리는 게 영 불쾌해 견딜 수 없었다. 경철은 운규의 곱지 못한 시선을 외면하고 내무반으로 올라갔다. 연병장은 이미 어둠에 묻혔다.

금세라도 욕지기가 쏟아질 듯했다. 인도는 뱃살을 꽉 통증이 오도록 움켜쥐었다. 다시 엎어졌다 일어섰고, 금세 다시 굴러갔다. 운규의 구령은 쉴 틈이 없고 냉혹했다. 포복을 하고 뾰족한 자갈더미 위에 배를 깔고……. 경철이 선배는 지금 신나게 샤워를 하겠지……. 몇몇 최고참들이 옆에서 시시덕거리는 듯 했다. 다시 경철이 샤워하는 장면이 아른거리다 꺼져 갔다. 옆에서 누군지, 괴로운 짐승의 신음 소리를 흘리며 굴러가고 있었다. 그들은 잘 훈련된 꼭두각시였다. 암흑 속에서 터져 나오는 운규의 목소리대로 굴러가고 몸을 일으키는 익명의 고깃덩어리들……. 절로 욕지거리가 나왔다……. 경철 놈, 늬가 그랬어. 진실로 고통스러운 것은 육체의 고통이 아니라고. 이런 내무 생활에서는 우리들 몸뚱이 값어치란 게 수천만 개 나사나 볼트 중의 하나와 같은 것이라고. 그러니까 이런 생활 속에서는 자신도 모르게 기계쟁이로 틀에 맞춰져 깎이고마는 자신 내부의 뾰족하고 예민한 부분들을 입소 전처럼 소중히 지켜야 하는 것이라고, 매몰되지 말라고! 지내면서 어떨지는 몰라도, 퇴소하여 사회에 나가면 외양은 전처럼 회복될지 몰라도, 잃어버리고 황폐해진 자신의 내면은 다시 회복하기 힘들다고! 그러니 인간적 자존심, 끊임없이 내부에서 솟구치는 인간애의 가능성을 신뢰하라고! 항시 깨어 있어 자신을 잠재우려는 것들과 맞서 싸워야 한다고……! 개소리 집어 쳐! 덜 떨어진 목사님 같은 소리 그만 하라고……. 인도는 환청으로 들려오는 경철의 목소리에 더없이 짜증스러웠다.

지깟 놈은 고참이니까 몸 덥힐 만큼 뛰다가 들어가서 씻는 편한 주제에……. 사람은 결국 환경의 지배를 받는 짐승에 불과해! 지금 개만도 못 허게 허덕이는 우리에게 알아듣지도 못할 그런 설교가 무슨 소용이 있단 말야? 인간적인 자존심을 지켜 비굴하게 물 한 모금을 구걸하지 말라고? 저기 서 있는 악마 같은 운규를 사랑하라고? 신소리 말어! 지금 당장 나에게 칼이라도 하나 쥐어진다면 난 자살하고 말 거야! 이렇게 더러운 꼴 당하려고 여기 들어 온 줄 알어! 아니면, 김운규 놈보다 너처럼 위선적인 놈 배때지를 쑤셔 버릴 거라고…….

"임마! 너희들은 악도 없어! 저 새끼, 김운규 저 새끼 고막 터져 뒈져 버리라고 악 한 번 써보란 말야!"

운규는 나오는 대로 고함을 질러댔다.

그래! 이 새끼, 김운규 네 말이 옳다! 이 새끼 고막이나 터져 뒈져라!

정—신—통—일!

정—신—통—일!

고함인지 통곡인지 불분명한 함성은 계속 어둠을 찢어발기려 버둥거렸지만 어둠은 쉽게 걷히지 않았다. 운규의 성난 가슴도 달래지지 않았다. 이제 짙은 어둠이 운동장에 너저분히 늘어져 있는 원생들을 덮쳤다. 그리고 그들의 육신을 짓이겼다. 기합이 다 끝나고 모두들 내무반으로 기어들어갈 때야 사람들은 인도가 정신을 잃고 쓰러져 있는 것을 발견했다.

4

"저어……."

"왜?"

"저어…… 선배님! 급히 드릴 말씀이……."

"그래! 말해 봐!"

"저어…… 여기서는……."

녀석은 그렇게 쭈뼛거렸다. '저어'를 연발하는 놈의 말투가 짜증스러웠지만, 내무반장 행세로 그런 내색은 할 수 없었다. 바로 밑 기수 후배였다, 녀석은 재빨리 주위를 둘러보았다. 모두들 늘어져 있었다. 아예 코를 골며 잠에 떨어진 후배들도 한둘이 아니었다. 일요일 아침이었다.

눈꼽을 떼고 봐도 아침의 생기라곤 찾아볼 수 없는 내무반이었다. 그럴 만도 했다. 전일 이 주임과 운규에게 시달렸으니 모두들 녹초가 되고도 남을 지경이었다.

그뿐 아니라, 전날 밤에도 이 주임은 까막까막 내려오는 눈꺼풀 견디기도 힘든 원생들을 한밤중에 다시 한 번 집합시켜 놓고, 강아지도 못 찾은 놈들, 개 당번들은 개집에나 들어가서 잘 일이지 왜 내무반에 기어 들어왔느냐는 등 한바탕 난리를 쳤다.

오늘 당직인 김 계장도 이 주임의 당부를 받았는지, 오후부터는 개를 찾아야 한다고 하는 판이었다. 이 시간은 그들에게 금쪽같았다. 조금이라도 더 눈을 붙여 두어야 했다.

"저어…….선배님! 큰일났습니다!"

녀석이 졸라대는 바람에 복도까지 따라 나온 경철은, 갑자기 다급한 목소리롤 이야기를 하는 놈의 얼굴을 멀뚱멀뚱 바라보았다.

"무슨 일인데?"

"저어…… 운규 선배가 사라졌습니다!"

"지금 무슨 소릴 하는 거야?"

아닌 밤 중에 봉창 뜯는다더니, 이런 경우였다. 갑자기 운규가 어디로 사라졌다는 거야?

녀석도 답답하단 표정이었다. 경철이 무언지 알고 있을 거란 예상을 했다는 투였다.

"왜 운규가 사라져? 너 그 소리는 어디서 듣고 하는 거야?"

퍼뜩 전날 잠 우울해 있던 운규 얼굴이 떠올랐다. 깐에 양심에 찔리긴 했던가?

"저어…… 그게…… 어제 운규 선배하고 인도하고 있었던 일하고 상관이 있는 모양인데요……."

"어제?"

어젯밤 인도가 운동장에서 기절했었다는 정도는 알고 있었다. 아침 내내 끙끙거리던 것도 눈에 선했다.

"근데? 그게 어쨌단 거야?"

"저어…… 그게 말입니다. 인도가 그냥 쓰러진 게 아니고 좀 다쳤었던가 봅니다. 그걸 전날 잠에 봤을 때는 별 게 아닌갑다 했는데 아침에 일어나 보니까 그런 게 아니어서……. "

경철이 의아한 만큼 녀석도 답답한 모양이었다.

"어제요, 인도가 기절을 안 했습니까? 그런데 들어와서 씻기면서 보니까 피가 좀 났더라구요. 헌데 워낙 분위기도 그렇고 말을 안 했는데……. 아침에 일어나 보니까 인도 녀석 끙끙대는 게 심상치가 않아 다시 들여다봤더니 글쎄 팅팅 부은 것이 큰일 나겠더라니까요. 그래서 운규 선배한테는 이야기를 해야겠다 싶어 말씀을 드렸더니……."

"그러니까, 운규가 인도를 다치게 했다 이거야?"

"딱히 그런 것은 아니지만, 또 안 그렇다고 할 수도 없고……."

"무슨 말이 그래? 말이야, 막걸리야? 똑바로 말해 봐! 어디를 다쳤는데 그래?"

"참말로 남들 들으면 우세스러서 말하기도 그렇고……."

"이 자식이! 빨리 말해 봐! 어디를 다친 거야, 얼마나 다쳤는데 그래?"

기어이 경철이 버럭 소리를 쳤다. 녀석이 찔끔하더니 말을 이었다.

"저어…… 그게 요상스런 데라……. 거기 있잖습니까?"

말하기가 영 거북살스럽단 얼굴이었다. 거기라니? 거기가 어디야?

"저어…… 사추리를 다친 모양이라니까요!"

"사추리……? 밑에를 다쳤단 말야?"

"그렇고만요."

웃을 일이 아니었다. 남자에겐 급소이기도 한 곳이었다. 거기를 다쳤다면 사내 구실 하는 데도 지장이 있었다.

"아니, 얼마나 다쳤는데 그래? 피가 났다니?"

경철이 다급하게 물었다. 녀석은 여전히 느물느물했다. 녀석의 말을 종합하면, 어제 인도가 기절한 뒤 업고 들어온 애들이 세면장에 달려가 물을 끼얹어 깨워 놨더니 정신을 차리자마자 사타구니를 부여잡고 잔뜩 인상을 구기더란 것이다. 무언지 이상스러워 옷을 벗지 않으려는 놈을 억지로 벗겨 봤더니, 하초가 벌겋게 물들어 있었다는 것이다. 자세히 보니 남자의 정자를 생산하는 불줄기께에 가늘게 째진 상채기가 난 게 아닌가.

그것이 왜 그렇게 되었는지는 인도 자신만이 알 일이었으나, 그날 운규가 마구 걷어차고 다녔고 각목까지 휘두른 것을 상기하면 어렵잖게 그의 소행에 당한지도 모르게 당한 게 분명할 거란 추측이 들 것은 당연지사. 하지만 운규 기세가 워낙 등등한 때여서 후배 신세가 다 그런 것이라고, 곧 낫지 않겠냐 하고 말았다는 것.

문제는 오늘 아침이었다. 걱정은 되었지만 그럭저럭 아물겠지 하며 잠이 든 인도가 새벽녘에 벌떡벌떡 일어났고 다시 팬티를 내려 보니 불두덩 전체가 부어올라 발갛게 독이 오른 게 병원에나 가야 치료가 될 정도였다. 인도는 쉬쉬하자고 했지만, 다른 후배들은 그럴 수가 없었다. 아무리 선배라지만 그렇게 무자비하게 사람을 패놓다니……. 바로 밑 기수와 인도 동기들이 단체로 운규에게 항의를 했다. 이럴 수가 있느냐, 더구나 생식기를 다쳐 놓았으니, 만일 무슨 나쁜 일이라도 있으면 인도 집안 대 끊은 죄인이 아니냐? 후배들로서는 처음으로 운규에게 제법 격렬하게 항의했다. 치료를 해 줘야 할 것 아니냐, 그러지 않는다면 원무과에 고발도 불사하겠다, 엄포를 놓은 것이다. 그런데 운규가 어디 간단 말도 없이 슬그머니 사라져 버렸으니.

"그럼, 당직한테 이야기했어?"

"아니요! 어디 그럴 수야 있습니까? 저희도 분이 나서 해 본 말이지……."

"그런 일이 있으면 먼저 나한테 이야기해야 하는 것 아냐? 내무반장은 뭐 꿰다 놓은 보릿자루야? 폼으로 있는 게 내무반장이야? 그런 일 있으면 먼저 나한테 이야기를 해야 할 것 아냐?"

아닌 게 아니라, 경철은 화가 났다. 무슨 일이 이렇담. 어째 운규란 놈, 어제 너무 설치더라니……. 그렇다고 후배 놈들도 건방지게 선배한테 대들어……? 만일 이 일을 직원들이 알게 된다면?

머리를 스쳐가는 많은 생각 중에 마지막 생각이 제일 두려웠다. 만약 원무과에서 이 일을 알게 된다면 내무반장인 자신에게도 화가 미치겠지만, 운규는 거의 당연 출소였다. 밉다 곱다 해도 동기였다.

경철은 운규를 찾아 나섰다. 훈련원은 좁은 곳이 아니었다. 부지만도 몇 만 평에 달하는 방대한 곳이었다. 물론 경철은 이 테두리 안에서만 일 년이 넘게 지내온 사람이었다. 넓다고만 할 수도 없었다. 하지만 역시 사람을 찾아 나선다고 생각하니, 경철은 막막한 심정이었다. 운규가 없어졌단 소식을 전한 후배 녀석에게 절대로 다른 원생이나 직원에게는 이 일을 발설해서 안 된다고 몇 번씩이나 다짐을 놓은 경철은 내무반을 나오자마자 걸음을 재게 옮겼다.

내무반 옥상, 건조장 뒤켠, 일요일이라 비어 있는 사무실, 실습장 등을 경철은 바쁘게 돌았다. 없었다, 어느 구석에도 운규의 모습은 없었다. 고참도 아니고 그렇다고 아주 신참도 아닌 또래의 후배들만이 그런 곳에 틀어박혀 있다가 갑자기 들이닥치는 경철을 보고 화들짝 놀라기 일쑤였다. 자신도 그만할 땐 그랬다. 틈만 나면 짱박히기에 급급했다. 내무반에 있어야 고참들 눈치나 살펴야 하고, 마침 잔심부름할 후배들은 있으니 자리를 떠도 표시날 염려는 적은 어정쩡한 위치가 사람들을 그렇게 눈치만 빠삭하게 만들었다. 그렇긴 했어도 막상 구석구석 그런 후배들을 만나자 유쾌한 기분은 아니었다.

마음이 바쁘니 자연 걸음걸이에도 조바심이 일었지만 운규는 보이지 않았다. 거의 찾아볼 만한 곳은 다 찾아본 셈이었다.

곧 점심 시간이었다. 점심 식사를 하고 나면 다시 강아지를 찾으러 나가야 하고, 그때는 인원 점검이 있다. 그때까지 운규가 나타나지 않으면 인도와 운규에게 생긴 일도 알려질 게 틀림없었다.

경철은 이제 마음이 급박했다.

아직 찾아보지 않은 곳은 보일러실이 남아 있을 따름이었다. 여름이라 폐쇄된 곳이었다. 하지만 그것은 명목상 그럴 뿐이었다. 그곳에 들락거리는 원생들은 많았다. 또한 그곳은 여름이면 창고 대용으로 쓰이기도 했다.

삐걱! 낡은 나무문이 시멘트 바닥에 긁히는 소리가 거북스러웠다. 형식적으로 자물통이 걸려 있었지만 그걸 슬쩍 잡아 비틀며 동시에 세게 밀면 문은 열렸다.

보일러실은 어두웠다. 또한 퀴퀴한 냄새가 가득 배어 있었다. 여름이라 보일러 기체機體에 칠해 둔 기름 냄새, 보일러실 지하에 항시 고여 있는 더러운 지하수, 요즘 폐지 수집을 한다고 해서 나일론 부대마다 빽빽하게 담긴 종이들이 썩어 들어가는 냄새, 그런 온갖 냄새가 코를 찔렀다. 보일러실의 어둠에 익숙해지기 위해선 시간이 필요했다.

눈에 백태라도 낀 것처럼 어슴푸레하던 보일러실 내부 광경이 차츰 눈에 들어오기 시작했다.

먼저, 수북이 폐지를 담은 나일론 부대가 배가 볼록하니 제멋대로 여기저기 쓰러져 있는 게 보였고, 공구들을 비치한 나무 와꾸들은 보일러실 벽을 따라 길게 늘어서 네 귀퉁이를 가득 채우고 있었다. 구식 기종이 장치된 보일러실은 꽤 넓었다. 녹슨 것을 감추려 몇 번이고 덧칠을 한 육중한 보일러 본체가 쇠락한 기미는 있었지만 여전히 혼자서 위용을 뽐내고 있었다. 그 밑으로는 지하수를 끌어다 저장하는 물탱크였다. 괴괴한 정적 속에 툼벙 물방울 떨어지는 소리만 들려왔다. 사람 하나 둘 들어와 있어도 찾아내기 어려운 곳이었다.

그래서 이곳은 고참 원생들이 남몰래 숨어 술을 마시거나 성미 고약한 선배가 후배들을 끌어다 교육을 시키는 곳으로 곧잘 이용되어 왔다. 경철도 후배 적 은밀하게 끌려 다니며 어둠 속에서 주먹질, 발길질을 당한 기억이 허다한 곳이었다.

보일러 실 안쪽에는 겨울이면 보일러공이 숙식하는 조그만 방이 하나 있었다. 우선 거기부터 가보기로 했다. 본래 원생은 이곳 출입을 못하게 되어 있었다. 보일러 기계도 기계였지만, 어두운 곳을 찾아드는 불순한 의도를 직원들도 알고 있었기 때문이다.

경철은 조심조심 부대 사이로 걸음을 옮겼다. 그러다 경철은 걸음을

66

멈췄다.

무슨 소리가 들려왔다.

도둑 고양이가 우는 소리 같기도 하고, 무언가 낑낑거리는 소리 같기도 했다. 경철은 괜히 으스스했다. 어두운 곳에서 별안간 들려오는 소리라니……!

이윽고, 경철은 그 소리가 보일러공이 비워 놓은 방에서 들려오는 것을 감지했다.

"야, 거기 운규 있냐? 나, 경철이야?"

경철은 다시 좀 더 큰 소리를 질렀다.

으흐흐흐흐흐흐 ……!

역시 낮은 신음 소리 같은 것이 계속 흘러 나왔다. 온몸에 닭살이 솟았다. 경철의 몸은 바짝 오그라붙었다. 그건 사람 입에서 새어 나오는 신음이었다. 혹시?

"운규야!"

경철은 서슴없이 소리쳤다. 주저할 것이 없었다. 문을 박차고 들어갔다. 운규가 틀림없었다.

좁은 골방 안에 한 사람이 엎어져 있었다. 같이 지내온 시간만도 햇수를 넘긴 사이였다. 희끄무레한 윤곽, 태부족인 조도照度였지만 운규를 알아보는 데 별 지장은 없었다.

"너, 여기서 뭐해? 얼마나 찾았다고 ……."

"흐으으……! 어어헝……! 커어헝……!"

제법 반가움에 톤이 올라갔던 경철의 목소리는 말을 채 끝맺기도 전에 숙어 들었다. 운규의 넓은 잔등은 요란하게 물결치고 있었다. 운규는 그 골방에서 혼자 섧게 울고 있는 중이었다.

세상에! 운규 녀석이 다 울어? 놀라운 일이었다. 안쓰러움과 착잡함, 놀라움이 동시에 경철에게 밀려왔다. 짜아식! 저도 얼마나 놀라고 겁에 질렸으면……. 하긴 사람이 독하다고 해봐야 얼마나 독하다고, 후배가 그렇게 다쳤다는데……. 불쌍한 자식! 혼자서 죄책감에 저러는 게야. 쯧쯧!

"꺼─어 엉……! 흐허어어……! 어허……!"

황소 울음이었다.

"야, 임마! 그런다고 사내 자식이……. 모질지 못하게 울고 자빠졌어?"

경철은 운규의 등을 짚으며 제법 다그치는 소리를 했다.

"그만 눈물 닦고 나가자니까! 너 없어진 줄 알면 오늘도 어디 조용하겠어?"

운규는 막무가내였다. 경철이 달래는 소리를 못 듣는 것인지, 아니면 옆에서 말 시키는 게 더 섧단 것인지, 울음 소리는 거세지기만 했다.

"꺼엉……! 어어……! 허허…… 허……! 아흐……! 어어허어어어…… 겨엉 철아……! 으어……! 어허허어어……! 흐으응…… 흐으응……."

사람의 울음소리만큼 최루적인 것도 없었다. 더구나 친분이 있는 사람의 울음이라면 더했다. 금방이라도 숨이 넘어갈 것처럼, 운규는 '겨엉철아!' 단 한마디를 내뱉고 계속 꺽지게 울어제꼈다. 턱턱! 급박하게 맺혔다 풀어지는 소리, 거친 숨마디였다.

"야! 이젠 됐다니까, 그만 해! 그만 울어! 사내 자식이 울고만 있을 거야?"

경철은 애정이 듬뿍 담긴 목소리와 몸짓으로 운규를 뒤에서 부둥켜 안고 그의 상체를 끌어올리는 데 용을 썼다.

운규 몸뚱이는 흠뻑 물에 젖은 통나무처럼 묵직했다. 경철이 그렇게 달래는 데도 운규는 계속 울고만 있었다. 꼭 녹음 테이프라도 틀어 놓은 것처럼 그의 울음은 끈질기게 계속되었고, 그러다 보니 호흡은 부자연스럽기 그지없었다.

운규의 상체를 부여안고 어쩔 줄 모르던 경철은 문득 이상한 생각이 들었다.

너무 싸늘하잖아!

대개 사람이 서럽게 울다 보면 기혈이 들끓어 몸도 따뜻하게 마련인데?

"야! 야! 운규야! 나 좀 봐! 야! 정신 차려!"

경철은 불끈 힘을 썼다. 운규의 무거운 상체가 간신히 모로 젖혀졌다.

허어-! 경철은 짧게 비명을 질렀다.

운규임에는 틀림없었다. 하지만 언뜻 보아선 도저히 운규 얼굴이라고 알아보기조차 힘들었다. 눈은 퉁퉁 부어 아예 눈꺼풀뿐이었다. 숨차게 주억이는 턱은 더 이상했다. 윗입술과 아랫입술이 맞붙질 못했다. 턱이 돌아가 버린 것이다!

그런 말을 들은 적은 있었다. 사람이 너무 울음에 온 기력을 다 뺏기다 보면, 기운이 떨어져 몸도 식어가고 턱도 돌아간단 이야기!

그럼, 지금 운규가?

그런 사람은 나중에 울음을 그치려 해도, 울음을 자신 뜻처럼 멈출 수가 없다고 했다.

경철은 운규의 뒤에서 그의 어깻죽지 사이로 손을 넣어 그를 질질 끌고 보일러실 밖으로 나왔다.

밖은 눈부셨다. 햇빛 아래서 보니 운규 몰골은 더욱 가관이었다. 사지가 벌벌 떨리고 있었다. 한여름에 오갈든 모양 운규는 사지를 떨었다.

"선배님!…… 어?"

어디선가 후배 하나가 뛰어나왔다.

"왜?"

그런 흉한 모습을 후배에게 보이고 싶지 않아, 쓰러진 운규를 자신의 몸으로 가렸지만 달려온 후배는 이미 운규의 모습을 보고 놀란 표정이었다.

"경철이 선배님! 이 주임이 선배님 찾아 오라고 해서……."

"이 주임이 나를?"

"예! 빨리 찾아 오라고……."

"아니, 퇴근한 사람이 또 왜 들어왔단 거야? 왜 찾는다고 그래?"

"그건 잘 모르겠고, 경철이 선배님하고 운규 선배님, 인도까지 찾아 오라던데요."

설상가상이었다. 인도 일을 눈치챈 걸까?

그렇지 않다면 당사 둘과 내무반장인 자신만 딱 찍어 불러들일 리가 없을 듯 했다.

"너! 아무한테도 그런 내색 말고, 운규 선배 몸이 불편하니까 내무반에 데려다 뉘어. 무슨 말인지 알겠어?"

저런 상태로 운규와 함께 갈 수는 없는 일이었다. 인도 녀석도 어수룩해서 이 주임 앞에 내놓기가 두려웠다. 경철은 혼자 가기로 마음을 굳혔다. 언젠가 응급 처치에서 배운 기억을 살려, 허리띠와 가슴께 단추를 끌러 통풍이 되게 하고 머리는 낮추고 따뜻한 물로 목을 축여 주란 이야기를 후배 녀석에게 남기고 경철은 원무과로 향했다.

세상에 울다가 인사불성 되는 사람이 있다니⋯⋯. 부모상을 당한 것도 아닌데⋯⋯. 생각할수록 운규가 신통했다. 그처럼 마음이 여렸던가?

얼굴을 맞대자마자 이 주임은 빽 소리를 질렀다.

"왜 너 혼자야? 운규하고 인도는 어데 갔어?"

"지금 운규는 몸이 좋지 못하고, 인도는 어디 있는지 찾기가 힘들어서 먼저 왔습니다."

믿고 안 믿고는 이 주임 재량이었다. 그닥 신빙성 없는 이야기라고 경철 자신도 생각했다. 그런대로 아주 거짓말만은 아니기도 했다.

"흐음⋯⋯! 그래?"

이 주임 눈이 기분 나쁘게 반짝거렸다.

"그 말 믿어도 돼?"

"그렇습니다."

"좋아! 그러지. 설마 내무반장이 거짓말이야 하겠어!"

"⋯⋯."

"알았어! 오후에는 전부 나올 수 있겠지?"

"예!"

"그래, 그럼 나가 봐."

이 주임은 보통이 아니었다. 아니, 하룻새에 무섭게 변해 있었다. 아무런 거리낌도 없이 경철에게 반말지거리를 해대는 것도 그중 하나였다. 또, 여차 하면 주먹이나 날아오지 않을까 움츠러들던 경철 자신의 변화도 전과 다른 것이었다. 내무반으로 돌아오는 경철의 발걸음은 무거웠다. 운규와 인도가 함께 오지 못했다고 했을 때도 빙긋빙긋 웃음기가 감돌던 표정이라니, 그의 내심을 짐작하기도 어려웠다.

내무반에 누워 있는 운규에게서 조금씩 사람 꼴이 나오고 있었다. 후배들이 잽싸게 옷을 갈아입히고 안정을 취하게 한 덕이겠지만 조금씩 화색이 돌았다, 하지만 여전히 부은 두 눈은 감겨 있었다. 도대체 인도는 어디 있는지 찾을 수가 없었다. 이 주임 속셈은 무얼까, 인도 놈은 얼마나 다친 것일까. 경철은 소외감을 느끼고 있었다. 자신은 내무반장이었다. 그렇지만 오늘 벌어지고 있는 일에선 그는 철저히 국외자였다. 일의 시초가 어떤 것인지, 어떻게 이 일이 진행되어 갈 것인지, 앞으로 어떤 결과가 펼쳐질 것인지, 자신이 해야 하는 일은 무엇인지, 무엇 하나 시원스러운 것이 없었다.

사실 증거야 없었다. 본래 인도 놈이 몸이 약해서 그럴 수도 있는 일이고, 같이 구르다 옆 사람 발길에 차인 것인지도 모른다. 인도가 정신을 잃었으니 사태가 크기도 했지만 빠질 구멍도 있는 셈이었다. 왜 운규가 애들을 굴렸냐고 하면, 자신이 굴리라고 운규에게 시킨 것이라고 뻗대 볼만도 했다.

그렇지만⋯⋯. 역시 운규에게 불리하긴 마찬가지였다. 인도의 상처가 금방이라도 아무는 것이 아닌 이상, 뭐라 변명해도 그 책임을 회피하기란 어려운 노릇이었다. 일을 저지른 운규는 잠이 들었는지 꼼짝도 하지 않았다. 애꿎은 자신이 왜 이런 일로 마음을 썩어야 하나 싶기도 했다. 하여간, 갑자기 경철은 운규에게 동정적인 입장에 선 것만은 틀림없었다.

문제는 인도였다. 운규에게 감정이 나빠, 운규가 이렇게 만든 게 분명하노라, 해 버리면 그만이었다. 인도 입에 운규 운명이 매여 있었다. 인도 입막음이 급선무였다. 자신이 운규를 대신해 그를 설득할 수밖에 다른 방도가 현재로선 없었다. 어제 같이 술도 마시지 않았는가, 인도 놈이 그렇게 성질 고약한 놈도 아니잖은가, 경철은 자신을 얼렀다.

이미 칼자루는 이 주임 손으로 넘어갔다. 칼을 휘두르고 안 휘두르고는 거의 전적으로 인도가 이 주임에게 무어라 불어 대느냐에 달려 있었다.

운규는 여전히 눈을 감고 있었다. 단순한 운규였다. 그처럼 단순한 성격이다 보니. 어제처럼 폭발적이기도 하고 오늘처럼 한없이 약해질 수도 있는 모양이었다. 감정이 복받치는 대로 행동하는 운규가 오늘은 어쩐지 부럽기도 했다.

경철은 인도를 초조하게 기다렸다.

도대체, 이 주임은 어떻게 이 일을 알게 된 것일까. 어느 입빠른 자식이? 그렇게 생각하면 후배들도 믿을 수가 없었다. 잘한 건 없었어도 깐에 내무반장이라고 신경을 써 행동해 왔는데 막상 이런 일을 당하고 보니 누구 하나 상의할 만한 사람이 없었다. 하긴 어제 운규를 제지하지도 못했으니 후배들 보기에는 어지간히 힘없는 선배이기도 할 것이었다. 이 주임은 이 주임대로 만만히 여기는 눈치고, 자신은 그 중간에 낀 샌드위치가 아니고 무엇인가.

하지만 어디에다 그런 분통을 터뜨릴 수도 없었다. 일을 조용조용 빨리 수습하는 게 급선무였다. 괜하게 경철 자신의 심경을 드러내 새로운 일을 만들 것은 없었다. 후배들 눈치가 곱지 않다는 것을 경철은 피부로 느꼈다. 인도가 그렇게 다쳤으니, 동요하지 않을 리 없었다. 자신은 이미 그들에게 설득력 있는 선배이기도 글러 버린 꼴이었다.

인도, 그 자식도 그래 그것 좀 굴렀다고 하필 거기를 다칠 것은 또 뭐야?

모두가 원망스럽게 여겨지는 시간이 흘러 갔다. 길고 지루한 시간이었다.

인도는 한참 있다가 들어왔다. 뜻밖에도 볼따구니가 팅팅 부어 오른 모습이었다. 경철은 인도를 끌고 내무반 옥상으로 올라갔다. 이 주임을 만나 그렇게 됐다는 것이었다. 세면장에서 나오다 이 주임과 마주쳤고, 원무과로 끌려가 왜 다쳤느냐 추궁을 당했고, 집요한 질문에도 입을 다물었다가 이 주임 주먹 세례를 받은 것이다.

그래도 다행이었다. 인도는 끝내 몸살이 좀 났다고 대답했다고 했다.

헌데, 놈은 맞을 만도 했다. 잘 퇴근한 이 주임을 다시 불러들인 것도 인도 놈 방정맞은 행동 때문이었다. 아침에 도저히 통증을 견디기 힘들어 혼자서 당직에게 갔다는 것이다. 김 계장에게 외출을 하고 싶다고 했고, 당연히 김 계장은 무슨 이유냐고 물었으며, 거기서 얼버무리자 이상하게 생각한 김 계장이 이 주임에게 전화를 했을 것이고, 눈치 빠른 이 주임은 전후 사정을 두드려 맞춰 운규를 주범으로 지목한 듯했다.

한심한 녀석이었다. 이제 입소한 지 얼마 되지도 않은 놈이 직접 당직을 찾아가서 이야기를 하면 어쩌잔 건가. 내무반장인 자신을 통해 이야기가 올라가도 내보내 줄지 의문인데…….

경철은 인도가 자신에게 삐쭉거리는 심정인지는 모르고 있었다. 하긴 인도도 불쌍한 처지였다. 입소를 해서 육 개월이 가까워 오기까지 언제나 덜 떨어진 짓만 해서 우스갯감이나 되는 처지에 이제 몸을 상하기까지 했으니…….

"그래! 몸은 어떤 거야?"

"괜찮습니다."

"그렇게 말하지 말고…….. 뻔히 아픈 줄 아는 처지에. 지금이라도 병원에 가봐야 할 것 같으면 가봐야지."

"참을 만은 한데……."

"한데?"

"혹 덧나기라도 할까 봐 그러지요."

"그럼 병원에 가봐야 할 것 같구만?"

"아닙니다! 무슨 병원은요. 약이나 좀 지어 먹으면 되겠지예."

의외로 인도의 대답은 단호한 구석이 있었다.

인도도 걱정이었다. 지금 이런 미묘한 처지만 아니라면 경철이 서둘러 병원에라도 내보내 줘야 하는 것 아닌가. 경철은 조심스럽게 인도에게 이 일은 절대 함구하라고 다졌다. 어차피 다친 일, 억울하겠지만 그래도 서로 좋게 해결하자면 네가 입을 다물어야지, 섣부른 소리라도 했다간 운규도 다치지만 결국은 원생 전체가 다치고, 너도 좋은 꼴은 못 된다고 이야기했다.

녀석이 끝까지 몸살이라고 우긴 덕에, 아직까지는 어디를 다쳤는지 이 주임이 모른다는 게 그나마 다행이라고, 경철은 자신을 안도시켰다, 설마 거기를 다쳤으리라고 생각해 내기란 쉽지 않을 것이다.

"근데, 어떻게 다친 거야?"

경철은 인도의 그 곳에 턱짓을 하며 물었다. 어떻게 하면 그런 곳에 상처가 나는지, 사실 궁금하기도 했다.

"그건……."

"알았어, 됐어! 뭐 꼭 보자는 이야기는 아니니까."

사내 녀석이 부끄럽기라도 하단 듯이 얼굴이 벌개졌다.

점심을 마치고 그들은 개 찾는 일에 다시 동원되었다. 운규와 인도가 빠졌지만 이 주임은 별말 없었다.

경철은 그날 오후 새로운 난관에 봉착했다. 전혀 뜻밖의 일이 또 터진 것이었다. 역시 운규, 인도와 관련된 일이었다.

강아지를 찾는다고 있는 수선, 없는 수선 다 피워가며 원내를 싸돌아다닌 후의 일이었다. 꽁지가 빠져라, 철조망 사이로 죽자꾸나 도망친 강아지였다. 종일 비지땀이야 열심히 흘렸지만 그들은 강아지 터럭 한 오라기도 보지 못하고 어둑해질 때야 내무반으로 돌아왔다. 허탕을 친 뒤엔 더 피곤하게 마련이었다. 경철은 녹초가 되어 원무과에 인원 이상 없음을 보고하고 내무반으로 돌아왔다.

"김 선배— 님!"

"왜?"

인도였다. 오후 내내 저도 고민에 겨웠던지, 몰라보게 수척한 얼굴이었다.

"상의 드릴 일이 좀 있는데요."

"무슨 일인데? 나 좀 씻고 와서 이야기하면 안 돼?"

인도 목소리에 풀기라고는 전혀 없었다. 금세 씻기는 글렀다.

"좀 기다려. 옷만 갈아입고……. 아니, 그러지 말고 너 먼저 옥상에 올라가 있어!"

그렇지 않아도 강아지 찾아 쏘다니는 내내 인도에 대한 염려를 그칠 수가 없었다. 상처도 상처였지만, 경철의 관심은 인도가 이 주임의 강압이나 회유에 못 이겨 '그 일'을 불지나 않을까 하는 것이었다.

저 자식! 병신같이 불어 버린 것은 아닐까? 아까 원무과에 갔을 때, 이 주임은 퇴근했는지 보이지 않았는데……. 씻을 생각을 하다, 그러질 못하니 더 끈적거린다는 생각을 하며 경철은 옥상으로 올라갔다. 인도는 뻐끔뻐끔 담배를 피우다 얼른 비벼 껐다.

"그래, 무슨 일인데?"

"어찌나 교묘하게 물어보던지 하마터면 이야길 할 뻔 했구만요."

"휴우—!"

"근데……."

"그런데!?"

"이 주임이 내일까지 이야기를 안 하면 옷을 홀딱 벗겨서라도 조사를 할 거라고 엄포를 놓고는…… 가지 않겠어요."

별일 아니란 생각이 먼저 들었다. 그곳의 상처가 워낙 공교로운 것이 되어놔서, 시인만 안 하고 계속 버티면 될 것 아닌가.

"괜찮아! 뭐 어때서. 계속 입만 다물면 되지."

"헌디, 그게 아니라니까요!"

"왜?"

"······."

"괜찮다니깐. 야 거기야 일부러 상처를 내려고 해도 못 내겠다! 적당히 둘러대! 말하자면······. 음, 그래! 실습하다가 모서리에 걸렸다고 하면 되잖아!"

"안 된다니까요, 글쎄!"

인도는 자못 짜증스런 얼굴이 되었다.

"도대체 왜 ?"

경철도 덩달아 짜증스러웠다.

"그게요······. 저는 옷을 벗으면 안 되는 일이······."

"사내 자식이 옷 좀 내리면 어때? 고작 그게 문제야?"

"선배님도, 그런 게 아니라니까요······."

"그럼 뭐가 문제란 거야?"

답답한 녀석이었다. 투정을 부리는 것도 아니고, 옷 까내리고 보이면 그만 아닌가. 저도 상처 치료할 수 있을 것이고, 이 주임 의구심도 풀어 주고······. 누이 좋고 매부 좋은 일인데. 저만 아니라고 우기면 그만이었다.

자신이 노심초사하는 일에 비해, 그 고민도 모르고 떼를 쓰는 녀석이 밉상이었다.

"임마! 왜, 보이면 운규 선배한테 맞았다고 이야기할 것 같애? 깨끗이 보여주고 너도 치료 받고, 우리도 좀 살려 주고, 서로 좋잔 건데 그게 싫다는 거야?"

"선배님—! 그게 아니고요……."

"아니면 뭐야, 자식아!"

경철은 계속 인도를 몰아붙였다.

"솔직히 말씀드릴 테니까……. 꾸지람만 안 하시면……."

인도 놈의 고백은 기가 막힌 것이었다. 전에 정기 외박을 나갔을 때 사창가에 들렀고, 거기서 얻은 '꽃병病'이란 것이다. 누구에게 말도 못하고 소변 보기도 힘들 만큼 심해진 터에 어제 그 무리를 하며 달렸으니 온전할 리가 없었다.

이야기를 듣고 나니, 경철은 웃을 수도 울 수도 없는 심정이었다. 어수룩하게만 보이던 놈이 그런 곳에 드나들었다는 것이 아무리 생각해도 믿기지가 않는데다, 운규가 그 일로 턱까지 돌아갈 만큼 큰 심적인 고통을 당한 것을 생각하면, 괘씸하기 이를 데가 없었지만, 인도 놈의 고민도 이해할 만은 했다. 누구에게 말도 못하고 앓던 곳인데다, 일이 그렇게 되고 보니 '그게 아니다'고 말할 기회도 놓쳤을 뿐더러, 이 주임은 자꾸 추궁을 하니 진땀깨나 흘렸겠다.

딴은 그랬지만 어처구니없었다. 애당초 사실대로 이야기했으면 될 일을 가지고, 이렇게까지 일을 꼬이게 하다니…….

"운규 선배님한테는 어떻게 하지요, 죄송해서……."

인도가 계면쩍은 얼굴로 물었다.

얼추 상황은 거의 끝난 셈이었지만, 또 그것도 아니었다. 내무반장으로서 인도의 프라이버시를 지켜 줄 일, 어쨌거나 직원들에 의해 폭력배로 찍힌 운규의 문제…….아직 제대로 해결 난 일은 아무 것도 없었다.

5

월요일 아침이었다.

또 강아지를 찾는 일이었다.

경철은 몸이 영 찌뿌드드한 것이, 아침 기상이 천근만근 쇳덩이를 끌어올리는 것만 같았다. 다시 강아지를 찾는다고 생각하니 진저리가 쳐지는 게, 온 삭신이 다 쑤셔 왔다. 좋게 여겨 보려고, 소일거리로 여기자 했던 것도 이제 별무소용이었다. 그놈의 강아지가 허깨비는 아닌지, 자신이 강아지 다리를 밟은 명백한 사실조차 도시 아리송하게 생각됐다.

경철은 결국 빠졌다. 이 주임은 전체가 다 강아지를 찾아야 한다고 우긴 모양이었지만 교육 기관이기도 했거니와, 각 실습장에는 몇 명의 필수 인원이 있어야 했다. 기계 점검도 해야 했고, 청소도 해 놓아야 했다. 이 주임 위세는 원생들에게나 있는 것이지 다른 직원에게까지 통용되는 것은 아니었다.

오전에는 실습장 가서 청소도 하고, 기계 점검도 했다. 오후에는 할 일이 없었다. 배선반 기계실장은 경철과 친한 편이었다. 경철은 좀 쉬어야겠다고 이야기를 하고, 폐실습장으로 올라갔다.

널려 있는 부대를 모아 경철은 자신이 누울 자리를 마련했다. 적당히 잠이나 자다가 시간이 되면 내려갈 작정이었다.

눈은 붙였지만 싱숭생숭했다.

어제, 운규는 근신 10일, 매일 반성문 제출, 벌점 50점의 처벌이 결정되었고, 인도는 품행 불량으로 벌점 30점을 받았다.

과한 듯했지만 그래도 그 정도에서 그친 게 다행이었다. 처음 우려했던 것에 비하면 미미하기조차 한 셈이었다. 하지만 이래저래 원생들만 손해였다. 이 주임은 제법 자신이 관용이라도 베푸는 시늉을 했다. 승자는 이 주임이었다. 그렇게 원하던 대로 원생들에게 위엄 있는 자리에 서게 되었으니 소원을 이룬 것이었다.

이 일을 계기로 원생들도 후배들에 대한 가혹 행위가 근절되면 좋겠지만, 워낙이 인이 박힌 일이었다. 조금 잠잠해지겠지만 다시 고개를 들 것이다. 운규는 더 성질을 못 피우겠지만, 운규가 나가면 또 다른 '운규'가 나타날 것이다. 어쩌면 인도가 그렇게 될지도 모를 일이었다. 대체로 후배 때 선배에게 혹독하게 당한 애들이 나중에 선배가 되면 배운 대로 행동하는 것을 경철은 숱하게 지켜보았다.

가져간 주간지를 뒤적이기도 하고, 다시 눈을 붙여 보기도 했지만 영 이런 생각, 저런 생각에 누워 있는 게 편하질 않았다. 얼마 남지 않은 기능 시험을 위해 실습장에 내려가 볼까, 수료 뒤의 자신의 모습은 어떨 것인가도 자꾸 염려되었다.

어디서 부스럭 하는 소리가 들려왔다. 여기는 전에 주로 목공 실습장으로 쓰이던 곳이었다.

실습장이 빈 지 얼마 되지도 않았는데, 벌써 쥐가 집이라도 쳤나, 대수롭잖게 듣고 경철은 잠시 흠칫 굳었던 몸을 풀었다.

다시 같은 음향이 들렸다. 요새 쥐새끼들은 사람이 옆에 있어도 극성이라니까. 들고 온 주간지를 돌돌 말아 뒤고 경철은 살금살금 소리가 나는 쪽으로 걸어갔다. 과히 넓지 않은 곳이었다.

"이—!"

끼이잉! 깽—!

강아지였다!

경철은 창졸간에 자신 앞에 '그 강아지'가 나타나자 어찌할 바를 몰랐다. 강아지는 경철이 바라보는 줄도 모르고 연신 앞다리를 핥고 있었다. 이마의 얼룩점은 먼지에 더럽혀져 있었다.

이번에야말로 놓치면 병신이다!

강아지가 경철을 그제야 마주 보았다. 눈길이 마주치는 순간, 경철은 출입구를 곁눈질해 살폈다. 빈 틈없이 닫혀 있었다.

그래! 이제는 잡았다!

하지만, 경철의 생각은 기우였다. 사람을 만난 것이 반갑기라고 하단 듯이, 경철이 잡으려고 손을 내밀자 달랑 안겨들었다. 빨려들 듯이 강아지는 경철의 품에 안겼다.

너 허깨비는 아니지?

덕지덕지 더러운 눈곱이 낀 눈이었다. 강아지는 경철을 올려보았다. 강아지는 부들부들 떨고 있었다.

끼이이! 까—잉!

눈앞에 운규와 인도의 얼굴이 떠올랐다. 얄밉게 된 이 주임 얼굴도 떠올랐다. 이놈 땜에 우리가 그 고생을……?

자신도 모르게 불쑥, 경철은 강아지를 냅다 한 대 후려쳤다.

강아지는 맞고서도 깨갱거릴 줄 몰랐다. 안쓰러웠다.

하긴 늬놈이 무슨 죄가 있어?

미약하게 그르렁거리는 강아지의 체수는 형편없이 작은 것이었다.

경철은 강아지를 가슴에 꼬옥 안았다. 제때 끼니도 못 얻어먹었을 것이고…….

그러다 경철은 고개를 홱 젖혔다. 축축한 습기가 밴 짐승 특유의 노린내가 물씬 풍겨 왔다. 비위가 상한 것이다.

원장실 문은 열려 있었다.

경철은 무사히 기능 시험에 합격했다. 그것도 최고점이었다. 모두들 이 훈련원이 생긴 이래 처음 있는 일이라고 했다. 오늘은 원장이 면담을 하자고 한 날이었다. 아마 어디 취직을 원하느냐고 물을 것이란 예상이었다.

원장실과 비서실은 바로 통했다. 무뚝뚝하게 생긴 여비서는 경철에게, 손님이 와 계시니 잠깐 대기하라더니, 화장실에라도 갔는지 아까부터 보이질 않았다.

…… 하하……! 그런 일이 있었군요. 그럼 그 강아지는……?

…… 어떤 놈인지 다리를 작신 밟아 놨드라구…… 쓸모가 있어야지. 이 주임이라고 젊은 직원이 있거든. 너 보양해라, 줘 버렸지. 꽤나 감지덕지하더구만! 젊은 놈이 꽤 구멍을 밝히는 눈치더라고…….

아까부터 원장과 내방객이 하는 이야기가 간간이 들려왔다. 어른들이 하는 이야기를 엿듣는 것 같아 경철은 부러 신경을 안 쓰고 있었다. 하지만 방금 들려온 이야기에 경철은 귀가 번쩍 틔었다.

강아지라면? 바로 그때, 그……?

벌써 두 달 전 일이었다. 이제 이야기는 좀더 또렷이 들려왔다.

"…… 이번 일로 원생 놈들 아주 절감한 게 있을 거야, 지들이 강아지 한 마리만도 못한 신센 줄. 요즘같이 원생들 통제하기 어려운 때는 그런 일이 한 번씩 일어나야 돼! 자네, 생각해 보게! 강아지 한 마리 찾는 일이 무에 어려워? 전부 그렇게 생각하지. 헌데 그 놈의 강아지가 아무리 찾아도 나오나, 오리무중이지. 더구나 잔뜩 겁에 질린 강아진데. 그런 때 지나는 말로 한마디만 하면 되는 거야. 네놈들 도대체 강아지를 찾는 거냐, 말만 띄워 봐! 그때부터는 야단법석이지. 그렇게 우왕좌왕헌다고 강아지가 나와? 절대 더 찾기 힘들어지고……. 그래야 그놈들이 사회에 나가서도 열심히 일이나 할 생각 하지 다른 생각 안한다고……. 한심한 놈들이야. 알아봤더니 그때도 지들끼리 치고 받고 한바탕 난리를 쳤다덤만, 성미 고약한 놈들이 선배 대접이 어쨌네 저쩼네 하면서. 그놈들이 그런 놈들이라고. 하긴 직원들도 모다 허섭쓰레기같은 놈들이 되어 놔서 그렇게 한 번씩 군기도 잡아야 하고……."

비서가 돌아와 아직 내방객 안 나갔지요, 물었다. 경철은 대꾸하지 않았다. 그런 대로 해사한 얼굴이었다. 이상하단 듯이 그 비서는 고개를 갸웃거렸다. 이 주임과 운규, 인도의 얼굴이 섬전閃電처럼 그 여비서의 얼굴에 겹쳐졌다. 다시, 이번에는 낑낑대던 강아지 얼굴이 커다랗게 떠오르고 있었다.

개는 어떻게 웃는가

1

"야, 야……! 뭐……? 뭐라고……? 인제 와서 늬 놈이 그런 말을 할 수가 있어? 이 나쁜 놈아……! 나쁜 놈, 나쁜 놈, 이 사기꾼 놈의 새끼! 너, 너! 잠깐만 기둘려! 내 금방 돈 갖고 다시 올틴게!"

벌써 동전이 다 된 모양이었다. 그 여자는 호들갑스럽게 소리를 치고 벌개진 얼굴로 회수권 판매소를 향해 후다닥 달려갔다. 시내 버스 승강장 바로 옆 공중 전화부스였다. 사람들이 한결같이 그 여자의 언동을 지켜보고 있었다, 무어라 쑤근대기도 하고 조심스럽게 손가락질을 하며……. 같은 여자로서 난 아침마다 저 여자가 남들의 놀림감이 되는 줄도 모르고 저러는 꼴이 안타깝기도 했고, 때로 괜한 내 얼굴이 화끈거리는 무안을 느끼기도 했다. 오늘따라 132번 차가 늦고 있었다. 그래도 다행히 오늘은 근처에 사람이 많았고, 아가씨들도 몇 있었다.

어떤 때, 저 여자와 나, 여자는 단 둘이고 차를 기다리는 다른 사람들은 모두 남자인 경우, 난 다른 사람들이 그 여자는 바라보지 않고 나를 빤히 바라보는 듯한 느낌을 받곤 했다.

같은 여자인 넌 저 여자의 행실을 어떻게 생각하느냐, 묘하게 눈초리가 말린 남자들의 시선이 전신에 칙칙하게 들어붙는 불쾌함…….

"여보! 도대체 왜 그러는 거예요? 난 어떻게 살라고……? 그러지 말고 한 번만 만나줘요……. 예, 제발 한 번만!"

이번엔 아까와 또 달랐다. 워낙 큰 목소리만이 변함없었고, 말투부터 통화 내용까지 모든 게 판이하게 달라졌다. 나는 그 여자의 목소리를 부러 흘려버리려고 애썼다. 하지만 그 여자 목소리가 워낙 걸걸하고 질러대는 소리였다.

처음에 저 여자를 보았을 때, 난 독촉 전화를 해대는 빚쟁이인 줄로만 알았다. 팥죽 끓듯 변덕을 부리며 아양을 피우다가 금세 화를 내는 여자의 속내가 무엇인지도 몰랐거니와, 그 드세고 성깔 사납게 다그치는 목소리며, 자신이 어물전 장수임을 알리는 고무판 가리개를 두르고 핏대 올리는 양이 영락없이 돈 떼인 빚쟁이 처세로 보였던 게다. 저 여자가 아파트 상가 내에서 어물전을 하고 있다는 것을 안 지도 얼마 되지 않았다. 왜 그렇게 불리는지는 몰랐지만, 그 여자는 '순천댁'이라고 불렸다.

몇 번을 더, 전화 거는 것을 목도하고 나서야 난 그 여자가 정신이상자라는 걸 알게 됐다. 저 여자에겐 정상인과 변별되는 몇 가지 버릇이 있었다.

전화를 할 때마다 꼭 동전 하나씩만 넣고 전화를 걸고, 그 전화가 끊기면 미련스럽게 다시 동전을 집어넣고 새로 통화를 시작했다. 그리고, 오늘처럼 새 전화를 할 때마다 이야기도 새 채비였다. 한 번은 화를 내고, 한 번은 듣는 사람이 얼굴 빨개질 만큼 아양을 부리고, 그렇게 자신이 들고 나온 천 원 남짓 동전을 있는 대로 모두 소비해야만 그 여자의 오전 통화가 끝이 났고, 어김없이 끝엔 그럼 오후에 다시 전화하겠다는 말을 남겼다. 또, 하고많은 공중전화부스 중에 제일 사람이 많이 모이는 승강장 세 칸 짜리 부스, 맨 왼쪽 자리. 혹 거기에 다른 사람이 있으면 뒤에 줄을 섰다가라도 꼭 그 자리에서만 전화를 했다, 대개의 경우 저 여자, 순천댁이 나타나면 그 전화 부스엔 누구도 얼씬하질 않았지만.

평시에 보면 저 여자는 저러질 않았다. 장사하는 여자들이 대개 그렇듯이 조금 거칠긴 했지만, 그걸 제외하고 장사할 때 모습을 보면 평상의 여자와 하등 다를 바 없는 모습이었다. 이처럼 아침 나절과 저녁 무렵으로 어딘지 전화할 때만 저랬다.

서서히 정류장으로 모여드는 사람의 수가 늘어나고 있었다. 정상적인 직장 출근 시간은 비긴다고 비긴 셈인데도, 이 시간 역시 웅성웅성 모여드는 사람들을 피할 수는 없었다.

"야, 이 좆같은 새끼야! 니가 나 따먹을 때는 언제고 인제 와서는 발뺌이야? 개새끼, 나쁜 자식, 이 더런 새끼! 씹하다 좆몽댕이가 부러질 놈의 새끼야!"

갑자기, 그 여자의 히스테리칼한 음성이 전화 부스 밖으로 날카롭게 튀쳐 나왔다. 사람들의 시선이 일제히 쏠렷다. 쉽게 듣기 힘든 상소리였다. 다시 번들거리는 웃음기가 묻은 남자들의 시선이 노골적으로 그 여자 하나에게 쏠렸다. 근처에 서 있던, 나를 포함한 대부분의 여자들의 얼굴은 단숨에 벌겋게 달아올랐다. 이건 정말 참기 힘든 수치였다. 왜 132번 버스는 이렇게 늦어가지고……. 아니, 엊저녁 남편과 승강이를 벌이느라 늦잠만 안 잤어도 저런 꼴 보지 않았을 텐데……. 아무리 제정신이 아니라지만 저 여자도 그렇지, 어디 저렇게 상스러운 소리를 다 주워섬긴단 말인가. 제정신이 아닌 것만 해도 주위 사람들에겐 고통일 텐데, 저렇게 뭇사람들의 웃음거리가 되어서야……. 그저 같은 성性을 가진 여자라는 이유 하나 땜에 여기 우연히 자리하게 된 여자들은 함께 모욕을 뒤집어써야 한다, 별다른 이유없이 조롱당하는 게 여자들의 숙명이나 된다는 것처럼.

난 가끔 저 여자를 볼 때마다 하루에 한 번씩 저렇게 어딘가에 전화를 해 속풀이를 하는 것은 아닌가 하는 생각을 하곤 한다, 저 여자는 수신자가 있는 전화번호를 돌리거나 하는 것일까? 도대체 저 전화를 날마다 받는 사람은 누굴까, 누구래도 저런 전화를 받는다면 그냥 끊어버릴 텐데 어느 누가 저 전화를 저렇게 꼬박꼬박 받아준단 말인가?

하지만 틀림없이 받는 사람이 있긴 한 모양이었다. 그렇지 않고서제 천연덕스러운 연기만으로 저렇게 웃다가 울다가 화내는 일은 하기 힘들 게 아닌가, 그리고 그렇다면 그건 이미 제정신이 아닌 사람이라고 보기 힘든 일이고, 여자는 남들이 자신을 바라보며 낄낄거리는 줄도 모르고, 계속 입에 담지 못할 욕을 퍼붓고 있었다.

통속적으로 이야기되는 것처럼, 정신이 온전하지 못한 사람의 특권이라면 저런 것……. 남들한테 신경을 쓰지 않아도 된다는 것. 난 저여자를 만날 때마다 가슴에 시퍼런 멍이 더욱 시큰거리는 걸 느껴야만 했다.

2

실내 구석 구석에 배어 있는 담뱃진이 코를 찔렀다……. 찌든 냄새!

참 이상한 일이다. 여기에 손님이 가득 차 연신 담배를 피워댈 때는 좀 매캐하긴 해도 머리가 지끈거릴 정도로 고약한 냄새는 아니었는데, 사람은 가도 담뱃진은 절어 있다? 사람들이 가고난 뒤에 흔적을 남기는 것, 더구나 좋지 않은 냄새를 남긴다는 것……. 마치 개들이 자신의 영역을 표시하기 위해 아무데나 가랑이를 벌리고 오줌줄기를 갈겨놓는 것처럼. 지린내처럼 불결하고 축축한 담뱃진에서 풍기는 내음이 아침이면 늘 욕지기를 자극했다.

대충 환풍기를 돌리고, 남아 있는 커피와 프림의 양—각종 쥬스와 우유와 국산차 티백도 빠질 수 없다—을 확인하고 난 뒤, 나머지 일은 조금 있다 출근할 이 양에게 미루기로 하고 나는 문간 구석에 자리를 잡았다. 똑같은 실내공간인데도 꼭 이 자리여야 마음이 편했다.

개도 웃는다.

개가 웃는다고 하면 마치 개가 하품한다는 이야기처럼 우스갯소리로 듣기 쉬우나, 개도 웃는다. 그게 일반적인 경험이 아니라면 나만의 특수한 경험이라고 해도 좋다.

난 웃는 개를 보았고, 그 개를 사랑했었다.

흔히 사람들은 인간들만이 얼굴에 웃음을 지을 수 있는 근육을 지니고 있다고 생각하기 쉽고, 개가 웃는다는 것보다는 개가 좋아 꼬리를 친다는 표현이 더 합당하다고 여긴다. 하지만 다시 말하거니와, 개도 사람처럼 웃는다.

그 개와 내가 만난 건 초등학교 2학년 때였다. 어느날 가을의 초입이라고 생각되는데, 아버지가 강아지를 한 마리 들고 오셨다. 그 개가 사람처럼 웃을 수 있는 능력을 지녔다는 것을 알게 된 사람은 우리 식구 중 내가 맨 처음이었다. 어느 정도 서로 낯이 익고, 개도 에미와 떨어진 시름을 잊을 무렵, 학교에서 돌아오는 나를 보더니 그 개가 컹컹! 짖지는 않고 빙그레 웃음을 짓는 게 아닌가!

그건 놀라운 발견이었다, 개가 사람처럼 웃다니…….

처음 내 말을 믿지 않던 식구들도 하나, 둘 그게 진실임을 시인하지 않을 수 없게 되었다. 개는 역시 우리 식두들 모두에게 씨익———! 입 주름진 다정한 웃음을 지어주었으니까. 얼굴 동작 중 제일 어려운 게 웃는 일이라고 한다, 웃음을 짓기까지 얼굴에 있는 근육 백 몇 개가 동시에 움직여야 하니. 얼마나 많은 사람들이 그 복잡한 근육 운동을 하지 못해 웃음짓길 포기하던가, 한데 개가 웃음을 지었다. 당연히 웃을 줄 아는 개는 어리둥절한 표정도 지을 줄 알고, 화난 표정도 낼 줄 알았으며 특히 웃을 때 사람처럼 파안의 큰 웃음도 지었고, 그저 입부분만 조금 달싹이는 웃음도 지었다.

나는 그 뒤로 그 개가 사람처럼 사람의 말만 배우지 못했을 뿐이었지, 사람과 조금도 다른 바가 없다고 생각하게 됐다.

그리고, 내 생각은 전혀 그른 게 아니었다…….

"아주머니! 일찍 나오셨네요. 뭐해요? 또 글 쓰세요?"

어제 써놓은 글을 다시 읽어나가던 나는 갑작스런 사람 소리에 화들짝, 널린 원고를 부리나케 쓸어 담았다.

"얘……. 무슨 도둑고양이처럼! 깜짝 놀랐잖아? 간 떨어지는 줄 알았네."

"문 열렸길래, 기척하고 들어왔는데? 아주머니가 원고에 정신을 쏟고 있어 그런 거예요."

이 양이었다. 원고를 쓸어담고 이 양을 올려다보던 난 그만 인상을 찌푸렸다.

"애, 너 그게 뭐야? 날씨도 쌀쌀해지는 판에……."

"뭐요? 아! 이거……. 어때요? 요즘 이렇게 안 입는 사람이 어딨어요?"

희멀건 허벅지를 고스란히 드러낸 짧은 반바지를 입고 이 양은 입을 비죽 내밀었다. 제깐에 이쁜 짓을 한다고 그러는 것이겠지만, 뽀로통 튀어나온 이 양의 주둥이가 내 심술을 건드렸다.

"오늘 아저씨도 나올지 모르는데, 너 그러고 있다 불벼락 맞으려고 그래, 얘는? 그리고 무슨 옷이 그렇게 아슬아슬해?"

"아저씨도 오늘 나오셔요? 학교 개학 안 했어요?"

"오늘은 강의 없는 날이래."

"그럼, 큰일났네. 어떡하죠?"

남편이 나온다는 말은 과연 효과가 있었다. 이 양은 금세 걱정스런 표정이 되었다. 어떻게 된 애가 함께 지내는 나를 더 어려워하는 게 아니라, 남편을 더 어려워한담.

"어떡하긴……. 너 그거 말고 옷 가져온 것 없어? 갈아입으면 되잖아. "

"하여간……. 아저씨도 유별나다니까! 그러면서 대학 강사는 어떻게 하신대요? 요즘 대학생들은 이것보다 훨씬 심한데."

"그건 걱정 마라, 아예 수업도 못 받게 한다더라, 치마가 무릎 위로 올라오기만 해도 그 자리에서 쫓아낸다는데 뭘."

"그런데도 학생들이 가만히 있어요? 학생들이 어디 시간강사쯤, 취급이나 해준대요? 옛말에나 스승 그림자도 밟지 않는대지, 요즘 선생 권위란 게 땅바닥에 처박힌 지 언젠데?"

"글쎄……. 그거야 나도 모르지."

말버릇이 저랬다. 아무리 요즘 아이들이 그렇다고 하더라도 어떻게 내 앞에서 저렇게 이야기할까, 괜하게 더 말했다간 속상할 일만 생길 듯 싶어 난 더 대꾸하지 않고 말을 접었다.

이 양은 곧 주방으로 들어갔다. 조금 버릇이 없는 것만 빼면 이 양은 흠잡을 데 없는 종업원이었다. 바지런하고 싹싹하고 무엇보다 손매가 있었다. 이 양의 손이 빠르지 않았다면 각 테이블에 엽차와 차를 나르고, 빈 잔을 치고, 주방 설거지를 하는 일련의 작업을 단 두 사람으로선 엄두도 낼 수 없었다. 특히 콸콸거리는 물 소리와 함께 사용된 빈 잔을 부시는 장면은 가히 눈이 부실 지경이었다. 무엇보다 어디 다른 데로 옮긴다고 나대지 않는 것만 해도 고마운 일이었다.

점심 무렵이 되면서 손님들이 하나, 둘 나타났다. 맨 처음 나타난 건 사진작가 이 씨였고, 대학원을 다니는 김 군, 화가라고 했지만 지금까지 그 흔해빠진 전시회 한 번 열지 못하고 그림은 도대체 언제 그리는

지 아침이면 여기, 저녁이면 아래 술집 '고향집'으로 출근하는 화가 송 씨 등이 차례차례 들어왔다. '이상커피숍'을 경영하는 몇 년 동안 늘 이 시간이 되면 만나는 얼굴들. 이 무렵과 저녁 이후는 늘 단골들의 시간이었다. 조금 있으면 김 군을 만나러 한 씨가 나타날 것이고. 송 씨의 친구들인지 건달인지 모를 몇몇이 더 등장할 것이다. 그들은 '이상'을 이루고 있는 여러 소품 중의 하나와 같았다, 익숙하고 편안한 모습……. 그들이 없으면 이상은 이상답질 못하다. 그들 수발은 내 손을 빌리지 않더라도 이 양 혼자로 충분했다. 난 다시 원고지 뭉치를 뒤적였다.

그 개는 어쩌면 사람으로 태어날 운명에 무언가 착오가 생겨 개로 환생한 것인지도 몰랐다.

흔히 개는 그 집 주인을 닮아간다고 한다, 외모에서 시작해 여러 성질까지. 하지만 우리가 키우던 개(아참, 그러고보니 아직도 그 개의 이름을 소개하지 않았다, 처음 지어 준 이름은 그 당시 흔해 빠진 '해피'였다. 하지만 난 그 이름이 맘에 들지 않아 '영준'이라고 불렀다)는 그렇질 않았다. 제 나름의 개성이 있었다.

어쩌면 기품이었다. 절대 여느 잡종개처럼 똥 무더기 속을 쏘다니는 법이 없었다. 암캐 뒤꽁무니를 쫓지도 않았다. 식사도 꼭 우리 식구 시간에 맞추어 했고, 그릇이 조금만 불결해도 인상을 찌푸리고 식사를 거부했다. 제 잠자리도 늘 깨끗해야만 했다. 다만 아쉬운 것은 개에게도 족보가 있다느니 하는 축에 낄 만한 혈통은 아니란 것이었다. 하지만 그게 영준이를 더욱 돋보이게 했다. 여느 개와 마찬가지의 범속한 운명을 몸으로 받아 나왔으면서도 자신을 우뚝 솟구쳐 올린다는 것! 개 주제에, 호강에 겨워 까탈을 부린다고 어머니는 영준이를 몹시 싫어했지만 영준이의 수발은 내가 도맡았으니 어머니로서도 딱히 싫단 내색은 하지 못했다.

지금 생각해 보면, 내가 열 살이었을 때, 사람 나이로 쳐 영준이는 채 한 살도 못 되었을 것이다. 한데도 영준이는 나보다 훨씬 의젓했다. 골목길 지리를 다 익히자 영준이는 마치 아버지가 뒷짐을 쥐고 느릿느릿 동네를 산책하듯, 어슬렁거리며 동네 대소간 일을 점잖게 굽어다보고 돌아다녔다.

이쯤 되면 우리 아버지에 대해서도 잠깐 언급할 필요가 있겠다. 조금 사춘기 소녀 같은 발언이 될지 모르겠으나, 나는 이 세상에 나의 아버지 이상의 남성을 보지 못했다. 나는 이미 결혼한 여자이거니, 누군가 남편과 비교하면 어떠냐 묻는다 하면 나는 조금 망설이다 그래도 아버지가 가장 멋진 남성이라고 대답할 성싶다.

아버지는 내가 철든 이후로 당신 평생에 뚜렷한 돈벌이가 될 만한 어떤 직업을 가진 분은 아니었다. 하지만 우리 형제들 누구도 어릴 적부터 돈 걱정을 하며 크진 않았다. 그렇다면 혹시 땅 많은 지주이거나, 더 나쁘게는 무언가 큰 거간을 맡아 하는 사람은 아닐까 생각할지 모른다. 하지만 그것도 아니었다. 정히 아버지에게 무슨 직업에 종사하는 누구라는 이름이 주어져야 한다면 무엇이 가장 어울릴까, 어릴 적 고민 끝에 난 우리 아버지를 '시인'으로 부르는 게 가장 타당하다고 단정내렸다. 시를 쓰시는 분은 아니었다. 하지만 글을 좋아하셨고, 내가 읽은 어느 시보다 아름다운 이야기를 들려줄 줄 아시는 분이었다.

아버지는 내가 태어나기 전엔 신문 기자 생활을 했었고, 잠시 교직에 몸담기도 하셨던 분이었다. 하지만 내 유년 시절 이후 어떤 직업도 가지신 적이 없었다. 왜 앞의 직장을 그만두게 되었는지 저간의 사정에 대해 아는 바도 들은 바도 없으나 아버지 당시에 만연했던 각종 독직 사건에 억울하게 연루되었단 느낌이 들곤 한다. 간혹 군청 같은 데서 아버지의 글을 받으러 사환을 보냈던 기억도 난다. 대부분 아버지의 붓 놀리는 품을 높이 산 것이었지만, 어떤 때는 군지郡誌나 군에서 발행하는 홍보물 원고 정도도 쓰셨던 것 같다.

사실 내가 어린 시절 그다지 경제적 궁핍에 시달리지 않았던 이유는 어머니의 악착같은 생활력 때문이었다. 읍내 시장 한 자락에 고무신 가게를 펼치신 뒤 나중에는 꽤 많은 치부를 하였고, 그 뒤에는 막 보급되기 시작한 텔레비전 대리점을 열기도 했었다. 그 덕에 남들보다 빨리 고무신을 신을 수 있었고, 남들보다 빨리 텔레비전도 볼 수 있었다. 엄밀하게 이야기해서 우리를 이 정도로 키운 건 늘 때가 묻어 있던 어머니의 치마폭이었다. 그렇지만 지금 되돌아볼 때마다 그게 꼭 어머니의 은덕이라기보다도 오히려 아버지에게 천품의 인덕이 있어 그런 생활력 강하고 오지랖 넓은 지어미를 만나게 되지 않았는가 하는 생각만 든다.

나의 아버지는 통상적으로 '아버지' 란 단어가 주는 울림의 모든 걸 죄 간직한 분이셨다…….

때로 사람은 뜬금없는 충동에 빠질 수도 있다더니, 내 경우가 그랬다, 왜 갑자기 글이 쓰고 싶어졌는지, 시작하기는 소설이랍시고 쓴 글이었지만 수필 류도 못 될 성부르고 그저 흉내로 끄적거리는 정도. 그러면서도 자기도취처럼 내가 쓰고 있는 아버지를 회고하는 글줄을 읽으면서 아하, 내가 아버지에게 뭔가 핏줄로 물려받은 게 있는 것 아닌가, 아버지의 원망이 내게도 전해져 내려오지 않았는가, 잠시 생각하는 그 정도.

남편을 만난 것도 어쩌면 아버지를 바라보면서 형성된 남성관에 따른 선택이었을 것이다, 글을 쓰고자 했고 교직에 있었고. 교사 자리를 팽개치고 다시 박사 과정에 진학하고 싶다 했을 때 내가 흔쾌히 동의할 수 있었던 이유도 아마 그런 것.

한 일 년은 시댁에서 보태주는 생활비와 남편의 퇴직금으로 버텼지만, 이러다간 정말 살림 절단날 것 같은 위기감에 아슬아슬했고, 술 취한 남편이 공부를 때려치고 다시 선생질이나 해야 할 모양이라고 넋두리할 때, 그럼 내가 앞으로 벌이를 하겠노라, 생전 경험도 없던 커피숍을 운영하게 되기까지, 동안의 사정의 저변에 아버지에 대한 나의 흠모가 깔려 있는지도 몰랐다.

하지만 남편은 아버지가 아니었다.

아버지보다 훨씬 무뚝뚝할 뿐더러 나에 대해 무엇이든 요구하고 강요하는 고집이 강했다. 그건 딱하게도 남편의 열등감이었다. 아버지 역시 남들처럼 평탄한 삶을 살아오신 처지는 아니었지만 그에 대한 열등감을 내보인 적이 없었는데, 남편은 그러질 못했다.

차츰 손님이 늘었고, 화가 송 씨의 친구란 사람들도 하나, 둘 자리를 채웠다. 그들이 들어차면서 한층 실내는 소란스러워졌다. 자연히 묵묵한 정물처럼 가라앉아있던 실내의 공기에 먼지가 끼어들기 시작했다.

정적과 평화가 깨지고 왁자지껄한 일상 속으로 빨려드는 시간이 된 것이다.

앉자마자 큰 소리로 떠들어대는 저들 역시 날마다 이곳으로 출근하다시피 했으니 단골이란 생각이 들만도 했지만, 난 한 번도 그들을 단골이라 여겨 본 적 없었다, 당연히 그들의 이름이 무엇인지, 뭐 하고 살아가는지 아무런 관심이 없었다, 거칠고 무례하며, 삶에 대한 뚜렷한 고민의 흔적조차 보이지 않는 얼굴에 개기름까지 번칠된 속물들……. 하긴 친구를 보면 사람을 안다고, 송 씨도 그런 부류일 것이다. 다만 차이가 있다면 의뭉스럽든 어쨌든 송 씨는 그런 내색을 하지 않는다는 것, 그건 음흉스러운 내숭이라기보다 그래도 개중 나은 교육된 인간이라고 할까. 교육을 받은 증거는 그 사람 품행을 보면 안다, 세련되고 조금 더 자신의 품격을 지키려 하고.

그래봐야 송 씨 역시 별 볼 일 없긴 했다. 이 동네에 모이는 문화인이라는 사람들 거개가 그렇듯 어쩔 수 없는 소도시 유지 근성에 휩싸여, 낮으로는 마치 자신 대단한 예술가인 양 행세를 하지만 저녁이 되면 근거 없는 열등의식에 빠져 '이 나라 문화계는 맨 서울 놈들이 다 해먹는 바람에 이 모양 요 꼴'이라고 시대를 잘못 만나 파탄에 이른 천재 흉내를 내는 부류. 또 무슨 중뿔난 게 있다고 이 도시의 모든 문화 행사마다 다 콩 놔라 팥 놔라 하고 참석하는 것인지, 그러면서 이곳의 원로란 사람들에 대해서는 적절치 못한 심한 비방을 늘어놓고……. 말하자면 송 씨는 극심한 소외감의 포로였다.

"이 아저씨가 지금……! 뭐 하시는 거예요?"

쨍그랑— 갑자기 이 양의 뾰족한 소리가 터져나오고, 깨진 유리잔

조각이 바닥에서 튀어 오르고 있었다. 송 씨 일행이 앉은 8번 테이블이었다. 이 양이 쟁반으로 가슴을 싸안은 채 소리를 지르고 있었다.

"핫따— 귀청 떨어지것다. 고년, 앙칼지기도 하고만."

"뭐예요? 지금 어디서 하던 수작을 하고 이래요? 내가 어디 싸구려 다방 레진 줄 알아요?"

"그래, 그래! 미안허다, 미안혀! 잠시 실수한 걸 가지고 뭐 그렇게 우세를 주고 난리냐, 난리가……."

"뭐예요? 잠깐 실수? 그게 어디 미안해 하는 표정이에요?"

오자마자 또 일을 냈다. 보나마나 저들 중 하나가 이 양의 엉덩이나 허벅지를 쓰다듬었을 것이다. 말로는 미안하다고 했지만 전혀 그런 빛이 없는 얼굴 하나가 이 양을 향해 싱글벙글하고 있었다. 나는 재빨리 다른 손님을 살펴봤다. 이 씨와 김 씨는 얼굴에 불쾌한 기색이 있긴 했지만, 애써 신경 안 쓴다는 표정을 하고 있었다.

"애! 이 양아! 그만 하고 빨리 치워! 다른 손님들도 계시는데……."

얼른 내가 그 테이블 쪽을 향해 소리를 질렀다. 또, 미안하다고 했으면 받아줘야지 어쩌고 저쩌고 말에 꼬리를 연신 이어가며 수작을 할 사람들이었다.

"이거, 아주머니 미안하게 됐습니다. 친구들이 워낙 짓궂은 놈들이 되어놔서……."

송 씨가 다가와 인사 치레를 했다.

야, 여기는 뭐 이러냐? 어디 다른 데로 옮기자! 그들이 떠드는 소리가 들렸다.

괜찮아요, 나는 짧게 응대했다. 아닙니다, 정말 죄송합니다, 송 씨는 여전히 내 앞에서 뭉기적거리고 서 있었다. 아니, 정말 괜찮으니까 친구분들에게 가보세요, 얼굴에 미소 짓기를 잊어선 안 된다. 힘드시지요? 머뭇거리다가 송 씨가 다시 입을 뗐다. 아니요. 괜찮아요, 그래도 저희 집 손님들은 점잖으시니까요. 짧게 대답하면서 다시 미소. 참 아주머니만 보면 대단하시단 생각이 들어요, 남편 공부시키셔야지, 이 손님들 모두 치르셔야지, 참 아저씨는……? 잘 지내세요! …… 빨리 자리를 잡으셔야 될 텐데…….

당신이 그런 걱정하지 않아도 돼, 난 빽! 소리를 지르고 싶었다. 침침한 얼굴로 면전에서 어른거리는 송 씨를 바라보고 싶지도 않았다, 하지만 그래도 미소!

학위를 언제 하셨지요……? 지지난 겨울에 하셨어요……! 그럼 벌써 3년째……? 네……!

역시 송 씨는 계속 말을 붙였다, 언제부터 내 남편한테 그렇게 관심이 많았다고. 시덥잖게 말 붙여 보려는 속셈을 모를 줄 알고.

"지금도 술은 여전하십니까?"

"……."

"언젠가 우연히 아저씨 술 드시는 걸 봤는데 말술이더군요……."

우연은 무슨 우연, 저나 남편이나 밤만 되면 술집에 코를 처박고 있는 처진 줄 세상 사람이 다 아는데…….

때르릉! 때르릉!

마침, 전화벨이 울렸다. 나는 얼른 몸을 돌려 수화기를 들었다.

"네, 이상커피숍입니다……!" "엄마?……" 큰딸애 목소리가 전화선을 타고 오는 중에도 울먹거리고 있었다. "왜 또 그래?" "저 아빠가······." "알았다, 내가 지금 가마!" "빨리 와."

"참, 또 술 드셨니?"

"응!" 전화를 끊고 막 일어나는 순간, 아찔한 현기증이 밀려왔다. 술에 취해 애들에게 고래고래 소리지르고 있을 남편의 벌건 안색과 시퍼렇게 질려 벽에 붙은 채 오들오들 떨고 있을 애들 얼굴이 모두 온통 샛노란 빛을 뒤집어쓰고 눈앞에 어른거렸다.

3

······난 영준이를 얼마나 사랑했는지 모른다, 그걸 사랑이라고 이야기할 수 있다면. 내가 일방적으로 영준이를 짝사랑한 것인지, 아니면 영준이도 내 호의를 남달리 받아들였는지는 지금도 알 수 없다. 다만 후자에 가까웠던 것으로 희망스럽게 추측해 볼 따름이다. 내가 그렇게 여기고 있던 까닭은 단 한 가지밖에 없다. 순전히 집안 식구 누구보다도 내게 더 반가운 웃음을 보여줬다고 생각되는 것.

맏딸로 큰 내게 영준이는 의젓한 오빠처럼 듬직한 친구였다. 학교에 가서 친구들과 지내는 시간보다도 학교를 파하고 돌아와 영준이 하는 짓을 바라보고, 때로 자랑스럽게 영준이와 함께 동네를 쫄랑쫄랑 돌아다니는 게 훨씬 더 즐거웠다, 물론 쫄랑거린 건 나였고, 영준이는 예의 점잔을 빼는 걸음걸이로 느릿느릿 내 뒤를 따랐다. 마치 걸음마하는 어린아이가 진 데, 허방이나 디딜까, 조심스레 뒤를 따르는 아버지나 오빠처럼. 영준이의 얼굴에서는 늠름한 웃음이 사라지질 않고.

지금 와서 돌이켜보건대, 영준이와 함께 보낸 그해 봄부터 초가을까지의 시간만큼 내게 뿌듯한 기쁨으로 남는 시간도 없었다. 지금도 내게 가슴 저린 후회가 있다면, 그때 내가 너무도 영준이를 사랑했던 것이 오히려 화가 되지 않았나 하는 것이었다. 그때 좀 더 영준이를 자유롭게 해주었더라면…….

사랑도 지나치면 화근이 된다.

난 순천댁을 생각하고 있었다. 집에 다녀오는 길에 그 여자를 만났다. 하루에 두 번씩이나 마주치는 경우는 거의 없었다.

그런 걸 무어라고 할까, 전혀 의외의 인물이 의외의 행동을, 그것도 미친 여자라고 내심 깔아보았던 여자가 나와 비슷한 어떤 일을 하고 있는 것을 보았을 때 놀라는 그런 심정을……. 어찌 생각하면 공유해야 하지 않을 어떤 것을 빼앗긴 기분에 괜한 화가 치밀고, 또 어쩌면 뭔가 허전하고 섭섭키도 하고…….

간신히 애들을 달래고, 내 속도 달래고 다시 '이상'으로 돌아가기 위해 택시를 기다리는데 그 여자가 나타났다. 아니, 나타난 건 나라고 하는 게 더 정확하다. 순천댁은 같이 장사하는 아주머니로 보이는 몇몇과 함께 아파트 진입로 벤치에 앉아 있었다. 좀 한가한 시간이었던 모양이다. 순천댁의 품에서 무언가 꿈틀거리는 것을 나는 바로 알아볼 수 있었다. 강아지였다. 그 강아지가 요즘 들어 많이 볼 수 있는 애완견 종류, '치와와'란 것도 단박에 알아봤다. 나는 당혹감을 느꼈다.

내가 불현듯 글을 쓰겠단 충동에 빠지고, 쭉 잊고 있었던 영준이의 얼굴을 떠올린 게 느닷없는 일인 것만큼이나, 그 여자가 강아지를 안고 있다는 건 한 번 상상해 본 일조차 없는 돌발적이고 어울리지 않는 일이라는 게 그 순간 떠오른 생각이었다. 내가 그 여자의 생활에 대해 자세히 알지 못하고, 그 여자가 개를 기른다는 게 전혀 이상스럽게 생각할 만한 것이 아님에도 불구하고 내겐 개와 미친 그 여자가 함께 하는 장면이 무척이나 부자연스럽고 적절치 못한 것으로 보였다.

그 여자는 연신 개를 쓰다듬으며 옆의 아낙들에게 떠들썩한 목소리로 개 자랑을 하고 있었다. 막 빈 택시가 들어왔지만, 나는 그 여자와 개에 신경이 쓰여 택시 잡기를 포기해 버렸다. 나는 부리나케 그 옆의 벤치에 앉아 핸드백을 열고 무얼 찾는 시늉을 했다. 누구도 내게 관심 갖는 사람은 없었다. 나는 쫑긋 귀를 세웠다.

"……말야, 내가 하루라도 청소를 안 하면 복순이가 가만 있질 않아. 개가 얼마나 깨끗한 걸 좋아하는 지 몰르지? 개가 사람보다 더 해. 방 청소를 대충 해 놓으면 꼭 청소 안 된 데를 찾아서 변을 본다고, 일부러 더 더럽게 하는 거야, 빨리 청소 안 하면 계속 이런다 하는 거지. 내가 아주 복순이 땜에 집에만 들어가면 청소하느라고 곤욕이라니까……."

개 이름이 복순인 모양이었다. 말은 곤욕이라고 했지만, 그 여자의 얼굴엔 잔뜩 자랑스럽기 그지없단 기색이 찬연했다. 여자의 말은 계속됐다.

"또 질투는 얼마나 심한지, 어쩌다 내가 잡지라도 보고 있잖아, 저랑 안 놀아주고, 그러면 내가 잠깐 어디 자리를 비운 사이 그 책을 다 찢어발긴다니까. 아…… 그리고, 내가 화장하느라고 저한테서 눈을 떼잖여, 다음날 와서 보면 화장품 위에다 오줌을 지려 놓지, 화장품 케이

스는 죄 물어뜯어 놨지 그런 난리가 없다니까. 하여튼 뭐든지 복순이 안 보는 데서 해야지, 저보다 더 신경을 쓴다 싶으면 가만 놔두질 않는 다니까⋯⋯."

"설마, 그럴라고?" 옆의 아낙이 고개를 갸우뚱하며 순천댁의 말을 막았다.

"뭐 그럼 내가 거짓부렁한다는 거야?" 기도 안 차단 식으로 순천댁 은 반응했다.

"아니⋯⋯ 너무 믿기질 않아서 그러지."

"그건 당신이 복순이를 안 키워 봐서 그래, 얼마나 영리한데. 내가 또 이야기해 주께." 순천댁은 개를 한 번 품에서 번쩍 치켜들어 자랑스 럽게 다른 아낙들에게 보였다. "내가 청소를 잘 해 놓잖아, 그런데 내 가 없는 사이 소변을 보고 싶다, 화장실 문이 안 열린다, 그러면 어떻 게든 휴지를 뜯어 그걸 조만허게 오므리고 거기다 오줌을 싸놓는다고, 내가 치우기 편하게, 아⋯⋯! 그리고 그 누구야, 길영이네 집 갔을 때 는 말여. 내가 길영이네 하고 이야기하느라고 정신이 없는데, 복순이 가 와서 자꾸 나를 잡아끌더라고, 그래서 가봤지. 그랬더니 이놈이 오 줌은 못 참겠고 어디가 화장실인지도 모르겠고 하니까, 글쎄 현관 내 신발에다 오줌을 갈겨 놓은 거야. 그걸 빨리 치우라고⋯⋯."

"순천댁, 그거 진짜야? 개가 그렇게 영리해?" 이번에도 그 아낙이 다시 말을 끊었다. "진짜라니까! 이눔의 에펜네가 사람 말을 안 믿어." 또 순천댁은 화를 벌컥 냈다. "아니, 너무 믿기지 않아서 그러지? 그럼 그 개 비싼 거겠네, 얼마나 해?" 그 아낙은 정말 궁금한 게 많은 표정 을 짓고 있었다.

"뭐셔? 값이 얼마냐고! 이놈의 에펜네가 우리 복순이를 어떻게 알고, 그따우 소리를 내뱉고 지랄여……." 정신이 오락가락하는 사람의 정서는 그만치나 불안한지 알고 있었지만, 순천댁은 대단히 화가 나 다른 아낙들에게 삿대질을 하며 길길이 날뛰었다. 다른 아낙들이 모두 기가 질린 듯 그 여자를 달래느라 애먹고 있는 걸 보며, 나는 택시를 잡아탔다.

나른해지는 오후였다. 점심 무렵에 쏟아지던 한 몫의 손님은 이제 어지간히 치른 셈이었다. 젊은 남녀 두 쌍이 각기 자리를 잡고 앉아 있었다. 시간도 가리지 않고, 장소도 가리지 않고 만나면 늘 심각하고 은밀한 이야기들이 많은 때, 내게도 저런 시절이 있었을까.

……이것들이 지 애비를 무시해! 싸가지 없는 것들……! 엄마! 엄마! 엉엉! 난 아무 것도 잘못 안 했단 말야……! 여보! 애들이 뭘 잘못했는데 이렇게 애들을 다그쳐요……? 뭐여? 뭘 잘못했냐고? 이년이 지금 나한테 그걸 따지는 거여? 그래, 에펜네가 벌어오는 대로 먹고 사는 놈팽이라고 이렇게 사람을 무시해……?

남편은 이미 엉망으로 취해 있었다. 애들과 벌이는 드잡이란 것도 듣고 보면 어이없는 것. 내가 나가고 난 뒤 일어난 남편이 그제야 늦은 아침을 챙겨 먹는다고 하면서, 큰딸애에게 고추장을 가져오라고 한 모양이었다. 그걸 쟁반에 두 손으로 받쳐오지 않고 덜썩 던져주는 것처럼 갖다주더란 것이다. 지 아버지를 얼마나 같잖게 봤으면 그렇겠느냐고 두 애를 다 무릎 꿇려놓고 한바탕 혼을 빼놓은 뒤, 또 그게 가슴이 아파서 술을 마셨다는 것이다, 왜 이렇게 사람이 왜소해졌는지. 그러자니 또 분통이 터지고, 애들을 닦달하고…….

"아니, 그런다고 저 어린것들을 그렇게까지 잡들이시면 어떻게 해요?" 어떻게든 그의 비위를 건드려서는 안 된다. 언제 어디서 주먹이 날라올지 모른다는 불안감도 있었지만, 내 몸에 드는 멍보다 때린 그이의 가슴엔 더 커다란 멍이 들고 있음을 알고 있기 때문이다.

"아녀! 저것들은 지금부터 버릇을 잡아놓아야 한다고, 세상이 왜 이렇게 됐간디, 애비 없이 편모 슬하에서 큰 놈들이 너무 많아서 그러는 거라고, 무서운 것도 없고, 그저 응석이나 부리고, 안 받아주면 떼쓰고…… 싸가지 없는 것들!" 남편의 두 눈이 시퍼렇게 번쩍이고 있었다. 아까까지 어린것들에게 괜하게 못난 짓 했다더니, 금세 사람이 달라졌다. 저런 이야기를 할 때면 그랬다. 이놈의 세상은 싸가지 없는 것들, 애비 없이 자란 후레자식들이 득세하는 세상이라는 것이다. 애들을 상대로 해서는 아무래도 그런 이야기가 미진했을 것인데 내가 나타났으니 오죽 잘 만났다 싶었으랴만, 대낮부터 형편없이 흐트러져 주정하는 꼴을 봐야 하는 내 가슴에 펄펄 뛰는 불길은 또 어찌 다스리라고 저런단 말인가.

남편이 저렇게 변한 데는 전공과도 연관이 있는 듯 했다. 석사 학위는 현대 문학으로 받은 걸로 알고 있는데, 박사 학위는 결국 고전문학으로 받았다. 공부를 하는 동안, 남편은 차츰 현대의 선비를 꿈꾸는 몽상가로 변해 갔다. 물론 그걸 문제 삼을 수는 없다, 그쪽 공부를 하다 보니 그런 정신에 심취한다는 건 자연스러우니까. 하지만 대범하고 의젓한 선비가 아니라 꼬장대 같은 좁쌀 영감으로 변해 가니 문제였다. 꼭 애들과 내게만 꼬투리를 잡아 그걸 세상 도덕의 황폐화와 연관지었다. 아이들에게 천자문을 가르친다고 하던 것이 언제부터 애들 매무새

상관이나 말버릇 타박으로 넘어갔고, 무릎을 꿇리는 일 정도는 아주 예삿일이 되더니, 회초리가 빗자루로 넘어갔다. 본디 그렇게 소심하고 내성적인 사람이 아니었는데, 언제부터 무슨 일이든 집안 식구들에게 화풀이하는 못난 방안통수로 변해 버린 것이다. 애들이 당하는 건 내게 비하면 약과였다. 번연히 '이상'을 통해 자신의 학비와 우리 집 생활비가 나온다는 걸 알면서도 매일 같이 그만두라고 야단이었다. 당장 내일이라도 '이상' 문을 닫으면 우리 네 식구 목구멍에 풀칠도 못한다는 걸, 나보다 자신이 더 잘 알면서. 의처증의 기미까지 보였다. 한번씩 커피숍에 나와 한구석에 웅크리고 앉아 있다가 영업이 끝나는 시간만 되면 아까 이야기한 남자는 누구냐, 뭐하는 놈이냐 꼬치꼬치 캐묻고, 요즘에는 왜 외간 남자를 보고 웃었느냐, 추상 같은 추궁을 하는 강퍅剛愎을 부렸다. 그의 성마름이 갈수록 나를 피폐하게 말라붙게 만들었다.

게다가 요즘은 까딱 하면 손찌검하는 버릇까지 생겼다, 무작스럽고 잔혹한…….

……언제부터인가 영준이는 나를 꺼렸다.

그건 조그만 한 가지 사건 때문이었다. 암내난 암캐가 우리 집을 기웃거리고, 영준이가 좋다고 뛰어나가는 걸 내가 발견, 나가지 못하게 제지한 이후, 그 암캐는 며칠을 우리 집앞에서 어찌 들으면 구슬프고 어찌 들으면 야릇한 색성으로 울부짖었고, 영준이는 단단히 내게 토라져 버렸다. 나로선 당연한 일을 했다고 할 수 있었다. 그 암캐는 어쩐지 인상이 좋지 못하고 몸을 함부로 굴리는 갈보처럼 보였기 때문이

108

다. 그 뒤로 영준이는 전처럼 내게 다정하질 않았다.

그 당시 난 미칠 지경이었다. 내 단 하나의 벗, 내 단 하나의 사랑인 영준이가 나를 외면하다니……. 비애와 외로움을 견딜 수 없었다. 나는 어떻게든 영준이의 주의를 다시 내게 돌리려고 갖은 힘을 다 썼다, 먹는 것에서부터 잠자리 하나 하나 더 신경을 쓰고, 영준이의 비위를 맞추려고 애를 썼다. 하지만 그때마다 영준이의 얼굴엔 성가시고 귀찮단 표정이 역력했다. 그러다보니 자연 나도 내 정성을 알아주지 않는 영준에게 신경질을 부리게 되었다. 하지만 지금도 맹세코 그건 영준이에 대한 내 사랑의 다른 표현이었을 뿐이다.

더욱 마음에 원이 되는 것은 그처럼 좋지 못한 감정의 찌꺼기를 가슴에 담은 채 영준이가 내 곁을 떠났다는 사실이다.

그 암캐가 다시 나타나 영준이와 암캐가 밤새도록 담을 사이에 두고 울부짖는 통에 우리집 식구들 모두 뒤숭숭한 밤을 보낸 아침, 영준이는 내가 챙겨주는 아침 식사를 한사코 거부했다. 저녁때도, 그다음 날도 마찬가지였다.

사고가 터진 건 영준이가 그처럼 절식으로써 내 귀찮은 성화에 항의를 하던 사흘째였다.

내가 학교를 간 동안, 늘 시무룩하게 처져 있는 영준이 꼴이 보기에 딱했던지 아버지는 사립문을 열어 영준이를 풀어줬다, 바람이나 쐬고 오라는 뜻으로. 허겁지겁 밖으로 달려나간 영준이가 그 암캐를 찾아 쏘다녔는지는 확실치 않다. 다만 그동안 허기에 주린 배를 견딜 수 없었던 것만은 확실하다.

당시에 동네마다 쥐잡기가 한창이었다. 정부에서도 쥐 한 마리가 일

년이면 몇 천 마리로 불어나 쌀 몇 백 가마를 먹어치운다, 초등학교부터 고등학교 학생들까지 일 주일이면 쥐꼬리 열 개씩 학교에 갖다 내야 한다 난리를 치던 때였다. 쥐잡기의 가장 쉬운 길은 독이 섞인 미끼를 놓는 것 뿐이었다. 한데, 쥐가 먹어야 할 독약을 그만 영준이가 먹게 된 것이다.

차라리 영준이가 그 독약을 먹고 즉사를 했더라면 훨씬 나았다고 생각하는 건, 너무 내 편의만 생각한 잔인한 주문이었을까. 영준이는 고닥 숨이 끊어지지 않았다. 꼬박 하루를 살았다. 그리고, 그 하루는 제게나 우리 가족 모두에게 너무나 끔찍한 시간이었다.

내가 학교에서 돌아왔을 때, 영준이는 눈에 핏발이 선 채 온 집안을 쓸고 다녔다. 집에서 키우는 개가 그 집 마루 위로 올라온다는 건 상상할 수조차 없는 일이었다. 하지만 이미 영준이는 제정신이 아니었다. 큰방이며 내 방까지 흙 묻은 발자욱을 어지럽게 남기며 영준이는 계속 으르렁댔다. 독하게 핏발이 오른 눈엔 시뻘건 핏물이 잔뜩 고여 있었다. 나를 알아보리란 기대는 너무나 허망스러운 것이었다. 하마터면 물어뜯길 뻔한 것을 아버지가 휘두른 작대기 덕에 간신히 벗어날 수 있었다. 닥치는 대로 물어뜯고 할퀴며 제 머리와 몸뚱이를 쾅쾅! 벽에 부딪쳤다. 내장에 이미 불이 붙어 토막토막 끊기는 고통을 견디려니 그 방법밖에 없었을 것이다. 그러다말고 펄쩍! 공중재비로 뛰어올랐다가 보이는 모든 것들에 사나운 이빨을 들이대고……. 영준이는 차츰 살아 있는 것, 움직이는 것과 움직일 수 없는 것들도 구분하지 못했다. 어디서 나타난 쥐새끼를 쫓아가다 장독대 받침돌에 머리를 짓찧더니, 이내 그 돌멩이를 앞발로 후려갈기며 물어뜯기도 했다. 그 단단한 이

빨이 돌멩이 부스러기처럼 바스라지고, 영준이 입에는 뽀글뽀글한 게 거품과 함께 핏물이 질질 흘렀다. 나는 동동 발을 구르고 울부짖으며 영준이를 향해 다시 다가가려 했지만, 아버지의 억센 손이 나를 옴쭉달싹 못하게 짓누르고 있었다. 영준이는 핏물이 삐져나와 머리털이 흠씬 젖은 제 머리로 힘껏 사립문을 밀치고 집 밖으로 뛰쳐나갔다. 그게 내가 본 영준이의 마지막 모습이었다.

그날 밤에도 영준이는 제 질긴 목숨을 시위하며 온 동네를 공포에 떨게 만들었다. 내장의 마디마디가 한 토막씩 끊겨나갈 때마다 지르는 처절한 괴성 때문에 사람들 귀밑털은 밤새도록 삐쭉거렸다. 난 그날 밤 울고 또 울고, 울음에 혼곤히 지쳐 깜박 잠이 들었다 일어나면 다시 울었다. 다음날 점심 무렵, 난 동네 윗방죽가 평평한 곳에 조금 봉긋한 봉분을 쌓는 일로, 구원[九原]에서나마 영준이가 편안하길 기원했다…….

원고지 위로 잉크가 번지고 있었다. 나도 모르게 눈물방울이 떨어져 있었다.

나는 고개를 숙여 눈물을 훔치고 홀 안을 둘러봤다. 이 양은 주방에서 무어라 콧노래를 흥얼거리며 노닥거리고 있었다. 두 쌍의 손님은 제각기 하는 이야기에 빠져 있었다. 다행이었다. 새삼 떠오른 영준이의 얼굴이, 그에게는 너무도 어울리지 않았던 비참한 최후가 내 눈물샘을 자극했다. 하지만, 문득 영준이를 소재로 내 어린 시절을 글로 써보고픈 욕망과 회고의 과정에서 자연스럽게 우러난 눈물만은 아니란 걸 난 잘 알고 있었다. 남편이 포악해진 것을 나는 심정적으로 십분 이해할 수도 있다, 난 원고를 끄적이면서도 내내 남편 생각을 하고 있었다.

학위를 받은 지 벌써 3년째 접어들고 있었다. 공부를 하겠단 욕심도 있었지만, 고등학교 선생 자리를 때려치웠을 때는 자기 나름대로는 대학에 자리가 곧 마련되리란 감도 있었을 것이다. 하지만 되는 건 아무것도 없었다. 그리고 남보기엔 강직해 보이고 선비처럼 보일지 몰라도 집에만 오면 엉망이 되는 것처럼 그는 속이 무른 사람이었다. 부인이 벌어오고 몇 년째 자신은 무위도식하는 것처럼 지낸다는 걸 내적으로 용납하고 덤덤히 지낼 수 있을 만큼 신경이 굵은 사람도 아니었다. 남편은 소심했다. 늘상 나를 상대로 어느 어느 교수는 아직도 박사 학위가 없는데 멀쩡하니 교수 자리를 꿰차고 있다고, 죽을 고생 학위를 다 한 우리 같은 놈들은 빈둥거리는데…… 떠들 뿐이지, 남들에겐 그런 불평을 할 위인도 되지 못했다. 남편은 자기 자신의 피와 살을 갉아먹고, 우리 식구들의 피를 마르게 하는 것으로 자신의 고통을 참아내는, 참으로 주위 사람들에겐 끔찍한, 증상맞은 인간에 속했다.

어쩌면 그렇기에, 남편을 이해한다고 해서 그와 함께 하는 생활을 흔쾌히 받아들일 수 없는지도 몰랐다.

정말 이건 아니었다. 이런 생활을 바라고 결혼 한 것도, 이렇게 남편 얼굴만 쳐다보며 연명하려고 '이상'을 꾸리는 것도 아니었다. 남편의 성공을 기다리며 내내 내조만 할 수 있다면 얼마나 좋을까. 하지만 그건 남편이 내게 그만한 일에 가치와 보람을 느끼게 할 때 가능한 일 아니던가. 이처럼 핍박을 받으면서, 손찌검을 당해가면서, 의심 받아가면서 살잔 건 아니었다. 손이 절로 가슴을 쥐어뜯고 있었다.

움켜쥔 가슴팍에 어젯밤 남편이 던진 재떨이 때문에 생긴 멍이 욱신거렸다. 하지만, 하지만 또 어쩌랴. 날이 다르게 커가고 있는 우리 애들을. 나 없이는 당장에 굶어죽게 생긴 내 남편을…… 나는 다시 뺨을 간질이며 흘러내리는 눈물을 닦았다.

이제 원고는 마지막 몇 장밖에 남지 않았다.

사랑하는 마음이 넘쳐 과도하면, 그것도 일종의 저주가 될 수 있다.

영준이에 대한 내 사랑을, 나의 욕심을 다스렸더라면 혹여 영준이에게 그런 비참한 꼴이 닥치지 않았을는지도 모른다. 난 그래도 예정조화설을 믿는 편이다. 영준이의 운명은 그렇게 정해진 것이라고, 그를 사랑했던 내게 아픔과 회한이 남게 미리 예정된 것이라고 빨리 체념하는 편이고 그렇게 살아왔다.

내가 영준이를 바라보는 평정을 잃은 게, 참으로 우습게도 개에게 사랑과 질투를 느꼈다는 게 얼마나 가당찮은 일인가. 개에게는 개의 삶이 있는 법인데, 사람에겐 사람의 삶이 있고…… 그런 질서를 깨닫지 못한 나의 잘못이 결국 영준이를 죽음으로 몰고 갔다.

난 지금 영준이를 생각한다, 개도 웃을 수 있다는 사실을, 이제는 볼 수 없는 영준이의 웃음을…….

결국 난 영준이에게서 웃음을 빼앗고 말았다.

……난 정말 견딜 수 없어! 당신은 왜 그렇게 생활력이 강한 거야? 당신의 그 지악스런 생활력이, 나에 대한 무서운 기대가 나를 파멸로 이끈다고, 흐흑! 당신 그거 알아? 그걸 아냐고……. 당신은 너무 악착

같애, 사람이. 당신같이 악착같은 사람하고 살려니까 난 더더욱 무능한 사람이 된다고…….

되지도 않는 소리를 해가며 엊저녁과 오늘, 연이틀을 남편은 거푸 눈물을 펑펑 터트렸다. 남편의 술주정이나 때 없는 눈물이 늘 나의 가슴을 저며 쓰리게 했지만, 오늘은 달랐다. 턱도 없이 내게 자신의 고통을 전가하려는 짓이라고 치부해 버릴 수만도 없었다. 내가 대체 그랬단 말인가. 내가 내 남편을 주눅 들게 만들었단 말인가. 이런 터무니없는 경우가 생길 수도 있단 말인가. 어떻게 내가 내 남편을 억압할 수 있단 말인가. 말도 되지 않는 궤변일 뿐이다. 하지만 일견 진실을 띄고 있는 남편의 푸념은 쭉 그렇게 무시당한 게 아닐까, 어쩜 나는 남편의 예민함에 대하여 무심했던 것이 아닌가. 본의는 아니었지만, 난 내 남편의 웃음을 빼앗고 있는 건 아닐까, 영준이를 너무 사랑하다 못해 그의 웃음을 앗은 것처럼.

내가 말렸다면 자신은 진학을 안 했을 거란다, 내가 다시 고등학교 선생을 하라고 했으면 자신은 박사 학위 가진 교사로도 만족하며 살아갔을 거란다, 이 싸가지 없는 편모 슬하의 후레자식들이 판치는 세상에, 그렇게 살아가지 않는 우리 아이들을 키워내는 게 자신이 대학 교수가 되는 것보다 더 큰 보람이란 것이다.

내가 남편한테 커다란 욕심을 가지고 있는 건 아니었다, 남편 말처럼 은근히 사람 피 말리는 에펜네가 되어놔서, 내 남편이 언제 교수가 되나 이제나 저제나 목울 길다랗게 빼놓은 것도 절대 아니었다. 그저 지켜보고 기다렸을 뿐이다. 설사 남편 말처럼 그랬다고 해도 그게 그렇게 잘못일 수는 없다. 어디든 여자가 제 몫으로 대우받기 힘든 사회에서 여자들은 자신의 남편이 자신이 소망하던 바를 성취해 주길 바라는 것 아닌가. 남편이 아니면, 자식에게 기대하고……. 얼마나 내 극성을 내세워 자신의 피를 말렸다는 것인지, 도시 나는 남편의 말을 이해할 수 없었다.

단지, 명료해진 게 있다면 남편이 진즉부터 내게 그런 억하심정을 가지고 있었다는 것이고, 난 그걸 모르고 있었다는 것이었다. 난 막 쓴 원고 뒷부분을 뜯어내고 다시 펜을 들었다.

영준이의 죽음이 내게 던져준 충격은 컸다.

직접적이든 간접적이든 여하한 경로로든지, 영준이가 죽음으로 가는 길에 나 역시도 간섭이 되었다는 것, 열살배기 꼬마에게 그런 죄의식의 하중은 견디기 힘들 만큼 버거운 것이었다.

하기는 내가 끼어들지 않았대도 영준이는 그렇게 될 수밖에 없었는지도 모른다. 그건 내게 가장 큰 위안이 되는 생각이었다. 나는 하루에도 수십 번씩 그런 이야기를 되뇌이며, 격동하는 가슴을 진정시키곤 했다.

난 그 뒤로 개를 예뻐해 본 적이 없다.

첫사랑에 실패한 쓸쓸한 뒤치다꺼리가 아니냐 누군가 비아냥거린다면 난 고개를 푹 숙였다가, 한참 뒤에 고개를 들어 무언가 말을 할 듯 우물거리고 끝내 입을 열지 않은 채 뒤돌아서는 모습을 보일지도 모르겠다. 그러면서 난 이렇게 속으로 중얼거릴 게다, 그렇다고, 난 아직도 영준이의 이름을 뛰는 가슴이 아니고선 불러보지 못했다고, 내 뒤치다꺼리는 아직도 많이 남아 있다고.

그건 어느새 중년을 치달아가는, 한때 문학을 꿈꿨던 소녀의 조금은 호사스러운 감정의 유희였는지도 모른다고, 내 다른 입은 또 중얼거리고 있을 것이고……

아주 평상적인 진리들은 그것에 대해 의문을 제기하지 않기 때문에 유지되는 법이지, 자체가 완벽한 무오류성을 담보하고 있는 건 아니다. 무슨 일이든 진정을 가지고 진심껏 전달을 위해 노력한다면, 전달된다는 식의 평범한 처세훈이란 것은 얼마나 우스운가. 그렇다고 하면 짝사랑에 목메어 깊은 밤이면 심각한 자기 파괴의 환상에 시달리는 사람은 하나도 없어야 한다.

혹자는 그건 진정이 아닌, 진정이라고 잘못 판단한 것에 불과한 것이 아니겠느냐고 반론을 제기할지 모른다. 더 심하게는 그건 너의 이기심이 아니냐고, 사랑의 가장 큰 원리인 상호교통을 고려한 바 없는 방기의 쾌감에 불과한 게 아니냐고 눈을 치켜뜰 수도 있을 것이다. 그리고, 이것은 무척 논리적이고 합당한 따지기라 할 수도 있다.

가장 완벽하다고 생각하는 것 속에 함정이 있다. 논리의 함정은 논리가 가장 무시하는 맹목적인 무논리성 속에 존재한다.

어디 세상의 모든 일이 그같이 논리적이기만 하다던가?

사랑하는 것에 대한 일차적인 소유욕이 그처럼 비난받아야만 하는 것일까? 사랑해서 미워하는 그 단순성이 그렇게 비난받을 것인가?

내가 과연 영준이의 웃음을 앗았을까? 그렇게 이야기한다는 건 너무 몰이성적인 게 아닌가?

거기까지 쓰던 나는 그만 원고를 쫙! 뜯어냈다. 무언가 가닥이 잡히

지 않은 채 횡설수설하는 느낌이었다. 뜯어낸 원고를 휴지통에 던져
버렸다.

하지만 잠시 후, 나는 휴지통을 뒤져 그 원고를 다시 펼쳐 구겨진 부
분을 폈다. 그 부분을 채울 만한 글이 나오기 전까지는 가지고 있어야
되지 않을까.

4

난 순천댁을 세 번째로 보았다. 집으로 돌아오는 길이었다. 머리도
아프고, 취해 쓰러진 남편과 아이들도 염려스러웠다. 아무래도 오늘
저녁은 함께 먹는 게 좋지 않을까. 그 시간까지만 계산을 마치고, 나머
지는 이 양에게 내일 아침 계산해 달라 이야기하고 택시를 집어탔다.
그 여자가 어물전 장수라는 게 떠올라서 그런 건지는 확실치 않다. 저
녁까지 준비해 놓고 나오긴 했지만, 난 오랜만에 남편이 좋아하는 해
물잡탕을 만들 작정으로 어물전을 찾았다.

어물전은 열려 있는데, 그 여자는 없었다.

옆 쌀가게 아낙이 무얼 살 거냐고, 대신 장사 해 줄 요량을 피우며
어물전을 기웃거리는 나를 향해 다가왔지만, 난 왠지 그 아낙에게 사
고싶지는 않았다. 조금 더 둘러보겠노라 이야기하고 몇 발자국 상가
안쪽으로 들어가던 나는 방금 내게 대신 팔아주겠노라 하던 아낙과 또
다른 아낙이 하는 말을 듣게 되었다.

"장사는 안 허고 순천댁은 어딜 간 거여?"

"또 전화하러 갔겄제."

"헛따, 그놈의 전화질은……. 사람이 미쳐도 곱게 미칠 양이지, 어떻게 허구헌 날 전화질해대게 미쳤는가 몰라."

"그러게…… 쯧!"

"사람이나 성가시게 안 히야지. 누가 저 전활 받는지 몰라도 얼마나 복장이 터질 거여? 미친 여자헌티 뭐라고 히야 알아듣도 못헐 것이고……."

"자네 모르는가?"

"뭘?"

"왜 저러는지?"

"미쳐서 그러지. 왜 저래?"

"아니! 미친 건 미친 게 맞는데, 사정이 여간 딱헌 게 아니드라고……."

내 걸음은 진즉부터 멈춰 있었다. 난 몸을 돌리지 않고 그 아낙의 이야기에 귀를 기울였다.

"어떤 남자허고 눈이 맞어갖고 집에서 도망나오다시피 했단 거여. 근디 그 남자가 배신을 헌 거지, 본래 좀 건달기가 있었는디 그걸 몰랐던개벼. 그리갖고는 죽는다고 약도 먹고 별 짓을 다 힝는갑드라고, 그러다가 돌아버린 거제. 그리갖고 집에서 정신병원에 입원시켜 갖고 치료했다는 것이 저 모양이라고 허드라고. 어쩃든 전화질해대는 것만 빼고는 멀쩡허잖여, 저만허면, 근디 말여, 지금 누구헌티 전화허는 종 알어? 세상에, 그 의사헌티 전화를 헌다는 거여! 순천댁이 치료를 받는 중에 뭇이 워쫗게 돼서 그랬는지는 모르는디, 그 의사 얼굴이 도망간지 서방 얼굴로 둔갑을 혔다는 거이제. 그리고 저 야단을 허니, 그 의사도 결혼을 허고 그랬다는디, 밤이고 낮이고 전화를 히대싼 게 처음에는 의사 부인이 이 남자가 바람을 폈나, 허고……. 의사 양반도 미치고 폴짝 뛰다 죽을 일이지. 환자랍시고 치료를 히놨더니 매일겉이 전화를 히갖고 별 상소리를 다 허고……. 그리서 전화번호까장 바꿨단디 어떻게 귀신겉이 그 전화번호까지 알아내 가지고 저렇게 전화질이라는 거여……. 한 번은 간호사헌티 그런 전화는 바꾸지 말라고 했더니, 그 당장에 쫓아와 간호원 머리칼을 쥐어뜯고 난리를 피는디, 결국 의사가 그렇게 전화라도 받아줘야 순천댁 심사를 가라앉히겠다싶어 포기해 버렸다고 하더라구.

난 더 이상 그 아낙의 이야기를 듣지 않았다. 난 바로 길을 되짚어 승강장 쪽으로 종당걸음을 쳤다.

어둑어둑 하루가 가라앉고 있었다.

난 길 건너편 승강장을 눈을 찌푸려 쳐다봤다. 유리는 이상하다, 어둠을 흡수하기도 하고 반사하기도 한다. 주위가 온통 고즈넉하게 가라앉은 가운데 공중전화 부스만이 유달리 우뚝 솟아 보였다. 조도가 약한 전화 부스 실내등은 하등 도움이 되지 않았다, 어렴풋이 사람이 있는 양 같기도 하고, 또 어쩌면 공중전화 부스 역시 밀려오는 어둠 속에, 인적마저 끊겨 속절없이 함몰해 가는 것도 같았다. 나는 길을 건너기 위해 좌우를 둘러봤다. 퇴근 차량들로 쉽사리 길이 트이질 않았다. 신호등이 없는 건널목이었다. 차량의 전조등이 아직은 이른 빛을 성급하게 길바닥에 뿌리며 달려들고 지나쳐 갔다. 나는 마음이 다급해졌다. 왕방울만한 두 개의 큰 눈을 부라린 채 차는 연신 길을 건너려는 나를 위협하고 물러서게 했다. 차의 경적음이 소란스럽게 거리를 메웠다. 어디선지 길이 막힌 모양이었다. 다시 빵빵거리는 경적음이 잦아들고 있는 하루의 저녁을 뒤흔들었다. 어느 차에선가 전조등을 마구 껐다 켰다 신경질을 부렸다.

그때 보았다, 공중전화 부스에서 막 크게 입을 벌리고 있는 그 여자를. 다시 전조등이 꺼지면서 그 여자의 모습도 사라졌다. 아―! 입을 크게 벌리고 있는 여자의 모습……. 아침 나절의 장면에 함께 비끌어매 유추해 보면, 그 여자는 지금 큰소리를 지르고 있는 것일까. 하지만 왠지 핏대를 올리고 있는 것처럼 생각되진 않았다. 마치 참을 수 없는 고통 끝에 내지르는 신음성처럼, 그 여자의 입은 심하게 일그러진 채 벌려져 있었다. 차의 행렬은 곧 재개되었다.

난 그녀에게 다가가기 위해 빛더미로 이어지는 행렬의 빈틈을 찾아 헤매었다. 틈이 없었다. 짜증보다도 당황이 밀려왔다. 난 더욱 허둥지둥 그녀에게 다가가려고 두리번거렸다. 다시 짧은 빛과 그녀의 얼굴이 전화 부스에 비쳤다. 제법 거리가 있음에도 불구하고 난 그 짧은 틈에 그녀의 뺨 위로 굴러내리는 눈물방울을 똑똑히 볼 수 있었다. 그것은 빛을 반짝 쏘더니 금세 어둠 속으로 사위어 갔다.

나는 결국 그녀에게 다가가지 못한 채 몸을 돌렸다. 영준이의 웃는 얼굴이 눈앞에 어른거렸다. 끝부분을 빨리 고쳐야겠단 생각이 들었다. 개도 웃는다.

산행 山行

1. 산을 오르기 전에

영암만이 있다.

　나라의 대종大宗으로 반도의 굴강한 등허리를 이루는 백두대간. 거기에서 갈라져 나온 몇 개의 큰 산줄기들로 대지엔 깊고 낮은 굴곡이 지고 강이 흐르며 너른 들이 이루어진다.

　그중 소백산맥은 대간으로부터 갈비뼈처럼 휘어지는 그 순간, 숨 한 번 크게 들이킨 다음, 단숨에 추풍령 고개를 타넘고 일망무제 호남과 나주의 벌판을 울뚝불뚝 성난 황소걸음으로 거칠 것 하나 없이 지쳐 달려오는 장한 모습을 하고 있다. 그렇게 질풍처럼 달리기만 하던 산줄기도 드디어 바다와 마주하는 운명이 되어 그 급한 행보에 종지부를 찍을 수 밖에 없는데…… 근역의 최남단.

　영암만이 있다.

삼호반도와 무안반도가 서로 창을 맞지른 두 명의 수문장과 같이 고리짝 눈을 치뜨고 바다의 범접을 감시하는 그 가느다랗게 째진 틈새로, 영암만은 숫처녀의 깊고 어두운 질구膣口처럼 토실토실하고 매끈한 자태를 자랑하며 길쭉이 드러누워 있다.

뭍과 물이 제 영역을 지키기 위해 매일같이 상쟁하며 신음을 내지르고, 늘상 서해의 짠물과 영산강의 민물은 격렬히 몸을 섞는다. 분수처럼 하늘로 치솟아 부서지는 하얀 포말, 안타깝게 소용돌이에 쓸려들 제…… 그 위를 뛰놀던 짙푸른 햇살들은 미처 울부짖으며 쪽빛 바다에 몸을 던지고, 눈 시린 청람靑嵐만이 말없이 물굽이로 흐르는 영암만.

산맥은 쫓기듯 달려온 갈증을 삭여야 했다. 위풍당당하던 소백의 산줄기는 만을 향해 털썩! 꺽지게 고개를 숙인다. 마치 타는 입술을 바다에 축이는 형상이다.

굽어진 목등의 가장 높고 가파른 곳, 그곳엔 어떤 까닭인지 보기 드문 석산이 자리하고 있다.

월출산이라 불린다.

반도의 아랫도리, 영암만을 불끈 솟아 묵묵히 내려다보는 이 산은 움퍽질퍽 육덕肉德을 자랑하며 늘어선 토산土山들 가운데 툭! 불거진 탓으로 더욱 우뚝해 보이는 암반의 산.

풍파에 오래도록 시달리다 보면 사람의 심성은 모가 나고 거칠어지지만, 산수는 오히려 그 자태에 탈속한 수려함을 더하는 것.

오랜 세월 비바람에 육탈肉脫해 버린 하얗고 굵직굵직한 뼈토막 더미처럼 기괴한 암석들이 무리지어 너른 이마를 이루고, 그 이마에 내려 쪼이는 따가운 햇살 때문에 감히 초목군생은 뿌리내리지 못했다.

남해와 서해에서 하냥 불어제치는 음한한 칼바람을 맞으면, 더욱 당당해지는 것으로도 유명한 이 나라 산맥의 자랑, 월출산.

지도를 놓고 자세히 살피면 마치 발기한 남성의 상징물처럼, 소백의 기운이 이곳에 썽나 뭉쳐져 있음을 알아챌 수 있을 게다. 적진을 향해 막 뛰어드는 단기의 장수처럼 바다를 향해 포효를 내지르는 위맹한 형세.

이 산의 이름이 왜 월출산인지는 하루 저녁 그 산그늘에 유숙해 봐야 알 수 있다.

교교로운 달빛이 산마루를 비추다 어느새 은색 가루로 분분히 흩뿌려지고, 산은 달빛 따라 하늘 향해 제 키를 쑤욱 뽑아 올린다. 하늘에 걸린 육중한 산의 몸매는 제 무게를 이기지 못하고 휘영청 끄덕이고, 달빛은 천지간 만물 모두 제 간직한 빛을 발할 수 있게 생명의 은한銀漢을 고루고루 내뿜는다. 밤마다 산에서 벌어지는 빛의 향연!

날이 흐린 날도 괜찮다. 날 세운 칼바위들이 삐쭉삐쭉한 창검기치처럼 울울히 하늘을 가린 가운데 산 뒤로부터 여명과도 같이 때늦은 월광은 장엄한 위용으로 둥실둥실 떠오르고……. 하늘 한 귀퉁이가 서서히 희뿌연해졌는가 싶으면 온통 새카맣기만 하던 밤하늘엔 어느새 숨막히게 흐드러지는 어두운 안개가 피어오른다.

흡사 단 한 개의 거대한 암괴巖塊이면서 이처럼 기기묘묘한 변화를 백출百出하니……. 일찍이 김시습이란 선인이 찬탄해마지 않는 목소리로 외우길, 호남의 으뜸가는 그림 같은 산이로고!

과연 천황봉과 구정봉, 이대 주봉이 서로 빼어남을 다투는 자태는 그러한 불림에 전혀 손색이 없었다. 거기에 더하여 산 언저리에 끼고 있는 영암이며 강진의 숱한 문화 유적, 산마루에서 조망하는, 점점이 흩뿌려진 백련사 동백 꽃부리와도 같은 군도들…….

월출산이 바위산이라고는 하나 아주 녹림을 지니지 않은 것도 아니었다. 산 밑자락에는 관목과 소나무, 이름을 알 수 없는 침엽수들로 짙게 우거진 하초가 무성했다. 그것들의 키는 간신히 사람 중키에 미칠 정도였지만 세월에 씻긴 연륜이 늠름하니 감히 얕잡아보기 힘든 기품이 서리서리 배어 있었다. 그러나 워낙이 억센 생명력으로 바위 틈에 자란 것들인지라 서로 얽히고설켜 빽빽한 넝쿨을 이룬 산 언저리는 어지간한 범인의 발길쯤, 스스로 돌아서게 했다. 휘초리 다음엔 등걸이라고, 암녹색이 짙은 산 언저리를 간신히 헤쳐 나오면 돌연, 새하얀 바위 등줄기가 나타나고 암반에서 암도暗道로, 암도에서 암반으로 이어지는 월출산의 본색이 드러나기 시작하는 지점. 움직이는 생명체가 있었다.

한 명의 사내와 한 명의 여자였다.

하지만 그들의 모습을 알아보기가 쉽지 않다. 짙은 안개에 휩싸인 것이다. 어느 산 치고 변덕스런 심술이 없을까만, 꺼떡하면 짙은 무연 속에 모든 것을 감춰 버리는 월출산의 안개 또한 악명 높은 것이었다.

그 원인은 영암만에 도달함으로써 제 생명을 마쳐야 하는 영산강의 안타까운 입김에 있거나, 끝내 교접하지 못한 월출산과 영암만의 애끓는 정에 있는지도 몰랐다.

2. 산을 오르는 마음

봉사 손짓거리처럼 사내 손가락은 연신 더듬거리고 있었다.

화장이 길게 늘어진 사내 소맷자락에 바위 틈, 뒤틀린 목을 내민 야생목이 툭 걸렸다. 걸리적거리는 게 거추장스럽다는 듯 사내가 신경질적으로 옷부리를 확 잡아챘다. 그 바람에 가지 끝에 대롱대롱 막 맺히려던 물방울이 떨궈지고 말았다.

또르르……. 바위에 떨어져 말려가던 물방울은 이내 사내 얼굴에 번들거리는 땀처럼 암면 위로 희미하게 번져나갔다.

온 사방을 지독한 안개가 뒤덮고 있었다. 습한 분무라고 하자니 성글성글한 게 물방울에 가까웠고, 딱히 물방울이라 부르자면 그러기도 힘든 물안개.

힘들고 가쁜 숨을 몰아쉬며 한 발짝씩 사내는 걸음을 옮겼다. 안개가 계속 발목을 휘어감았다. 찰싹 사내 등에 달라붙은 윗도리에는 눅눅한 검자주색 흙덩이와 암녹색의 풀물이 듬성듬성 배어들어 있었다.

기어올라가다시피 해도 끝이 없이 이어지는 산줄기, 열 발자국 앞도 채 내다보이지 않는 시계視界 밖에 대한 두려움, 뾰족뾰족 발바닥을 쪼아대는 부러진 나무중테기, 무엇이든 밟기만 밟았단 봐라, 영락없이 나자빠뜨릴 궁리로 미끈미끈 윤이 오른 잔돌멩이들……. 불어터진 부엽토 더미는 허방다리를 파놓고 안개 속에 웅크려 눈을 반짝이고 있었다. 칙칙한 땀을 흘리며 서 있던 육중한 암석의 암울한 잿빛마저도 어느새 꿀꺽 삼켜버린 안개의 식욕에 사내는 언제부터 몸을 떨고 있었다.

뒤처졌다간 길을 놓칠지도 모른다는 걱정에 지레 겁먹어 종종걸음으로 앞장을 선 여자의 펑퍼짐한 둔부가 눈앞에서 출렁거렸다.

하지만 여자의 엉덩이에 시선을 둘 틈도, 여자 특유의 톡 코를 쏘는 방향에 코를 쿵쿵거릴 정도의 여유도 사내에겐 없었다. 자주 헷갈리는 데다 꺼떡 하면 손을 내미는 여자의 보폭이 짜증스럽기만 했다.

무엇에 긁히기라도 할까 봐 긴 옷을 꺼내 입었지만 상채기가 난 건 반바지를 입은 허벅지며 무릎이었고, 도리어 긴 소매는 성가시기만 했다. 팔목에 감기는 건 고사하고 관목 가지에 그렇게 잘 걸리는 것이다. 등줄기에서 사추리로 바지 자락에 눅눅하게 뭉치는 땀과 습기의 경로를 따라 찐득거리는 불쾌함 또한 온몸을 늘어지게 했다.

그만치 이 산의 안개는 특이했다. 상승하던 온난성 대기가 한랭한 상층기류에 충돌하면서 뿌우연 습기가 되고, 도로 밑으로 내려 깔리는 그러한 통상적인 안개가 아니었다.

스물스물 땅으로부터 피어오르는 안개였다!

대지와 수목이 지난 밤을 도와 입 안 가득 물기를 머금고 내뿜는 것처럼 안개는 땅에서도 나무에서도 계속 뭉게구름처럼 피어올랐다. 딛는 발끝마다 안개가 밟히고 순식간에 다리를 휘어감으며 눈앞에 밀어 닥쳐, 흠칫 놀라 뒷걸음질 치다 보면 섬뜩! 뒷덜미를 움켜쥐는 안개……. 한참씩 쉬고 땀을 식혀도 소용이 닿질 않았다. 등언저리는 종일 젖어 있었다. 꼼짝없이 안개에 갇힌 셈이었다.

시야가 가리기도 했지만 빛이 완전히 차단되어, 마치 저녁 어스름이 짙게 깔린 것처럼 주위가 어둑어둑했다.

안개만 해도 미칠 지경인데, 함께 비릿한 내음도 계속 물결치며 쏴아 쏴아 밀려오고 있었다. 잘 숙성된 홍어를 먹자면 코를 싸잡아야 하는 것처럼 강렬하게 코끝을 자극하는 냄새였다.

바닷가에서 밀려온 소금바람도 아니었고, 엊저녁 상에 오른 갈치 비린내가 코끝에 여지껏 맴돌 리도 없었다. 살쾡이나 올빼미에게 찢겨 안개 저 편 보이지 않는 바위 틈에서 더운 훈김을 내며 썩어들어가는 혈육의 부패향……? 마치 안개에 흠뻑 젖은 털 많은 짐승의 역한 노린내처럼, 오동나무잎을 생짜로 불구덩에 처넣을 때 지글거리는 거품처럼 안개는 수상한 냄새를 고약하게 피워대고 있었다.

…… 번드르한 외양이 오히려 천박한 티를 내는 싸구려 여관 문을 두드렸다. 발갛게 달아오른 얼굴이 되어 부랴부랴 방을 치우고 새 이부자리를 내오는 '조바' 아줌마, 허술하게 열린 치마 끝자락이 흘리고 가는 야릇한 냄새……. 역겨우면서도 묘하게 자꾸 열은 오르고, 달뜬 가슴을 달래느라 어색하게 흠흠! 헛기침을 하면 얼마나 길고 오래도록 그 울림은 계속되던가……. 제대로 닫히지 않았을까, 밤새 삐거덕거리던 써금써금한 문……. 아득히 멀게 느껴지는 곳에서 적막하게 빛나던 형광등, 저 혼자서 파닥파닥 푸른 인광을 쏘아내던 '텔레비전'. 어디선가 끊임없이 두런거리는 소음의 공허한 무게, 그리고 뒤척이면 뒤척일수록 구겨지던 옷가지……. 그때마다 맡아야만 했던 냄새.

"아이……씨."

갑자기 앞쪽 여자 입에서 뾰족한 소성이 터졌다.

철렁! 그녀가 메고 있는 배낭이 기우뚱거렸다.

"왜?"

"아냐, 아무 것도……. 뭐에 걸린 것 같애, 까닥하면 접지를 뻔했어!"

"안 되겠어, 좀 쉬었다 가자고."

"쉬기는 뭘……. 그냥 올라가지. 아직도 멀었잖아?"

말은 그랬지만 여자의 얼굴엔 피로한 기색이 역력했다. 함께 그런 내색을 하지 않으려고 고집스럽게 닫혀 있는 그녀의 입매도 별 수 없이 벌어지는 게 보였다. 험하고 가파른 산세 때문만도 아닐 것이다, 여자의 입에서 계속 단내 나는 입김이 쏟아지고 있었다. 사내는 말없이 털썩 주저앉았다.

안개에 휩싸여 조막손만해진 하늘에 무언지 희부연한 것이 둥그렇게 퍼져 있었다. 아마도 저 안개 밖에는 삼라만상을 다 녹일 듯 태양이 이글거릴 게다! 발딱 고개를 젖혀야 할 만큼 해는 천중에 와 있었다.

막 처서를 지낸 끝더위만큼 사람을 미치게 만드는 것도 없었다. 여름이 다 갔으니 이제 좀 선선한 바람이 들겠지, 성급한 기대가 사람들을 더욱 참을성 없게 만들기도 했다.

사내는 이맘때의 어린 시절을 떠올렸다. 농촌에서 자란 사람에겐 이같은 늦더위 시기만치 외로움을 많이 타는 때도 드물었다. 물론 아직 넉넉하게 한 사람 분의 일손이 되지 못했던 어린 시절에 국한된 기억이긴 하지만……. 구름 한 점 없이 쨍쨍한 볕만 내리쬐는데 어른들은 모두 들에 가서 살았다. 이 며칠 동안에 한 해 농사의 결실이 맺히기 때문에 노상 하늘의 눈치를 살펴야 했고, 극성스러운 새떼를 쫓는 일이 한 집안의 일 년 생계를 결정내는 탓이었다. 못된 비라도 내릴 양이면 시간 품이고 사람 품이고 죄다 결딴나는 판국이었다. 하지만 그건 어른들이 걱정해야 할 몫. 아이들에겐 어른들 시키는 대로 고함을 지르며 새를 쫓는 일도 금세 싫증날 수밖에 없었고, 덥긴 오질나게 더운

데도 물은 한여름과 다르게 차갑고 밍밍하고 변죽만 올렸다. 수박손도 다 걷혀 버렸다. 낮엔 여전히 쨍쨍한 여름이고 아침 저녁으론 슬며시 소름이 돋는, 만만치 않은 기후의 변덕을 견디며 혼자서 쏘다니는 일만큼 외로움을 실감나게 하는 것도 없었다. 어쩜 그때는 그렇게 철저히 혼자서만 늦여름, 초가을을 나야 했던지, 지금 생각하면 치가 떨릴 지경이었다. 남들이 일할 때 노는 사람은 언제나, 어디서나 늘 혼자 외로움에 휩싸여 배회해야 한다는 그 무서운 깨달음…….

다행히 오늘은 혼자가 아니었다. 둘이었다.

왜 쉬냐던 여자도 털썩 주저앉아 있었다. 안개 속을 헤치고 온 그녀의 머리칼이 맥기 없이 축 늘어져 있었다. 평소 당당하고 야무진 그녀의 표정은 이미 땀과 안개에 씻겨나갔고, 발갛게 달아오른 그녀 얼굴의 홍조도 건강해 보이기는커녕 그녀의 다한 체력을 여실히 보여주는 듯했다. 목덜미며, 반바지 밖으로 드러나 여자 종아리에 땀이 흥건히 고여 한 방울씩 뚬벙! 떨어지고 있었다.

별안간, 사내는 저 탐스러운 여자 장딴지를 우왁스럽게 꽉! 움켜쥐고 마구 비틀면 어떨까 하는 생각이 들었다.

악—! 여자는 째진 비명을 지르고 그 소리에 산이 놀라 뒤흔들릴까? 혼신을 다한 반항으로 출렁출렁 흔들리는 여자에게 와락 달려들어 먼저 사지를 제압하고, 뒤짚어 엉덩이를 까 내리고, 냅다 희멀건 볼기짝을 찰싹! 찰싹! 후려치면 저 여자는 어떤 반응을 보일까……. 조금 잔인하면서도 가슴이 울렁거리는 충동이 남자의 가슴을 한바탕 뒤흔들었다.

하지만 저 여자가 아무리 지쳐 있다고 해도 자신의 의도대로 순순할 사람이 절대 아니란 걸 사내는 알고 있었다. 그랬다간 격렬한 저항뿐 아니라 감당하기 힘든 모욕과 독설까지 태바가지로 뒤집어쓸 게 뻔했다. 그 투깔을 자신이 감당할 수 있을까…….

뭐 먹을 것 있어? 여자가 사내에게 물었다. 힐끔힐끔 여자의 종아리를 쓸어 보던 사내는 제풀에 흠칫 눈길을 거두었다.

"빵 있는데 먹겠어? 물이 없는데……."

"그거라도 어디야. 뭐든지 먹어야지, 이러다간 산을 넘기는커녕 이슬 맞으며 노숙하게 생겼어. 어디 힘이 있어야 움직이지."

아무래도 목이 메었다. 물도 없이 팍팍하게 빵을 씹는다는 것도 할 짓이 못 된단 생각을 하면서 사내는 다시 여자 쪽으로 시선을 돌렸다. 여자는 먹새 좋게 빵만 우걱우걱 씹고 있었다.

그럼에도 완연히 지친 기색만 제한다면, 여자의 얼굴은 익히 알고 있던 그 모습에서 별로 달라진 게 없었다. 그런 여자의 얼굴이 사내로 하여금 더욱 정나미가 떨어지게 만들었다. 충만한 의지와 결연함이 표정에 그대로 배어나오는 얼굴. 잔정 따위는 추호도 드러내지 않고, 고민이나 갈등과도 진즉에 결별했다는 얼굴, 신념에 따라 과감히 투신할 준비가 되어 있음을 낯꽃 하나만으로도 나타낼 수 있는 여자!

동료들이 과분하리만치 미화된 찬사를 저 여자에게 퍼부을 때마다 자신은 쓴 냉소 짓길 잊지 않았지만, 그게 대체로 남 보기에 어울리는 칭호란 건 사내도 인정했다. 본질에 관계없이 존재하는 모든 것들은 몇 개의 얼굴과 이름을 지닐 수 있을 테니까. 저 여자가 이처럼 혼곤해할 줄은 예상치 못했지만, 가만히 생각해 보면 가히 그럴 만도 했다. 이 안개와 산이 저 여자에게는 능히 불편을 안기고도 남았으리라.

안개처럼 눅눅하고, 이 산세와 같이 찝찔한 것들과는 어울릴 수 없는 여자였다.

현장으로 이전하라는 지시가 막상 떨어졌을 때, 저 여자는 조금도 망설이지 않고 흔쾌히 응했다. 그때 느꼈던 묘한 배신감과 부끄러움……. 그리고 속으로 갈피를 잡지 못하고 크게 휘청거렸던 자신의 낙척한 쓸쓸함이 새삼 되살아났다. 그때 이미 여자는 자신의 품을 떠난 건지도 모른다는 생각이 들었다.

자신이 음지라면 저 여자는 양지였다. 처음 저 여자가 자신에게 맡겨졌을 때, 주저하는 사색의 그늘보다 뛰고 소리치는 현장에 서길 원하다는 말을 서슴없이 하는 바람에 은연히 당황했던 일……. 그렇게 생활하고, 생각할 수 있도록 자신을 온통 개조해 나가는 여자를 보면서 놀라웠던 기억.

열정적인 몸짓 뒤에는 당연히 따르기 마련인 허탈한 피로감, 갈수록 주저하게 되는 나약함을 죄 거세해 버렸고, 온통 자신의 뼈와 혈관을 정열과 투지로써 금세 갈아치운 여자였다. 사상과 이념의 수술대에서 가장 성공적으로 자신의 몸을 바꾼 사람 중의 하나였다. 대개의 사람들은 처음 수술 결과에 대해 과신하고 납띠다가 시련에 부딪히면 자신은 물론, 세상 전체에 혐오를 갖는 반편이 되는 경우도 허다한데…….

하지만 저 여자의 내면이 순전히 딱딱하게 냉각되어 있다는 걸 사내는 안다. 타오르는 횃불이고자 하면서, 횃불처럼 뜨겁게 자신을 달굴줄 모르고, 그러면서도 빛을 발할 수 있는 능력을 저 여자는 가지고 있었다. 불꽃의 미학은 제 자신을 살라 세상에 빛을 주는 것으로 알고 있었다. 사내는 저 여자로 하여 무척 곤혹스러운 인식의 혼돈을 경험했었다. 백열등 아닌 형광등처럼, 냉랭한 빛만 발할 수 있는 여자였다. 하여 자신에게는 이처럼 깊고 음침한 그늘을 드리우는 것……. 하루살이 날벌레가 유등에 달려드는 것은 열기에 몸이 달아오른 탓이 아니고 그저 환한 빛에 흘린 탓이 아니던가.

그래서 저 여자에게 이 험한 산은 얼마나 고통스러운가. 몸이 뎁혀지고 급속한 혈관의 팽창과 가쁜 호흡, 부러 자신의 내부에 꽝꽝하게 채워둔 얼음장이 녹아내릴지도 모른다는 불안감, 그런 일에 몸을 떨어야 한다는 자각이 안겨주는 모멸감……. 무엇보다도 자신의 의지대로 통제되지 않는 것들에 대하여(그게 설령 자기 자신이라고 해도) 신경질부리고 노골적인 적개심을 감춰본 적이 없는 저 여자가 이 막막하게 큰 산 앞에서 자신의 무기력을 깨닫는다는 건 얼마나 고통스러운가, 하는 것은 불을 보듯 쉽게 짐작되는 일이었다.

"우리 얼마나 왔을까?"

"글쎄, 뭐가 보여야 말이지……. 여튼 이제 바윗길로 들어섰으니 얼마 남지야 않았겠지."

"얼마 안 남기는, 이제 시작일 걸? 아까 안개 걷혔을 때 본 걸로, 고작 삼분지 일이나 왔을까 싶은데……."

제기랄! 저도 잘 알고 있으면서 나한테 물어볼 건 뭐람. 사내는 혼자서 입말 비슷하니 옹알거렸지만 그걸 입 밖으로 내놓진 않았다.

뭐든지 마음에 담아두는 게 좋았다. 입 밖으로 내뱉어진 말은 발설자와 청취자 모두를 구속하는 법이었다. 자칫 말로써 이것은 이렇다 말해 버리면 그때부턴 정말 그렇게 되는 게 인간 관계였다. 홧김에 '나는 네가 싫다' 진심에서 우러나온 게 아닌 말을 내뱉었다 해도 그 말이

던진 파장은 얼마나 크게 번져 나가던가. 서먹서먹해지고 그러다보면 차츰 간격이 생기고……. 그 반대로 좋아하는 여자에게 허풍 삼아 '나는 이렇게 살 것이다' 떠들어대다 보면 그것이 자신을 얽어맨 족쇄가 되어, 한 말대로 실천하고자 하는 스스로의 도덕률을 지켜내랴 한 인간이 얼마나 괴로워하게 되는지 사내는 익히 알고 있었다. 여자 앞에서 떠벌리기 좋아했다간 언젠가 한 번은 자신이 판 함정에 꼭 빠지고 만다, 이를테면 자신의 경우처럼. 여자에게 자신도 채 이해하지 못한 말을 늘어놓으며 이러한 삶에 우리의 젊음을 바치자고 했을 때, 혹해 버린 여자가 어서 그렇게 살아가자고 채근하게 되면 남자로선 미칠 일이었다.

한편 생각하면 아까부터 심상스럽게 동요하는 자신의 속내가 정확히 무엇인지 알 길이 없었다. 왜 이런 생각만 하게 되는가? 괜하게 여자에게만 트집잡이할 건 또 무어람. 못나게도 자신이 느끼는 불안함을 여자에게 짜증내는 것으로 전이, 해소해 보려는 수작은 아니던가. 나 아닌 다른 사람과 불화한다는 것은 결국 자신이 자신과 불화하는 일의 외화에 다름 아니었다. 곰곰이 따져 딱히 여자를 미워하고 현재의 서먹한 관계를 여자의 책임으로만 돌릴 수도 없었다.

문제는 그 놈의 선線이었다.

그렇지만 그렇게 생각한다고 해도 불편한 것은 불편한 것이었다. 여기까지 와서도 저 여자 눈치나 살필 줄 알았다면 굳이 부득불 우겨가며 산에 오자고 하지는 않았을 것이다. 산이 험하고 오르기가 힘들어 노곤해지면 마음속의 심화는 저절로 다스려질 줄 알았으나 오히려 그 반대로 기력이 떨어질수록 불화의 불꽃은 타닥타닥! 맹렬히 불똥을 튀

겨냈다. 마치 더 할 일이라곤 이것밖에 없는 것처럼. 저 여자와 만나고 난 뒤 마음속에 분란이 끼지 않은 날이 없었다.

여자는 무슨 생각을 하는지 아무것도 보이지 않는 안개 뒤 먼 편을 뚫어져라 바라보고 있었다.

사내는 자신의 내부에 한꺼번에 튀어나온 몇 가지 생각들이 충돌하며 소용돌이를 일으키고 있음을 느꼈다. 어쩌다 저 여자를 알게 되었을까. 한때 저 여자를 만나면 가슴이 뛰고 설레던 시절이 자신에게 있었다는 게 사내는 도시 믿기지 않았다. 아니 그런 기억을 끄집어낸다는 일 자체가 거의 불가능했다. 자신한텐 그런 일이 아주 없었던 것 같았다. 한데도 여왕벌을 시봉하는 벌떼처럼 항상 그녀 곁을 맴도는 자신은 무언가, 사내는 스스로도 이해하기 힘들었다. 그리고 그런 후회를 하는 기회가 자꾸만 빈번해졌다. 저 여자를 더 크게 사랑해 보자 작정하면 그보다 더 큰 실망이 잠복했다 덮쳐오고, 이제 정말 끝장내자 마음을 굳히는 순간엔 꼭 미적거리게 되고……. 그처럼 어정쩡하게 세월만 놓치고 있었던 게 어느새 저 여자와 알게 된 지 만 삼 년이 훌쩍 넘어가고 있었다.

땀이 좀 내려앉자 선뜻한 한기가 등줄기를 싸늘하게 했다. 굵은 모래알처럼 서걱거리는 소금기가 등짝에 송글송글 맺히는 기분이었다.

여자는 아주 지친 모양이었다. 안개 저편에 시선을 건네며 돌아앉은 여자의 사지가 가느다랗게 경련하고 있었다. 놀란 근육의 푸들거림일 게다.

그렇다. 역시 선이 문제될 뿐이다. 사내는 한숨을 내쉬듯 다시 속냇말을 내뱉었다. 저 여자와 무슨 문제가 있으랴, 우리는 같은 이념으로 무장하고 있고 서로에 대한 관심과 애정을 넘치리만치 공유하고 있다. 그런데도 같은 대열에 선 사람들끼리 누가 앞에 서고 뒤에 섰냐를 문제 삼아 티격태격한단 말인가?

다시 한 번 우리들의 관계를 복구해 보자!

이러한 모든 게 쓸데없이 미적거린 것으로 판정된다 하더라도, 설령 2선 활동가들이란 전선체운동의 부각 시기에 와서는 한갓 치장품에 불과할 뿐이란 뼈아픈 여자의 비아냥거림에 조롱당하는 한이 있을지라도……. 저 여자를 이처럼 포기할 수는 없었다. 2선 없는 1선이 존재할 수 있을까? 늘상 저 여자의 뒷그늘에 잠겨 있는다 해도 언젠가 저 여자도 돌아와 쉴 날이 있을 것이다. 어쩌다 휘청! 뒤로 쓰러진다면 누가 저 여자의 등을 떠받쳐줄 것인가.

만약 내가 운동에서 발을 뺀다면……?

그건 절대 안될 일이었다! 사내는 절레절레 고개를 내저었다. 저 여자와 사랑의 선결 조건은 같은 사상의 공유이지 않았던가.

삐이— 쫑!

삣— 쫑!

높은 하늘로부터 새 소리가 울리고 있었다.

보이는 것은 없지만 저처럼 안개 너머 어디에 살아 훨훨 날아다니는 생명체가 있다니……. 사내는 새삼 새 지저귀는 소리가 크게 들렸다.

하긴 자신의 청력이 닿지 않는 곳에서도 저 새는 끊임없이 울고 있었을 것이고, 어쩌면 자신의 가청권에서도 쉬지 않고 새는 울고 있었는지 모른다. 그저 귀가 트이지 않았을 뿐이다. 새 소리가 저윽이 청아했다. 사람들은 왜 하필 새가 운다고 하는 것일까? 지저귄다, 노래한다…… 더 좋은 말이 많은데.

삣—쫑! 삣—쫑! 삐—비—쫑!

자신들의 고민에 대해 전혀 이해를 하지 못하고 자신들의 진로에 오히려 걸림돌이 될 사람들도 이 세상에는 많았다. 자기와 같은 삶을 영위하지 않는다 하여 그들을 모두 백안시할 수도 없는 일.

자욱한 먼지를 일으키며 털털거리는 완행버스가 노상 시끄럽던 시골길. 옆에는 깨끗하게 쭉 뻗은 기찻길이 있었다. 어릴 때는 어찌나 그 기차를 타고 싶던지……. 읍내로 통학하던 중고 시절엔 더했다. 하지만 막상 그 기차의 승객이 되어 우연찮게 구부정한 신작로를 달리는 버스를 바라보았을 때, 불현듯 역시 밋밋한 직선로의 기찻길보다는 꾸부정한 길을 부대껴야 하는 버스 승객 시절이 낫지 않았던가. 어이없는 당혹감을 안아야 하는 모순덩어리 세상살이.

주위의 전혀 다른, 또한 전혀 아는 바 없는 사람들까지 애정의 시선으로 보듬으려 애쓴다고 하는 우리들이, 하물며 서로 미워해서야 쓰겠는가.

삐잇—쫑!

삐잇—쫑!

삐—비—쫑!

이런 산에만 사는 바위종다리 울음이었다. 단조로운 듯하면서도 경쾌한 울림을 주는 새소리를 듣자 사내는 전신을 조이고 있는 긴장이 조금씩 누그러지는 느낌을 받았다.

살아 있는 것들은 모두 저처럼 제 존재를 알리는 법인 게지, 저 여자의 저런 삶도 자신의 존재를 세상과 자신 스스로에게 확인시키는 것인

지도 모르고……. 신경이 곤두선 채 여자의 까탈이나 잡으려 하다
니……. 애써 사내는 마음을 가다듬었고 차츰 몸에 땀이 개이는 것이
찝찔하기보단 한결 개운한 감촉이었다.

쏴아 쏴아.

바람이 바위와 나무 사이로 흐르는 소리…….

졸 졸 졸.

볕이 들지 않는 바위 밑에도 물이 내리는 소리!

그것들은 죄 합해지면 우웅! 우웅! 진폭이 한결같은 소리가 난다.
어찌 들으면 재재재재! 먼 곳에서 여러 사람이 한꺼번에 떠드는 것처
럼 다소 소란하게 들리기는 하는 산의 육성!

고작 바람 소리, 물 소리가 이처럼 자신의 맘을 정화할 줄 생각지 못
했던 사내로선 새로운 경험을 하는 셈이었다.

사내는 다시 안개 저편에 귀를 기울였다. 또 다른 소리가 들렸다.

야 아—호!

야호!

아래쪽에서는 산에 오르는 어느 일행이 지른 우렁찬 목청이 메아리
치고 있었다. 처음 듣는 사람의 목소리가 반가웠다. 산에 오른 이래 두
사람은 단 한 명의 다른 등산객도 마주친 적이 없었다. 아니, 마주친
적이 있긴 했다. 하지만 그건 산 입구였고 그닥 유쾌하게 기억되는 게
아니었다.

아까 산 입구에서 겪었던 일을 생각하자 사내의 눈살은 절로 찌푸려
졌다. 여자는 그저 노곤하게 앉아 있는 가운데 무아지경인 모양이었
다. 꿈쩍도 않고 멍하니 배낭에 등을 기대고 있었다.

이 산을 올라오는 통로가 몇 군데 있는데 사내는 개신리 쪽으로 해서 천황사를 끼고 도는 코스를 택하자고 했다. 영암 읍내에서 구입한 등산지도를 봤을 때, 아무래도 그쪽이 사람 발길을 덜 탈 거란 생각을 한 것이다. 번잡한 코스를 잡으면 오르기는 좀 수월할지 몰라도 아무래도 맞부딪치는 많은 사람들로 불편한 일이 생기지 않을까, 염려한 탓이었다. 두어 시간 전 사내와 여자는 이 산에 첫발을 디디고 있었다.

개신리를 지나고 짙은 그늘이 움푹! 패인 산비탈 속으로 들어가면 두 개의 커다란 바위가 양편으로 갈라 서 자연스럽게 이 산의 관문 역할을 하는 석문이 나타난다.

소나무와 전나무가 빽빽이 들어찬 야생림의 깊은 터널을 헤치고 툭 터진 야지에 도착하자 좁다란 바위 문이 먼 빛으로 보이기 시작했다. 때마침 아침 산 특유의 선선한 바람도 불어오고 있었다.

초행인 눈썰미에도 저 문을 넘어서면 본격적으로 월출산의 품에 안기게 된다는 것을 짐작할 수 있을 만한 곳이었다. 초입부터 생각보다는 많은 땀을 흘리고 힘이 팽겼던지라 사내는 상쾌한 마음으로 바위 문을 향해 다가갔다.

하지만 이내 사내와 여자는 눈살을 찌푸리고 말았다.

길쭉하게 생긴 휴대용 카세트에서 울려퍼지는 시끄러운 팝송, 은박으로 된 야외용 매트에 벌렁벌렁 웃통을 벗어부치고 나자빠진 젊은치들, 나뒹구는 술병, 달싹 엎어진 코펠, 불그레하게 땅바닥에 얼룩져 있는 라면 국물과 불어터진 건데기…… 하필 그치들은 장정 서넛이 한꺼번에 통과하기 힘들 정도로 좁다란 그 바위문 앞에 진을 치고 있었다.

몇 가지 코스 중에 부러 사람이 없는 쪽을 택했는데, 산행 초입에 그런 꼴을 목도하자 사내는 슬며시 부아가 치밀었다.

세 명이었다.

어젯밤에 그곳에 텐트를 치고 노숙했던지, 세수도 안 해 개기름이 번들번들 한 몰골이었다. 사람이 지나려고 다가가는데도 길을 터줄 생각도 안 하고 있었다. 더구나 여자가 나타났는데도 뻔뻔스럽게 웃옷조차 걸치려 들질 않다니……!

엊저녁 어지간히 부어댔던지 그들과 거리가 가까워질수록 썩은 술 냄새가 진동했다. 몇 발짝만 더 걸으면 예의 바위목이었다.

뻔히 자신들이 가까이 가는데도 누워 일어날 생각을 않던 그치 중에 머리통이 삐쭉하게 치솟은 한 명이 푸석푸석한 머리칼을 득득 긁어대며 몸을 일으켰다.

"앗따, 어디서 오셨수? 새벽같이 산엘 다 오르시고?"

"서울서 왔습니다. 어제 여기다 텐트 치신 모양이네요?"

"아, 서울 양반들이고만! 글먼 멀리서 왔응께 엊저녁에 강진이나 영암에서 자고 나오는갑네?"

"예, 강진에서 자고 나오는 길입니다만……."

"우리는 가찬 디서 온 사람들이요. 화순에서 왔는디 오랜만에 친구들도 모이고 그리서 술이나 한잔 허고 놀자고 온 것이요."

묻지도 않은 말에 대답까지 하면서도 여전히 길을 비켜 줄 생각을 안했다. 엊저녁 이 근방에서 잤다는 소리에 '머리통'이 무언지 알겠다는 듯이 묘하게 입초리를 말아 올리는 것 같았고, 여전히 배낭을 베고 누운 '땅딸보'의 눈길이 찰나간 옆에 선 여자 허벅지를 더듬더듬 훔쳐 올라가는 듯했다. 사내는 그걸 놓치지 않았다.

'이 자식들이, 지금?'

짝을 지켜야 하는 수컷의 야성적 본능이 들끓어 올랐다.

"저…… 저희 올라가게 길을 조금만 비켜 주셨으면 좋겠는데……?"

"아이고! 그러고 본께 우리가 가시는 길을 막고 있었고만. 하먼 비켜 드리야지."

"자! 지나가쇼."

길을 터준다고 갑자기 땅딸보가 몸을 일으켰다. 그 바람에 땅딸보 어깨가 사내의 옆구리에 부딪혔다. 그 힘에 사내는 한 발자국 뒤로 밀려나게 됐다. 긴장을 하고 있었기에 망정이지 넋 놓고 있었다간 뒤로 벌렁! 나자빠질 만큼 완력이 실린 어깨짓이었다.

사내 낯빛이 절로 일그러졌다.

엉킨 몸이 떨어지는 순간, 땅딸보가 옆의 안면 더럽게 생긴 놈에게 찡긋! 눈짓을 하는 것 같았다. '이것들이 고의로……?'

절로 주먹에 불끈 힘이 들어갔다. 온몸의 모공이 활짝 열리며 몸이 더워졌다. '이 자식들이 사람을 만만하게 본단 말이지?'

그러나, 더 다른 시비는 없었다. 뱅글뱅글 눈웃음을 치면서 놈은 선선히 길을 내줬다.

"하이고, 이거 미안합니다……. 자, 길 비켜드렸은께……. 글면 잘들 가쇼! 우리도 곧 올라갈틴디, 산에서 또 만날랑가 몰르겠네."

"그럼, 먼저……!"

계속 심장이 펄떡거리고 부르르 주먹이 몇 번씩이나 쥐르락 펴르락 했지만 할 수 없었다. 놈들은 셋이었고 아무도 뒤따라 올라오는 사람이 없었다. 더 시비를 걸지 않는 게 천만다행이었다. 건성으로 인사말을 던지고 사내와 여자는 부랴부랴 그 자리를 벗어났다. 놈들의 칙칙한 시선이 계속 여자 엉덩이에 따라붙는 것과, 저희들이 뭐라고 시시덕거리며 낄낄대는 소리가 한참 사내와 여자 뒤를 쫓아왔었다.

따라붙는 놈들의 눈길을 털어내느라 초반에 급하게 산을 탄 것이 지금 이렇게 지쳐 버린 원인이기도 했다. 다른 흑심 없이 그저 술취를 이기지 못해 나뒹군 놈들이라면 모를까, 시비라도 걸어온다면 자신 혼자로서는 세 명의 장정을 감당할 도리가 없을 거란 불안감이 사내의 걸음을 그토록 조급하게 했던 것이다.

그 생각을 하자, 사내는 문득 아까 "야호! 야호!" 목청을 내지르던 미지의 인물이 혹시 그들은 아닐까, 의구심이 생겼다.

충분히 개연성이 있었다. 이제껏 단 한 사람의 등산객도 만나지 못했다는 것은 무엇인가? 지금 이 산을 찾은 사람은 어쩌면 자신들과 저들뿐인지도 몰랐다.

그렇다면……? 사내는 빠르게 여자 쪽으로 시선을 돌렸다. 여자는 여전히 그 모습 그대로 앉아 있었다.

이건 뭔가 좋지 못해! 만일 자신의 상상대로라면 지금 자신들이 처한 상황은 아까보담도 훨씬 못했다. 안개가 자욱하게 끼여 어둑어둑하지, 장소도 아까처럼 다른 등산객들과 마주치기 쉬운 산 입구가 아니었다. 만약 무슨 사고라도 생긴다면……?

볕조차 안개에 의해 철저히 차단된 이 산에서는, 벌어지는 사건마저도 외부와 완벽하게 격리될 게 분명했다.

이런 안개 속에서는 순한 사람도 수성獸性이 발동할지 몰라……. 한치 코앞도 제대로 내다보이지 않는데, 조금만 등산로를 비켜 아무 바위 뒤로나 끌고 들어가 입을 틀어막는다면……? 요새가 어떤 세상인가?

더구나 그놈들은 논두렁 깡패들이 분명해! 무식하기 짝이 없는 촌놈들! 삽이나 곡괭이를 들고 패싸움을 벌이고, 치마만 둘렀다 하면 산속이고 헛간이고 다짜고짜 끌고 들어가 바지를 내리는 놈들!

오싹! 사내 전신에 소름이 돋았다.

무슨 기척을 느꼈던지, 여자가 고개를 돌렸다. 둘의 눈빛이 마주쳤다. 여자 눈망울이 순하게 껌벅였다. 사내는 얼른 고개를 돌렸다. 사내는 바삐 포켓에 왼손을 찔렀다. 다행이었다! 지도가 손에 잡혔다.

땀에 젖은 지도가 펼쳐졌다.

"왜 그래?"

사내에게 무언가 부자연스러운 낌새를 눈치챘는지 여자가 바짝 다가왔다.

"아니……. 너무 오래 쉬었잖아. 이제 다시 출발해야지."

"조그만 더 쉬었다 가면 안 될까? 나 너무 피곤해."

여자는 가벼운 응석을 부렸다.

그럴 수 있다면 나도 좋겠다, 쳇! 저렇게 태평한 여자가 있을까. 괜히 사내는 짜증이 났다. 그 기색을 숨기느라 사내는 더 깊이 고개를 숙였다.

"아냐! 인제 가야지, 벌써 삼십 분도 넘게 쉬었는데. 아까는 이렇게 가다 언제 산을 넘냐더니……."

말을 하면서도 사내는 지도의 선을 따라 부지런히 눈동자를 굴렸다.

자신들이 천황사를 지나온 게 약 한 시간 전.

행여 안개에 가려 자신들이 길을 발견하지 못했다면 모를까, 지도상
으로 거기서부터 1킬로도 안 되는 갈림길은 아직 나오지 않았다.

새삼 자신들이 고작 이 정도밖에 올라오지 않았나, 한심스러운 생각
이 들었지만 지금 그런 걸 따질 계제는 아니었다. 일단 갈림길까지 가
는 게 급선무였다. 거기서 따돌릴 수 있는 확률이 반반. 그리고 바람폭
포 쪽으로 방향을 잡아 서둘러 가면 아무래도 다른 등산객들을 만날
성싶었다. 그 후의 궁리는 거기서 짜내기로 하고 일단 바람폭포까지
최단 시간에 당도해야 한다는 결정이 번개같이 사내 머릿속에서 이루
어졌다.

여자도 어느새 배낭 복대를 단단히 조이고 있었다.

3. 멀고 험한 길

달그락—!

달그락—!

배낭 용량이 별로 크질 못해 보조끈에 훌러덩 매달린 코펠이 연신
쇳소리를 내질러댔다. 선희는 불규칙적으로 고막을 울리는 그 소리가
자꾸 걸음을 엇갈리게 한다는 생각이 들었다.

인철의 걸음이 워낙이 재게 움직이고 있어 보조를 맞추는 것조차 벅
찬 그녀로서는, 언제 배낭을 내려놓고 그걸 고쳐 달고 할 만한 짬이 없
어 마치 박자라도 맞추는 것처럼 덜그럭, 덜그럭, 소리가 날 때마다 걸

음도 한 발짝씩 자동적으로 옮겨야 했다.

벌써 한 시간 가량 줄기찬 강행군이었다. 하지만 쫓기듯 내달리는 인철의 속보는 전혀 늦춰지지 않고 있었다. 왠지 조마조마해 보이는 그의 걸음걸이가 선희의 마음을 더욱 번잡스럽게 했고, 더욱이 그녀는 이미 짜증에 겨워 있었다.

우선은 안개가 싫었다. 한증막에 들어온 것처럼 눈주위에 엉겨 붙는 습기!

이처럼 여자들을 생리적으로 불쾌하게 하는 게 또 있을까? 한참을 앞서서 걸으면서도 안개 속으로 저 혼자 불쑥불쑥 사라지는 황급한 뒷모습하며, 왜 이렇게 처지느냔 불만과 불안의 기색이 역력한 얼굴로 되돌아 나와 초조하게 서성거리는 표정까지 인철은 도시 믿음직스럽지 못했고 그게 야금야금 속에 불을 질렀다.

거기다가 어디서 날아오는지 모르게 수없이 윙윙대는 날벌레들……. 그것들이 자꾸만 땀이 흐르는 살갗에 엉겨 붙었다. 음침한 산이었다. 햇볕이 잘 들지 않고 허옇게 곰팡이가 피어나는 그런 곳이어야 저런 날벌레들은 서식하지 않는가. 자꾸 신경을 쓰다 보니 굳이 달라붙지 않아도, 그것들이 윙윙거리는 소리만 들어도 오싹 소름이 돋곤 했다.

차라리 땀이 흐르는 건 견딜 만했다.

아직은 익숙지 않은 현장의 땀, 그것보다는 훨씬 덜 찐득거리는, 어쩌면 상쾌하기까지 한 땀이었다. 여기서 흘리는 땀은 노폐물을 죄 밖으로 배출하는 느낌을 갖게 하는 '행수' 같은 땀이지만, 현장의 땀은 흘리자마자 곧바로 다시 몸으로 스며 더욱 노곤하게 만들었고, 그게 또 견디기 힘들어 다시 식은땀을 줄줄 흘려야 했다.

땡볕에 늘어붙은 엿가락처럼 전신에서 질겅거리는 땀……!

땀방울……!

땀방울들……!

그 땀 냄새가 싫어서야 어찌 현장 활동가로 설 수 있으랴. 몇 번이고 자신을 질책하며 그 냄새에 길들여지도록 자신을 타일러 왔다. 그래도 모든 게 매캐하고 뿌우연 지하실의 합성고무와 비닐, 독한 본드 내음에 뒤범벅으로 섞인 사람의 살 냄새는 아직도 역겹기만 했다. 어쩌면 지금 자신은 냄새와 싸우고 있는지도 모른다. 그 냄새를 맡으면서도 인상이 찌푸려지지 않는 날이 선희 자신에겐 1차적인 승리의 날이 될 게 틀림없었다. 지금은 견딜 수 없는 고약한 사람의 땀 냄새야말로 새 날이 온다면 자신의 헌신적 삶을 증거하는 이력서가 되고, 가장 명백하고 확실한 신분증이 될 게 확연했다.

그렇지만 늘 그런 땀을 흘릴 수는 없는 일 아닌가, 자신을 더욱 단련하기 위해서도 이처럼 개운한 땀을 흘리기도 해야 할 것 아닌가?

고작 땀이 흐르는 것을 가지고 여러 생각을 하고 그걸 긍정적으로 이끌려 한다는 것은 선희 자신이 이 산에 인철과 함께 오기로 한 그때부터 속으로 얼마나 설렘을 간직했었는가 하는 반증이기도 했다. 애써 둘 모두 재충전과 새로운 출발의 기쁨을 맛보려고 이 산을 찾았던 게 아닌가.

근데 이게 뭔가? 어쩌면 자신들은 현재 구름 속에 와 있는지도 몰랐다. 산 입구에서 보았을 때 천황봉 중턱을 끼고 돌던 짙은 구름, 지금 이건 안개랄 수도 없었다. 숫제 물방울이 둥둥 떠다니면서 인철과 자신에게 달라붙고 있었다. 하긴 구름이나 안개나 성분은 같은 것이지 않던가, 이놈의 지독한 안개!

인철은 아까부터 지금까지 한마디 말도 하지 않고 있었다. 남자는 때때로 이해하기 힘든 때가 많았다. 인철은 특히 더했다.

언제나 이런 식이었다. 상황에 닥쳐서는 늘 어쩔 줄 모르고 쩔쩔매는 주제에 그때부터는 숫제 동료와 함께 생각하고 타개책을 찾아볼 생각은 하지 않고 자기 혼자서 씩씩거리는 갈 데 없는 '찍소'. 그저 무뚝뚝하고 자신의 고집대로 일을 처리하는 게 남자의 천분인 줄로만 아는 남자.

도대체 이게 뭐란 말인가? 여기까지 오자고 알랑거린 게 누군데, 금쪽같은 시간을 어거지로 쪼개서 따라 나선 자신의 어려움은 헤아릴 생각도 않고, 엊저녁엔 생트집만 부리다 제 성화를 못 이긴 오리 주둥이가 되어 사람 심사를 박박 긁어대고, 지금은 칙칙한 안개 속으로 끌고 들어와 이 생고생을 시키면서……. 그러고도 위안이나 사과는커녕 불안함을 가중시키는 행동만 해대는 밴댕이 소갈머리. 또, 그저 자신이 하는 일이라면 사사건건 반대하거나 못마땅해 하고, 저 하는 일은 주위 사람을 곤경에 빠뜨리는 실수투성이이면서도 큰소리는 어찌나 잘 치는지……. 그 성질 다 받아주지 않으면 되레 서운타 떠넘기기가 일등 선수. 조직 내 문건에 대해서도 허투루 대하기 일쑤이면서, 허풍든 사람처럼 다 안다고 재기나 하고, 중앙 문건이란 게 말야, 이쪽 사정도 모르고 일방통고식으로 작성된단 말야! 어쩌고 저쩌고……. 그저 타박에 트집이라면 입에 거품을 무는게 특기. 정작 현장으로 이전하라니까 뜬금없이 2선운동하겠다는 핑계로 슬그머니 꽁무니를 뺀 게 누군데 이제 와서 조직이 자기를 소외시킨다는 둥, 씨알머리 없는 불만에 이력이 난 골칫덩어리.

그래도 늘 함께 있어 주지 않았던가. 이미 인철은 돌아섰다, 더 조직에 남겨 둘 수 없다……. 노골적인 수군거림에도 불구하고, 자신만은 인철에 대해 추호도 의심함 없이 어떻게든 그를 건강한 조직 활동가로 복귀시키려고 애쓰지 않는가 말이다. 남들에게도 자신할 수 있을 만큼 그에 대해 견고한 애정을 가지고 있었기에 망정이지, 그렇지 않았다면 자신은 아미 저 남자를 떠났을지 모른다. 현재 저 남자의 위치는, 자신이 곁을 비운다면 조직 내에서 완전히 숙청될 위기까지 몰리고 있었다. 그런 자신의 공을 알아 주진 못한다고 해도, 자신에게 이처럼 함부로 대할 수 있단 말인가.

선희는 인철에 대해 이모저모 두서없이 떠오르는 기억들의 엉킨 실타래를 계속 풀어나갔다.

자신이 그를 처음 알았을 때, 그는 조직 내에서 가장 빛나는 이론 투쟁가의 자리에 있었다. 그때도 이미 조직 활동가로서 치명적인 약점의 일부를 노출하고 있긴 했지만, 그렇다고 그의 장점을 깎아내릴 정도는 아니었다. 오히려 그의 '리버럴'한 모습이 자칫 경직되기 쉬운 조직에 활력소가 되기도 했었다. 자신은 막 걸음마를 시작하는 새까만 후배였다. 물론 나이 차이는 얼마 나지 않았지만, 그는 입학한 지 얼마 안 되어 조직에 발을 들여놨고 군대를 다녀와서도 다시 조직에 복귀, 최고의 위치를 점하고 있을 때, 자신은 애늙은 대학 삼학년으로 그 조직의 문을 두드렸다. 그 위치의 차이란 건 말로 할 수 없을만큼 큰 것이었다. 지금에야 반말도 하고 짜증을 부리기도 하지만 당시로서는 상상조차 불가한 일이었다. 당시 그의 학번들이 최고 지도학년이었다. 그는 E부의 책임자였다. 선희 자신은 P부에 속해 있었지만, 1학년들과 같이 학습을 받아야 할 처지였다. 아무리 단단히 각오를 했다고 해도 수치스러운 일이 아닐 수 없었다. 나중에 그만둘까 하는 마음이 생기기까지 했다. 그의 따뜻한 배려가 아니었더라면, 자신은 끝내 조직 생활에 적응할 수 없었을 것이다.

감사와 존경이 애정으로 발전했다.

그에게 알게 모르게 연심을 품었던 숱한 선·후배들을 제치고 그의 시선을 독점적으로 소유하게 되었던 초겨울 어느 날의 환희롭고도 감미로운 기억은 지금도 생생하다.

지금도, 이제 와서 인철을 씹어대고 마구 난도질해대는 선배나 후배가 이 자리에 있어 지금 당장 사상토론에 들어간다면 아마도 인철을 당해낼 사람이 하나도 없을 것이다. 그걸 부정한 사람은 아무도 없었다. 또한 자신과 함께 조직의 허리를 이루고 있는 대부분이 인철에게 교육받았기 때문에 그의 영향력은 아직도 막강했다. 아무리 중앙에서 그를 배척하려 한다 해도 그럴 만한 힘이 없었다. 현재 지도원의 위치에 승격한 인철의 윗대 선배들도 인철을 백안시할 수 없었다. 사상으로 뭉친 조직에서 가장 중요한 건 사상에 대한 이해와 이념에 대한 믿음이었다. 그 분야에서 인철만한 사람이 있을까.

이처럼 인철이 독보적으로 된 데는 그만한 속사정이 있다는 것도 선희는 알고 있었다.

인철 학번만 해도 따로 정파간 구별이 없었을 때였고, 무엇보다도 인자가 귀했을 때였다. 집안 사정이며, 여타의 조건으로 인철이 군대가 있는 동안 'NL'도 생기고 'PD'도 생겼다. 그러한 분화 과정 전의 사람들은 자신들이 지도적인 위치에 서게 됨에 따라 자의든 타의든 각종 시위와 조직 사건에 대한 책임을 지고 감방으로 끌려가야 했다. 인철은 그때 군대를 간 게 결과적으로 천행이었다. 어렵게 보낸 자식이 대학에 가서 맨 데모질만 하고 다닌다고 노발대발하는 부모의 의사를 무시할 수 없어, 끌려가다시피 했다고는 하지만, 오히려 그 덕분에 자신을 온전히 보전할 수도 있었고……. 군에 다녀온 이후에는 그 학번에서 드물게 새 채비로 학습을 시작했다. 자신이 힘들 때 인철이 남다른 배려를 한 이유도 자신이 그와 같은 고초 속에 자신을 단련했기 때문이었다. 말하자면 현재 조직 중앙 선배들이란 엄격한 의미에서 자신들과 같은 학습 과정을 거친 사람들은 아니었다. 인철과 같이 '공부한' 선배가 없었다. 심정적인 NL이고 PD였고, 커다랗게 차이를 이루는 이론 몇 가지만 알고 있는 정도였다. 인철은 현재 자신들 조직이 인정하는 정규 학습 과정을 거친 가장 높은 학번이었고, 뛰어난 개인적인 역량으로 조직 내에 탄탄하게 자신의 위치를 마련했다. 만일 그때 인철이 지금 조직 중앙을 관장하고 있는 선배들을 향해 당신들은 우리의 선배될 만한 자격이 없습니다, 거부했더라면 그들은 지금 그 자리에 설 수도 없었을 판국이었다.

그가 2선운동이네 뭐네 한눈만 팔지 않고 조직 내부 사업에 진력했다면 자신들의 조직은 지금의 몇 배 이상 역량을 발휘할 수 있으리라 안타까워하는 사람들도 많다. 그가 '문선대'를 조직할 때 보인 역량은 얼마나 놀라운 것이었던지 지금도 신화적인 이야기로 후배들 입에서 전해진다. 단신으로 기존에 있던 문화패에 뛰어들어 (그것도 자신들에

151

게 반감을 가지고 있던) 결국 그들을 자신들의 노선으로 견인해낸 것이다. 그가 선전부서를 맡았을 때 자신들의 조직은 한 번도 대자보 싸움에서 밀려 본 적이 없었고, 선거전에서 그가 내놓은 기발한 선거 전략들은 하나같이 기대 이상의 성과를 몰고 왔으며 그에게 사상학습을 받은 이들이 지금도 조직 내에서는 가장 이념 무장이 투철하고 선진적인 중추 세력을 이루고 있었다.

그것만으로도 인철은 홀대받아서 안 된다. 더군다나 인철이 옆으로 빗겨나 헤매는 사이 자신들의 조직은 선전전 하나 제대로 치러내지 못하고, 후배들은 2년째 선거전에서 패퇴하고 있었다. 인철이 그토록 어렵게 꾸린 문선대도 크게 동요하고 있는 실정이었고, 계속 많은 수의 조직원이 그쪽으로 넘어가고 있었다. 인철이 아니고선 수습할 만한 능력을 갖춘 사람이 없었다.

아무리 조직원보다는 조직이 우선이라고 하지만 우성인자들은 그들의 우성을 존중해 줘야 하는데, 우리 조직은 그렇질 못해! 그런 생각을 하면 선희는 절로 한숨이 나왔다.

하긴 인철만 아니었다면, 자신 역시 그런 생각을 안 했을 것이다. 졸업과 동시에 학생운동에서는 손을 떼고 현장 이전하는 게 자신들 조직의 철칙이었고, 그렇게 자신들도 많은 선배들을 냉정하게 학교 밖으로 밀어냈으며, 지금 역시 후배들이 자신들의 수고를 폄하한다 해서 그닥 서운하게 느끼지도 않았을 것이다. 하지만 인철은 좀 다르다! 우선 그가 흔들리고 있지 않은가, 그리고 그는 많은 공적을 남긴 사람이고 앞으로도 그럴 가능성이 가장 많이 열려 있는 사람이었다. 자신이 보기엔 인철의 비상한 두뇌가 오히려 해악이었다. 그러니 2선 운동이란 생소한 용어를 제창하기도 했겠지만, 그의 냉철한 판단력이나 과감한 결단력, 지모 등을 생각할 때 그는 조직 내부 사업을 이끄는 게 더 적합했다.

비록 지금 불미스런 사건이 벌어져 그가 무서운 오해를 한몸에 뒤집어쓰고 있었지만, 그것은 그를 시기하는 내부의 음해라고 선희는 믿고 있었다.

적은 밖에만 있는 게 아니었다, 내부의 적이 더 무서운 법이었다. 가티부타 아무런 이야기도 하지 않는 인철에게 왜 이렇게 답답하게 맹꽁이처럼 구느냐고 따졌지만, 그가 입을 열지 않는 것으로 보아선 그가 어지간히 속이 상했다는 증거였다.

이처럼 함께 산에 왔을 때, 보기보다 훨씬 여린 그의 심정을 다시 조직활동가의 동지애로써 붙들어매 줄 수 있다면, 그건 둘 사이를 위해서도, 조직을 위해서도 다 좋은 일이었다.

선희는 남들이 알지 못하는 저 남자의 약점을 알고 있었다. 인철 자신이 농촌 출신이라는 것, 그리고 선희 자신은 도시 중산층 출신이라는 것에 대한 신경과민적인 반응을 보이는 것이었다. 언젠가 술을 마시면서 자신은 요즘 들어 친일파다, 보수 꼴통이다, 매도당하는 사람들의 괴로움을 이해할 수 있겠다는 식의 엉뚱한 소리를 한 적이 있었다.

무슨 소린가 했더니, 말하자면 자신의 머리와 능력만 가지고 세상에 난 사람들이 조직과 금력을 소유하지 못하면 그처럼 기득권을 가진 세력에 붙게 마련이고 그와 반대로 별로 똑똑하지 못하다고 해도 그밖의 조건이 형성된 사람은 어느새 민족 투사가 될 수 있다는 이야기였다.

지금 여당과 야당 사람들을 봐라. 그 사람들의 역사를 반세기만 거슬러 올라가면 지금과는 정반대로 지금 야당하는 사람들은 여유 있는 유한계층이었고 지금 여당 인사들은 살기 위해 투쟁하는 민중의 전형적인 모습을 띠고 있었을 지도 모른다!

이치에 닿지 않는 이야기는 그뿐 아니었다.

이미 그 시대의 역사 발전 단계가 자본주의 시대 초입이었다는 걸 상기해 보면 이념이나, 운동 역시도 그때부터 자본에 의해 지배를 받았다는 증거가 아니겠느냐? 선희, 넌 그렇게 생각하지 않느냐? 하긴 넌 그런 생각을 할 만한 조건을 가진 여자는 아니었으니.

그건 사실 얼토당토 않은 억지였다. 진정으로 각성된 자라면 뒤에 가서 자신의 이웃에게 비수를 들이대는 행동을 할 수도 없는 것이었다. 그 후로 인철은 자신이 한 이야기가 술김에 나온 것이었다고, 정식으로 철회하긴 했다.

하지만, 사상으로 무장된 그에게도 그처럼 엉뚱한 구석이 있을 수 있다는 것을 선희는 그때 깨달았다. 노골적으로 내색은 안 했지만 동료들에 비해 상대적으로 불우했고 훨씬 가난했던 유년 시절의 기억에 대해 인철은 광적으로 집착하는 면이 있었다. 그러한 생경스러운 경험에 접했을 때, 선희는 여자에게 내재한 '여성'이 발현됨을 느끼기도 했다. 저 남자의 그런 부분을 감싸주고 싶었다.

그런데, 이게 뭐란 말인가? 어젯밤 내내 실랑이를 벌이고 산에 와서는 우습게도 사람을 실실 피해 다니는 저 태도!

선희는 지금 무척이나 불안한 심정이었다. 왜 저 남자가 입 한번 벙긋하지 않는단 말인가? 거기다가 이 짜증스러운 안개 하며, 가도 가도 나오지 않는 길!

아까 인철 말로는 한 1킬로미터만 가면 갈림길에 닿을 거라고 했는데 지금 아무리 못 잡아도 2~3 킬로미터가 훨씬 넘게 걸은 양 싶었다. 해찰 한 번 않고 걸었는데, 왜 갈림길이 나오지 않느냐 말이다. 선희는 이런 분위기가 딱 질색이었다. 사람은 늘 다른 사람과 함께 어울려 지내야 하는 것인데, 주위에 사람의 인적은 고사하고 살아 움직이는 다람쥐 한 마리 구경하기도 힘들었다. 또, 길은 왜 이렇게 날망졌단 말인가…….

자신의 신경이 필요 외로 긴장해 날카로워져 있는지도 몰랐다. 하지만 선희는 그게 당연하단 생각이었다. 상황이 이럴 때 태평하다는 것 자체가 우스운 일이었다. 활동가의 대열에 서기 위해선 그때그때 닥쳐오는 상황에 대한 민활한 대처가 급선무였다. 그러기 위해선 긴급상황이라는 크고 힘센 물결에 몸을 맡겨 그 파도가 후려치는대로 맞기도 하고 파도를 거슬러보기도 하면서 몸으로 타개책을 찾아야 하는 법이었다. 그때 긴장하지 않는다면 물결에 휩쓸려 어디로 가는지도 모르게 멀리 떠내려 갈 판이었다.

"왜 길이 안 나오는 거야? 조금만 가면 갈림길이 나온다고 했잖아?"

"……."

실컷 인철에 대해 나쁘게 흐르는 감정의 물꼬를 좋은 쪽으로 터놓으려고 애쓰고 있었는데, 무슨 생각을 하고 있는지 인철은 대꾸조차 안 했다. 다소 짜증이 실린 목소리로 선희는 다시 물었다.

"어떻게 된 거냐고? 한 삼십 분만 걸으면 금방 갈림길이 나온다며?"

"……."

"안 들려? 어떻게 된 거냐고?"

"선희, 넌 어떻게 생각해, 일차적인 유대를 제외한 인간 역사의 모든 유대 관계란 것에 대해서? 따지고 보면 순 쭉정이 같은 거잖아! 안 그래?"

인철의 입에서 엉뚱한 이야기가 흘러나왔다. 자신을 돌아보지도 않고 인철은 그런 질문을 던졌다.

"지금 무슨 뚱딴지 같은 소리를 하는 거야? 왜 길이 안 나오냐고 물었잖아!"

"내 생각인데 말이야. 인간들 사이의 신뢰라는 것, 다른 사람 역시 같은 생각을 하고 같은 바람을 갖고 있다는 믿음……. 그건 사실 허망한 것 아니야?"

"인철이! 지금 나하고 논쟁하자는 거야 뭐야?"

"아니야, 그냥 한 번 해 본 소리야……."

말꼬리를 흐리면서 인철은 걸어 나갔다.

"뭐야? 지금 사람 깔보고 그런 소리 하는 거야? 잘난 체 좀 고만해! 지금 우리가 한갓지게 그딴 소리 할 때야? 지금 길이 안 나오잖아? 길도 안 나오는데 이 안개 속에서 어쩌잔 거야?"

"그래, 그 말은 맞는 말이야. 밖에 나가면, 햇빛을 볼 수 있겠지! 그렇지만 그렇게 안개 밖에서는 햇빛이라도 볼 수 있다 치고, 다시 현장으로 돌아가면……? 선희! 우리의 길은 보이는 걸까? 길은 없어! 우리가 갈 길은 없다고!"

일순, 선희는 뒷머리에 묵직한 충격이 오는 걸 느꼈다. 인철은 중얼거리는 것처럼 혼자서 몇 마디 더 했지만 잘 알아들을 수 없었다. 지금

저건 무슨 소린가, 고질적인 현학 증세란 말인가, 요 근래 저 남자 술에 절기만 하면 유행가를 부르듯 외우는 사상에 대한 혐오 내지는 회의인가, 아니면 지금 우리를 정말로 길을 잃고 있단 말인가?

"지금 무슨 말하는 거야? 좀 쉽게 이야기하면 안 돼. 그래, 난 별로 똑똑하지 못해! 그치만 인철이 너같이 말을 비비 꼬고 그러지는 않는다고……. 무슨 말이야?"

그래도 인철은 아무런 대답도 하지 않았다. 선희는 참을 수 없는 모욕감에 고함을 빽! 질렀다.

"야, 황인철! 거기 좀 서서 나 좀 봐! 이렇게 사람 얕잡아봐도 돼? 뭐야, 그 태도가?"

제길! 이건 아닌데, 후회가 되기도 했지만 너무 분통이 터졌다. 선희는 화가 치미는 대로 빽— 소리를 질렀다. 저 남자는 이렇게라도 해야 자신의 말에 귀 기울일 사람이었다. 그제야 인철이 걸음을 멈추고 돌아서서 자신을 주시했다.

"미안해, 오해했다면……. 난 그저 생각나는 걸 이야기했을 뿐인데."

"맨날 이런 식이잖아. 항상 날 무시하고! 네가 알면 뭘 얼마나 알겠냐 식으로……."

선희는 조금 더 퍼부어대다가 슬쩍 그쳤다. 자신 앞에서 별다르게 화를 낸다든지 하진 않았지만 너무 심하게 몰아붙이면 어느 순간에 되레 버럭! 화를 낼 사람이었고, 그렇게 해서 자신에게 불리한 이야기는 회피해 버리는 교묘한 기술을 발휘하는 데 능숙한 게 인철이란 사람이었다.

"됐어! 그럼 이야기 좀 해 봐, 왜 길이 안 나오는 거야?"

"글쎄 말이야, 나도 그게 이상해! 아무리 생각해도 진즉에 갈림길이 나왔어야 하는데……."

"내 참 기가 막혀서……! 그럼 뭐야? 지금 산속에서 길을 잃었다는 거야?"

"……그래, 그럴지도 몰라."

잠깐, 인철의 얼굴이 찡그려졌다 펴졌다. 그 순간, 덜컹! 묵직한 것이 선희 가슴에 내려앉았다.

"뭐……?!"

"좀 조용히 말해, 너무 목소리가 커!"

그럼 이런 상황에서 얼마나 작게 말해? 막 되물으려던 선희는 인철의 표정을 보고 그 말을 쑤욱 집어삼켰다. 너무 진지한 표정이었다. 농담을 하고 있는 건 아니었다.

"대체 그게 무슨 말이야? 우리가 길을 잃었다니? 빨리 말해 봐!"

"아니, 길을 잃었다보다 길을 잘못 든 모양이야. 이것 좀 봐."

인철은 부스럭거리며 땀에 젖은 등산지도를 펼쳤다. 지금 자신들은 갈림길을 지나 장군봉 쪽으로 가야 하는데, 그렇게 오지 않은 성싶고 아무래도 휘돌아가는 구름다리 쪽으로 방향을 잡은 듯 하다는 것.

기가 막혔다. 지도를 내려다보던 선희는 절로 눈살이 찌푸려졌다. 여튼 돌아가더라도 장군봉쪽으로, 아까 말한 바람폭포 쪽으로 가는 건 틀림없었지만 한참 다리품을 더 팔아야 됐다.

맞아, 그럴지도 몰라! 그렇지 않다면 지금까지 다른 등산객을 하나라도 만났어야지, 이렇게 길이나 잘못 들었으니까 그렇지. 문득, 선희는 주위에 귀를 기울여 혹 어디서 사람 소리가 나지나 않을까 귀를 기울였다. 사람 소리는커녕 새소리도, 물소리로, 바람에 나무들이 몸을 씻는 소리마저 들리지 않았다!

"왜 그 이야기를 이제 하는 거야……? 아니야, 그럴 리 없어! 우리는 아직도 갈림길에도 못 갔잖아!"

앙칼지긴 했지만 선희의 목소리는 고성에서 흔들리며 갈라졌다.

"……."

"아니야, 아니라고. 우리가 안개 때문에 이정표를 발견하지 못한 게 틀림없어! 아무리 우리 걸음이 느려도 그렇지. 채 1킬로도 안 되는 거리를 이제껏 도착하지 못했다는 것은 말도 안 돼!"

선희는 똑똑! 말을 끊어 자신 있는 것처럼 이야기를 했다. 그렇지만 이미 불안감이 온몸을 휘감은 뒤였다. 마치 자신은 국외자라도 되는 양 말하는 인철에게 약이 올라 내뱉는 이야기에 불과할지도 모른다는 생각을 선희 스스로도 하고 있었다.

"인철아! 정말 길이 없어? 단정적으로 이야기할 수 있는 거야?"

"만약 내 말이 틀리지 않는다고 하면 말이야, 그건 이 지도가 잘못 제작됐다는 것밖에 다른 결론이 없어!"

"……."

새삼스럽게 날씨가 무척 쌀쌀하단 생각이 들었다. 진창 흘리던 땀이 써늘해지면서 등과 가슴에서 서걱거렸다.

"무슨 이따위 산이 다 있어? 세상에 이정표도 세워 놓지 않은 산이 어딨냐고? 그리고 생각해 봐, 인철아! 이정표는 못 봤다고 해도 길이 갈림길인데 뭔가 길이 나왔어야지? 우리는 한 길로만 걸어왔잖아!"

"아니야! 그것도 자신할 수가 없어. 산에서는 길 같지도 않은 길이 얼마나 많은가 몰라서 그래?"

"그럼 우리는 지금 어떻게 되는 거야?"

"어떻게 되기는…… 계속 걸어가야지."

"그럼 거길 가면 뭐 뾰족한 수라도 나와?"

"뾰족한 수가 나오는지 어쩌는지는 모르지만, 일단 가봐야지…….
여기서 이러고 있을 거야?"

"그래! 난 여기서 한 발짝도 안 움직일 거야!"

"왜 또 삐져서 그래?"

"왜 또 삐졌냐고, 입에서 그런 소리가 나와? 앞에서 길 인도한 게 누
군데, 그딴 소리를 해? 기껏 여기까지 와서는 뭐, 길을 잘못 들었다
고……. 그리고 내게 미안하지도 않아? 어쩜 그렇게 태연할 수 있어?"

"……."

"……."

"일단 가면서 이야기하자. 이래봐야 우리만 손해야! 한 발짝이라도
빨리 가는 게 좋잖아?"

"너나 가! 너나 가버리라고, 난 안 갈 거야! 인철이 네가 나보고 빨
리 가자고 어쩌고 그런 소리 할 수 있어? 제기랄, 맨날 허둥지둥하는
주제에 일만 망치고……."

선희는 그 말을 채 끝맺지 못했다. 갑자기 서러운 생각이 들고 목이
메었다. 그렇잖아도 무서워 죽겠는데, 정말 길을 잃었다니……. 야, 뭐
이따위가 다 있어. 난 이렇게 사람 냄새가 나지 않는 데가 제일 싫단
말야! 고함이라도 지르고 싶은 걸 억지로 눌러 삼키자니 찔끔 눈물 한

방울이 떨구어졌다. 자신이 이제껏 인철이 같은 '빈철이'와 동반해 걸어왔다는 게 너무나 억울하고 한심했다.

4. 산의 마음, 사람의 마음

안개가 걷히고 있었다.

썰물이 빠지듯 삽시간에 안개가 산 저편으로 걷혀 나가면서 하나, 하나, 산등성이들이 솟아오르고, 따가운 햇살이 파장 큰 진동으로 넘실넘실 밀려왔다. 손바닥만한 하늘, 그러나 너무나 파랗기에 눈을 아프게 찌르는 현기증!

인철의 가슴엔 산이 들썩이게 커다란 환호성이 복받쳐 올랐다. 높고 낮은 산봉우리, 아득히 멀고 깊은 골짜기가 모두 한눈에 들어왔다. 만일 이게 다른 산 같았으면 산을 오르다 눈에 익어버린 풍경이라 지금쯤은 주의를 기울일 생각조차 안 했겠지만, 자신들로선 지금이 이 산에서 처음 경험하게 되는 산정의 조망이었다.

1시 10분!

근 두 시간 만에 처음 갖는 휴식이었다. 산입구에서부터 오른 걸로 해서는 세 시간여 만에 이곳까지 온 셈이었다.

안개가 걷히고 있었지만 그렇다고 산이 험하지 않은 건 아니었다. 더욱 일목요연하게 앞으로 넘어야만 할 험로가 눈에 들어왔다. 참 특이한 산이었다. 오전 전체를 다 소진하면서 올라왔지만 산은 쉽사리 제 정상을 내주지 않았고, 발 아래로 하늘과 구름과 산등성이들이 펼쳐졌지만 고개를 들어 위를 바라보면 아직도 첩첩산중, 빼곡히 산이 겹쳐져 있었다.

이 산의 해발이 609미터라는 것을 떠올린고선 도저히 믿을 수 없는 정경이었다. 지금 자신들이 오르고 있는 산이 정말 지도에 나와 있는 영암군 소재 월출산이란 산일까. 이렇게 낮은 산에서 하늘을 발밑에 두고 바라보고, 아직도 오를 봉우리들은 까마득히 먼 곳에 자리하고 있다니, 여기부터 그대로 걸어올라 가면 천상으로 연결되는 비밀한 통로라도 되는 것일까. 믿기지 않는 동화와 우화의 세계가 가지는, 내밀하게 간직된 주술적인 힘에 대해 인철은 새삼스레 생각했다. 우리가 사는 사회의 엄격한 사실성이란 것도 조금만 움직여 이처럼 산에 몸을 담고 보면 그 얼마나 우스운 일이던가.

그렇지만 나쁘지 않았다. 안개가 걷히고 자신들이 앞으로 나아갈 길을 자신의 눈으로 확인하고 갈 수 있지 않은가.

선희는 넋을 놓고 먼 하늘로 밀려가는 구름떼를 쫓고 있었다. 물에 빠진 생쥐처럼 옷가지들이 찰싹 달라붙어 몸의 굴곡이 선명하게 드러나고 있었다. 방금 세수를 하고 나온 것처럼 깨끗한 얼굴이었다. 여태까지 떼를 쓰고 징징거리던 표정은 찾아볼 수 없는 말끔한 매무새. 역시 선희에겐 저런 게 훨씬 더 어울려! 인철은 그녀를 바라보며 중얼거렸다.

"왜 이래, 인철이? 미쳤어! 이런다고 내가 말을 들을 것 같애?"

"그래 필요 없어, 다 필요 없다고……!"

한 쪽 어깨를 반쯤 드러난 채, 부스스한 얼굴로 대들던 선희…… 벌컥 화를 내고선 또 그게 부끄러워 돌아앉은 자신.

162

"도대체 인철이 요새 왜 이러는 거야? 왜 전에는 안 하던 짓을 하고 그래?"

"……."

"나 좀 봐, 나 좀 보고 이야기해! 나한테 고리타분한 여자란 데도 할 수 없어! 난 이렇게는 못해! 너 하잔 대로 이렇게 구질구질한 여관에서 옷 벗기는 싫다고! 뭐, 내가 인철이 네가 옷 벗으라고 하면 두 말도 않고 옷 벗어주는 그런 여잔 줄 알어? 완력 쓸려고 하지 마! 그랬다가 나하고 영영 끝장이야! 그렇게 저급하게 놀지 말라고, 인철이가 그런 사람은 아니잖아! 빨리 손 안 뺄 거야!"

어젯밤 내내 인철은 무안함과 견딜 수 없는 수치심에 몸을 떨었다. 남자가 간직할 수 있는 자존심이라는 것도 있는데, 그것까지 내팽개쳐 가며 사정을 했지만 선희는 실랑이 끝에 삐죽 내보인 갸름한 어깨와 무작정 들이민 자신의 손아귀에 잡힌 살진 한쪽 유방의 짧은 감촉을 제외하고는 보채는 자신을 달래준 게 하나도 없었다. 뒤숭숭한 잠자리에 사납게 내리치던 산바람……. 왜 그토록 완강했을까, 이제 못 이긴 척 잠자리를 내줄 만도 한데? 선희가 믿건 말건 살과 살이 하나 되고 뼈는 뼈끼리 녹아내리는 쾌락에 몸을 떠는 발정한 수컷의 수작만은 아니었다. 서로 기대고 부둥켜안고 체온을 느끼며 허퉁한 바람이 이는 가슴을 부벼보잔 말이 그저 낯 뜨겁게 선희를 잠자리로 끌어 들이려는 목적 하나로 늘어놓은 장광설은 아니란 것을, 여자가 전혀 믿어 주지 않던 때의 모멸감!

그날밤 내내 자신은 가위에 짓눌렸다……. '조바' 아줌마가 치마를 끌러 내리더니, 처진 아랫배가 자신의 얼굴 위에서 출렁거렸다…….

끈적끈적한 밤이 아침 햇발에 씻겨가건만 자신의 대뇌에는 새까만 먹물 같은 게 출렁거리고, 부신 햇살이 오히려 이제 잠을 자야겠다 생각을 몰고 왔었다.

어제도 오늘도 자신은 선희에게, 선희는 자신에게 상처를 안겨주고 있었다.

우리는 둘 다 사포砂布 같은가, 자신과 마주 부딪치는 것들은 모두 흠집을 내는 성질, 그것도 입자가 고운 600빵(#600) 짜리가 아니고 돌가루 같은 20빵이나 30빵 짜리. 동지적 유대, 보완적 관계의 동반이라는 이야기는 얼마나 허황한 것인가, 서로가 서로를 갉아먹고 예민한 곳을 건드려가며 소모적으로 정력을 낭비하는 것도 사랑이라 할 수 있을까.

언뜻 던지듯이 저 여자에게 우리의 길은 없다고 단정적으로 이야기를 했었지만, 정말 자신들이 나아갈 길은 있는 걸까? 이처럼 첩첩산중, 제대로 든 길인지 어쩐지도 모르고 인적조차 끊긴 길을 가는 것은 아닐까?

선희는 자신이 생각한 것보다 훨씬 더 둔하든지, 아니면 짐짓 말을 못 들은 척 하는 게 분명했다.

인철은 요즘 선희와 결혼을 후다닥 해치웠으면 하는 생각을 하곤 한다. 그건 무척 간절한 바람이었다. 최소한 이처럼 만나기만 하면 서로에게 으르렁대는 것은 해결될 것 아닌가. 선희를 대할 때마다 어서 이 여자와의 관계를 정리하는 것만이 둘 모두에게 유익하겠다고 생각을 하면서도 도저히 그럴 수는 없는 것. 자신은 이 여자의 체온에 너무 익숙해 있었다.

164

또 조금 계산적인 것이긴 하지만, 딱히 선희와 같은 여자를 만나리란 보장도 없었다. 오히려 훨씬 더 자신을 이해하지 못하고 자신의 신경을 후벼 팔 여자를 만날 가능성이 더 높았다. 이제는 좀 편하게, 무덤덤하게 지내고 싶었다. 이제 새로이 여자를 사귀고, 그 여자와 결혼하게 되기까지 갖은 우여곡절과 풍파를 되풀이하고 싶진 않았다. 만나서 사랑하는 따뜻함을 나누기만 해도 시간이 아쉬울 판국에 이처럼 늘 서로에게 상처를 주고, 그 상처를 안고 신음하는 게 인철은 정말로 싫었다. 제발 그만 좀 다투었으면…….

인간들의 일차적 유대, 혈연이나 혼인이 아니고 무엇에 마음을 기대랴. 요즈음은 너무 소슬했다. 자신이 조직에 느낀 배신감을 선희는 이해하지 못한다. 특히, 후배들에 의해 냉랭한 대우를 받는 것을 어떻게 견디란 말인가. 언제 어떻게 어떤 고생을 하고 탄압을 받아가며 가꾸고 일군 조직인데, 선배들보다 좀 더 빠른 소식을 접하고 있다는 단순한 이유만으로 선배들을 폐물 취급하거나, 자신들 역시 실천하지 못할 일들을 선배들에게 강요하는 굴욕을 더 견딜 수 없었다. 특히 자신과 같은 2선운동가들에게 쏟아지는 가소롭다는 눈길이라니!

갈수록 세상은 황탄해지고, 우리를 둘러싸고 있는 대기가 우리를 쓸쓸하게 한다.

전환기의 격변적인 상황에 처하게 된 대부분의 사람들은, 어디에 마음을 두게 될까? 자신들처럼 사회과학의 힘에 의지하는 사람들도 있겠다. 하지만 대부분 어떤 초월적 힘에 대한 의지와 현세적인 향락문화에 젖어가는 게 아닐까? 세기말적인 증후는 항시 순전히 소비적이고 불건전한 향락의 탐닉과 광기 어린 종교의 이름을 빌어 나타나기

마련이었다. 구심력을 잃어버린 사회 구성원들의 탈 사회화적인 성향
은 그렇게 드러난다고 하지 않던가. 어쩌면, 자신들도 그 중의 하나인
지 모른다, 자신들이 기대고 있는 과학과 이성이라는 것도 어느 사이
비 종교단체의 주술과 본질에 있어 별반 다른 게 없는지도 모른다. 정
말 그런지도 모른다.

하지만 자신들이 도덕적으로 좀 더 건강해 보이고, 근본적인 시각
자체가 변혁에 있다는 것이 그 둘과 다를 뿐이다. 이러한 사소한 차이
가 결국은 사람들의 삶의 양태를 적극적인 모습과 소극적인 수용자의
자세로 크게 나누는 것을, 인철은 요즘 절실히 깨닫긴 했다.

누군 2선운동에 뛰어들고 싶어서 뛰어들었는가, 처음엔 사회운동을
하라는 뜬금없는 이야기를 하더니, 다시 정당에 들어가라고 했다, 그
러더니 갑자기 각 개인의 재량에 맡겨 스스로 활로를 개척하라 하지
않았던가. 1선에 선 선희와 같은 활동가들이 자신들 조직의 기간임을
부인할 사람은 아무도 없다. 하지만 전초만 있고, 본대도 후방도 없는
전선체운동이 가능하단 말인가. 아무런 미학적 기초도 다져 놓지 않은
상태에서, 앞에서 지도할 지도원도 없는 황무지, 문화운동에 뛰어든
자신들을 격려는 못할망정 우경적 동요의 소지가 농후한 개량주의자
로 몰아붙이는 시각……. 인제 진절머리가 났다. 문화란 것 자체가 본
질적으로 비판적이고, 문화적인 활동 역시 생산의 원동력으로 전화되
는 것조차 모르는 놈들이었다. 우경분자라니, 어쩌면 놈들은 같은 활
동가로서 최소한의 예의마저도 잊은 놈들이 아닌가! 동료의 사상성에
의심의 눈길을 두는 놈들이 대체 어떤 놈들인가. 오히려 그것은 '비
지'들에게 배운 못된 구습이 아닌가. 조직을 지키기에도 급급한 형편

에 동료가 동료를 씹고 까내려 하나씩 조직에서 이탈하게 만드는 게 진실로 죄악된 일임을 모른단 말인가.

목이 탔다. 땀을 너무 많이 흘린 게 분명했다. 어떻게 돼먹은 산이 물도 없었다. 밑자락에서만 좀 축축하게 흘렀지, 이쯤에 오니 어디 조그만 웅덩이 하나 없었다. 습기가 무성한 곳이고 보면 어딘가 그것들이 응액되어 쫄쫄거릴 만도 하건만 똠방똠방 떨어지는 낙수조차 찾아볼 수가 없었다. 하긴 안내지도에도 바람 폭포에나 가야 물이 있다는 게 명시되어 있긴 했었다.

더 어물쩡거리다간 이 자리에서 몇 시간이고 뭉개고 앉아 뒤척일 듯했다. 안개에 젖어 올라오다 햇살을 만나자 들떠 반갑던 마음도 이제 얼마큼 가라앉았다. 눈앞으로 끝없이 이어지는 길이 아까보다도 훨씬 더 멀게 느껴졌다.

인철은 선희를 재촉해 다시 여장을 추렸다.산 위에서 부는 바람은 계절을 훨씬 앞서 달려온 바람, 산 밑의 바람과는 달랐다. 땀이 개인 몸이 맞바람을 맞으니 선희에게선 소슬한 늦가을, 추진 낙엽 냄새가 풀풀 일었다.

길도 아닌 길을 길이라고 생각하고 가야 한다는 고역, 이제 넌덜머리가 났다.

하필 이 산을 택했을 게 뭐람!

어디 풀꽃 하나 피어날 변변한 땅뙈기도 없이 메마르고 억센 산이어서 처음 볼 땐 남성적인 기운이라고 생각했지만, 시간이 지날수록 이상하게 강한 음기를 느꼈다. 습한 안개가 그랬고, 풍겨오는 산의 기운이 그랬다. 지독히도 요사한 음기여서 사람의 원기가 마구 산에 빨려 들어 가는 기분이었다. 아무리 오랜만에 산을 탄다고 했지만 이 정도까지 지칠 건 아닌 것 같은데…… 자꾸만 걸음이 처졌다. 같은 음기를 띤 여성이라 자신이 더 피곤한가. 같은 성질을 가진 기운끼리 부딪히면 힘이 센 쪽으로 힘이 약한 것이 정신없이 흡수되어 버리지 않던가. 자신의 원정元精을 죄다 산에 빼앗기고 있다는 생각이 들었다. 그렇지 않고선 도저히 이럴 수가 없었다. 뻿뻿하게 돌로만 일어선 산이라면 이 정도까지 힘들었겠는가. 음수는 돌멩이마다 번들거리고 있으면서도 목을 축일 물은 없고, 산에는 요사한 안개가 시종 떠나질 않았다. 선희는 시궁창처럼 찐득거리고 악취를 풍기는 게 제일 싫었다.

조금은 건조하게 늘 보송보송한 느낌만 갖고 살 수는 없는 걸까.

…… 아버지의 장례를 치를 때도 그랬다. 끝내 손으로는 마지막 가는 길에 흙을 덮지 못했다. 모두들 오열하는 가운데서도 흙바닥에 나뒹굴 때, 자신은 하얀 장갑을 낀 손으로 삽질을 했다. 손에 흙이 묻으면…… 씻을 곳이 없었다!

누구는 참 독한 딸이라고 쑤군거렸을까……. 아버지의 죽음은 뜻밖이었고 개결한 성품 그대로 세상을 하직했다. 말단 공무원 생활을 청산하고, 누군가 개인택시를 하는 게 좋겠단 권을 하고 난 뒤, 퇴직금과 사채 수천만 원을 털어넣어 어렵잖게 개인면허사업자등록증을 구입했다. 편법이긴 했지만, 외길보기밖에 할 수 없는 아버지를 위해 직장 동료들이 강권한 일이었다. 늦장가로 큰딸이 대학생인데 정년 퇴직을 하고 만 아버지로 인해, 수심이 깊던 어머니는 개인택시가 떼돈은 못 벌어도 수입이 수월찮이 크다는 말을 어디서 듣고 온 뒤로 입에서 웃음

떠날 날이 없었다.

그게 불행의 씨앗이었다! 그 찜통 같은 여름, 푹푹 쪄대는 차 안에서도 득달같이 달려드는 이자 빚을 생각하며 운전석을 떠나지 않았고, 생전에 그렇게 많은 땀을 흘려본 적 없던 분이 늘 파김치가 되어 귀가했다. 그 여름 마지막 불볕더위가 기승을 부릴 때, 아버지의 택시는 팔달로에 서서 신호대기중이었다.

신호가 바뀌었고, 뒤차들은 아버지 차가 빨리 출발을 않는다고 클랙션을 빵빵! 울려댔다. 기어이 성미 급한 뒤차 운전사가 문을 열고 다가와 아버지 차를 주먹으로 쾅쾅 두드렸다. 그래도 요지부동이었다.

화가 꼭지까지 오른 뒤차 운전수가 와서 운전석 창께로 달려와 보니, 아버지는 잠이 들어 있었다. 그 여름 늦더위를 이기지 못하고, 신호가 바뀌는 그 짧은 틈에 혼곤한 잠에 빠져 든 것이다. 택시 운전석에 앉아 핸들에 코를 박고 잠이 든 아버지는, 아무리 뒷사람들이 빨리 차 빼라고 쿵쾅쿵쾅 소동을 피워도 깨어나지 않았다.

그 시간 이미 그의 사지는 뻣뻣하게 굳어 오그라들었던 것이다!

늦결혼에 딸만 줄줄이 셋, 그 삶의 노곤함이 그를 다시는 깨어날 수 없는 영원한 잠으로 인도했다. 생각할 때마다 남은 가족들은 지금도 가슴에 올라오는 핏덩이를 울컥 울컥, 삼켜야 하는 아버지의 죽음!

방학은 끝나고 다시 새학기가 시작될 무렵, 빠듯하게 마련한 학비를 대출금 상환 기일에 맞추느라 홀라당 털어넣은 게 원인이었다. 어쩌면 본디 기관지가 약한 분이어서 그 뜨거운 날씨 속에서도 양 문을 꼭꼭 틀어막은 것에 죽음의 직접적인 원인이 있는지도 몰랐다. 신파극 대사 그대로 그깟 돈이 무어라고…… 남들은 안타까움에 목소리를 낮췄지만 선희는 분노하고 있었다. 그건 다시 꺼질 수 없는 증오의 불씨였다. 아무리 힘들여 일해도, 운전석에서 사지가 오그라드는데도 계속 핸들을 잡게 만드는 세상, 이건 근본적인 문제가 있었다. 뼈 빠지게 택시를 모는 사람이 있고, 늘 택시를 타는 사람이 있고, 또 어느 사람들은 자가용을 몰며 교통법규를 지키지 않는 택시기사들의 천박함에 대해 불평을 늘어놓는다. 이건 아니었다! 이게 사람 사는 세상일 수는 없었다. 아버지의 장례를 치른 직후, 선희는 조직에 뛰어들었다.

전적으로 아버지의 죽음만이 세상의 모순에 대해 눈뜨게 만들었다고 할 수는 없었지만, 사람들은 누구나 어느 곳에 곰팡이가 슬고 어느 부분이 곪아가고 있는지를 알면서도 여러 가지 현실적인 제약과 나태, 망설임에 의해 주저하게 된다.

특히 동요하는 계층일수록 자신들 신분상승의 기회가 박탈될 것에 대한 두려움이 크기 마련이다. 평생에 한 번 올까말까 한 그 기회를 놓치지 않기 위하여, 한 번 무릎 꿇고, 다음엔 좀 더 빨리 무릎 관절을 꺾고, 그 다음엔 당연하단 듯이 기어다닌다. 내가 아니면 내 자식들의 세대에서라도 이보다 좀 더 나은 생활을 보장받기 위해!

그게 아니었다면 아버지의 죽음이 그처럼 맥없을 수도 없는 일이고, 그런 의미에서 효녀라면, 아버지의 죽음의 근인이라 할 수 있는 자신들의 신분상승을 위해 더욱 매진해야 할지도 몰랐다. 빳빳한 성미 그대로 빳빳하게 돌아가신 아버지, 집에 들어오면 몇 번이고 비누칠을 해서 손을 씻었다. 그뿐 아니라 아예 세면도구를 조그만 가방에 챙겨 '글러브 박스'에 넣고 다니면서 틈만 나면 손을 씻었다. 손에서 나오는 땀과 미끌거리는 기름기가 늘 아버지를 불쾌하게 만들었던 것이다.

아버지의 성품 그대로를 선희가 이어받았다. 땀을 흘려 일하는 사람들의 세상을 희구했지만 그 땀은 정결한 땀이어야 하지, 축축하게 금세 식어 냄새를 풍기는 땀은 아니었다.

그런 맥락에서 이 산은 선희에게 최악의 환경이었다.

하긴 지금까지의 산행만으로도 계속 기력을 쇠진케, 험로를 헤매게 만든 것도 사실이었다.

5. 산에서, 산 속에서

어쩐지 처음부터 이상하다 싶더니, 세상에……! 인철이 저렇게까지 어처구니없는 사람인 줄은 선희도 까맣게 몰랐었다. 왜 길을 잘못 들었나 했더니 순전히 인철의 이상한 성격 탓이었다.

……성격 탓? 그 말만 가지고는 지금의 이상한 인철의 행동을 설명할 수 없었다. 왜 사람이 저 모양이 되었을까?

덜그럭!

덜그럭!

등에서 흔들리는 코펠 소리가 요란하게 뒷그림자를 밟고 쫓아와, 그렇잖아도 심란한 선희 마음을 뒤흔들었다. 기껏 목표로 정했던 구름다리까지 어렵게 도착하고 나서, 또다시 길을 잘못 든단 말인가? 이게 차라리 꿈이라면……. 악몽도 이런 악몽이 없었다.

두 사람이 구름다리에 도착했을 때, 팔목 시계는 두 시를 훨씬 넘어서 째깍거리고 있었다. 그 동안 서먹했던 것을 풀자는 뜻인지, 앞장서 다리를 건너던 인철이 개구쟁이처럼 다리에서 퉁탕, 퉁탕, 제자리뜀을 하고 구름다리를 마구 흔드는 통에 혼비백산하기도 했고, 산에 오르는 동안엔 꺼낼 엄두를 못 냈던 카메라까지 꺼내 다정스레 사진도 찍었다. 별반 대화도 없이 올라왔고, 서로 눅진한 감정의 찌꺼기까지 메고 올라오느라 고생스러웠다. 누구라도 먼저 그 해결의 실마리를 풀어나가야 한다는 무언의 동의가 이루어진 것인지도 몰랐다. 둘 모두 우울한 생각만 하고, 서로 불화하면서 한나절을 보낸 것이 아까웠다. 구름다리를 건너면 지금껏 아등바등 기어 올라왔던 한 봉우리를 마감하는 셈. 저쪽에 가서는 좀 더 진지한 대화로 둘 사이의 불유쾌한 감정을 씻어내야겠다. 선희는 그런 생각을 하고 있기도 했다. 갑작스레 인철이 입술을 요구하는 바람에 당황하기는 했지만, 선희는 별 저항없이 응했다. 땀만 식으면 금세 스산해지는 산기운이 신기하게도, 그와 입맞춤을 한 번 하자 싹! 달아났다.

쉰 지 얼마 안 되긴 했지만, 그들은 구름다리를 건너 다시 짐을 내려놨다.

안개가 다시 몰려오고 있었다. 건너온 구름다리 저편이 어느새 가물가물해지고 있었다. 인철과 화해를 했다는 안온함이 등을 통해 전해졌다. 선희는 인철의 가슴에 등을 기대고 편안히 숨을 고르고 있었다. 이제 그의 억눌린 심사만 풀어준다면……. 이번 여행은 대성공이겠지?

"선희야, 이제 경포대 쪽으로 내려갈까 하는데……."

"왜 도갑사까지 간다더니, 거기까지 안 갈 거야?"

"글쎄, 가면 좋기야 하겠지만 지금이 몇 신데 거기가지 가겠어? 밥해 먹고 나면 해 떨어질텐데 후딱 내려가야지."

그 순간이었다.

인철이 와락! 힘줘 자신을 껴안았다.

"왜 그래? 또 한바탕 해볼려고? 안 돼, 어제도 말했지만!"

한데 그게 아니었다. 인철은 더 아무런 행동도 하지 않았다.

"앗따, 정말 징그러운 놈들이고만! 빨리 가자! 건너오는 소리 없는
게 사진이라도 찍는 모양이다."

인철의 입에서 갑자기 생뚱맞은 소리가 튀어나왔다. 선희는 머릿칼
이 쭈빗! 절로 일어서는 송연함을 느꼈다. 지금 무슨 소릴 하는거야?

인철의 얼굴이 새파랗게 질려 있었다. 선희는 고개를 돌려 인철을
바라보며 물었다.

"왜?"

"아니······. 저 놈들이 또 따라왔어."

"누구?"

인철은 대답이 없었다.

벌써 안개는 목전까지 치달아 있었다. 보이는 건 없고, 무슨 소리라
도 들었단 말인가? 선희도 귀가 절로 쫑긋해질 수밖에 없었다.

······지그미 씨팔! 먼 놈의 산이 요 따위로 생겨 먹었다냐······! 근게
씨팔! 인제사 여기네······! 야, 늬들은 아직도 떠들 기운이 남았냐? 나
는 허기져 죽겄고만······. 암만 글더라도 사진은 한 방씩 박고 가야지,
그쪽으로 서 봐······!

사람 목소리······?

꽤 먼 곳에서 두런거리는 소리가 아련히 바람에 실려왔다. 그런
데······?

"인철이 왜 그래?"

인철은 다급하게 풀어놓은 짐을 챙기고 있었다.

"빨리 가자니까!"

"아니, 왜?"

"저놈들이 따라 왔잖아!"

인철의 대답에는 완연한 짜증스러움마저 실려 있었다.

"왜 인철이 아는 사람들이야?"

"아니…… 내가 저 놈들을 어떻게 알어? 빨리 가자니까, 뭐해!"

더 물어볼 틈을 주지 않았다. 선희는 막무가내로 잡아채는 인철에게 손목을 붙잡혀 곤두박질치듯 내리막길로 끌려갔다. 소롯길을 내려 몇 발자국 못 가서 갈림길이 나왔다. 여기서부터는 길이 하나이지 않았던가?

"어떻게 된 거야, 왜 여기서도 갈림길이 나와?"

아닌게 아니라, 벌써 인철도 지도를 펼치고 있었다.

"……응! 여기 이건가 봐! 앞으로 등산로 날 예정이라는 거?"

인철의 손가락이 짚는 대로 선희의 시선이 지도에 머물렀다.

또, 두 갈래 길!

정규 등산로가 하나 있었고, 그 옆으로 현재는 폐쇄되었다는 표시의 등산로가 점선으로 인쇄되어 있었다. 둘 중에 어느 것이 자신들이 가야 할 길이란 말인가?

"빌어먹을……! 이런 데다 이정표도 안 두면 어떻게 하란 거야?"

인철이 참으로 난감한 표정으로 거친 말을 내뱉었다.

……야! 이 시끼야! 흔들지 마! 나 그 뭐냐, 고소공포증인가 뭔가 허

174

는 거 있단 말이시…….

다시 목소리가 들렸다. 아까보다는 꽤 가까운 곳에서 들리는 목소리였다. 벌써 다리를 건너는 모양이었다.

"할 수 없어! 왼쪽, 오른쪽 어느 쪽이 맘에 들어?"

인철에 지도를 코밑에 들이대며 다급하게 재촉했다.

"……왼쪽!"

"그럼 그리 가자고!"

말이 끝나기도 전에 인철의 몸은 벌써 몇 달음 앞을 달려가고 있었다.

오면서 당황해 하는 이유를 생각해 낼 수 있었다. 그 남자들 때문이었다. 인철이 '그놈들' 어쩌고 하는 것으로 보아서 아침 나절에 산 입구에서 만난 사람들을 이르는 모양이었다. 하긴 이 산에서 만난 사람이라고는 그들밖에 없었다. 인상이 별로 좋지 않았던 사람들이란 것 말고 선희는 그들에 대해 뚜렷이 떠오르는 것도 없었다.

피해망상증 환자나 할 짓이었다, 지금 인철이 생각하고 있는 것은. 이처럼 깊은 산중에서 같이 산을 오르는 사람을 만나게 되면 우선 반갑고, 비슷한 사람을 만나게 되었구나 하는 연대감부터 가져야지, 부러 가장 나쁜 방향으로 상상을 하다니……. 어처구니가 없는데다가, 지금 보이는 인철의 모습은 꼴불견도 저런 꼴불견이 없었다. 딱딱하게 얼어붙어 아무 말도 하지 않고 있었다. 그건 그런 대로 이해할 수도 있다. 도에 지나친 염려였지만 다 그게 자신을 위한 것이라고 치부하면, 억지로라도 흐뭇해질 수 있으니까, 아니면 방귀 뀐 놈이 성질낸다고 지레 겁을 집어먹고 허둥지둥한 자신의 모습을 무어라 설명할 길이 없어 저럴 수도 있겠다…… 그런 것들은 아무래도 좋았다.

문제는 가까스로 회복될 뻔했던 둘 사이의 교감이 흐트러졌는데도 거기에는 아무런 신경도 쓰지 않는다는 것이었다.

그게 저 남자의 고칠 수 없는 고질병이었다. 저 남자가 아무리 많은 장점을 지니고 있다고 해도, 이런 실수는 용납하기 힘든 것이다. 자신이 인철의 처지에 놓여 있다고 하면 벌써 미안하다, 힘들어도 조금만 힘내라 무언가 위안이 될 말을 몇 번씩 하고 사과를 구했을 것이다. 그런 말이라도 해준다면 설령 저들이 정말로 치한이라고 하고, 쫓기는 처지라도 그 쫓김은 나름대로 행복함을 안겨줄 텐데, 저 남자는 그런 걸 몰랐다. 자신과 함께 지낸 게 얼만데, 아직도 그런 걸 모른단 말인가.

저건 여자에 대한 무지가 아니라 무관심의 증거였다. 지금 당장 저들이 우리 등 뒤를 엎치기라도 한단 말인가, 글쎄!

더더군다나 이건 길이 아니었다.

아까참의 오르막길처럼 가파르지는 않으나 훨씬 폭이 비좁고 사람이 다녔다는 표식이 하나도 없었다. 심심찮게 눈앞에 아찔한 낭떠러지를 바짝 끼고 돌아야만 되는 길(?)이 나왔고, 아무리 생각해 봐도 나선형으로 이어진 이러한 통로들은 자연스럽게 바위 틈에 패인 홈으로 어쩌다 산짐승들이나 이용할 만한 위험한 지름길로, 사람이 다닐 만한 길이 아니었다.

아까번 선택에서 왼쪽 길이 아니고 오른쪽 길로 갔어야 했다. 시설스럽게 떠들던 뒤의 일행 목소리는 이제 들리지도 않았다. 아까 폐쇄된 길이 있다고 하더니, 그리 돌아온 게 틀림없었다. 인철도 그걸 깨닫고 저렇듯 침중한 모양이었다. 길을 선택하려 했으면 어느 쪽 길로 가는 게 옳은지 검증을 거쳐야 하는 게 참된 과학이 아니던가. 저 남자는 그런 것도 잊은 모양이었다.

그렇지만 길을 잘못 들었다는 실망감이, 아침에 한 번 경험을 해서 그런지 그닥 크지는 않았다. 물론 작지도 않았지만, 인철에 대한 실망의 무게만큼 자신을 짓누르는 건 아니었다. 배낭을 짊어진 어깨는 아까부터 내 살이 아닌 것 같았다. 쇄골까지 짜부라지는 느낌이었다. 내가 왜 이런 고통을 저 남자 땜에 져야 한단 말인가, 애정이라는 이름이 세상의 모든 허물을 다 덮어줄 만큼 커다란 것일까. 저 남자는 정말 나에게 조그만치라도 관심을 가지고 있는 걸까? 이 산을 오기 잘했다. 그렇지 않았더라면 저 남자의 저런 부분은 전혀 파악하지도 못할 뻔하지 않았던가. 편한 곳에서, 쉽게 사랑을 표현할 수 있는 곳에서의 사랑은 믿을 게 못 된다는 걸 선희는 아주 실감하고 있었다.

따지고 보면 처음 인철에게 느꼈던 존경이나 감사 같은 것도 저이에겐 그저 좀 넉넉하게 마음 쓴 것에 불과한지도 몰랐다.

제기랄! 남자하고 산에 가봐야 진짠지, 가짠지 사랑을 확인할 수 있다더니, 그 말이 하나 틀리질 않아……! 이런 삼류 같은 생각을 꼭 우리가 해야 하는 거야? 속에서 뜨거운 불덩이가 치밀어올랐다. 그것을 적당하게 제어할 수가 없었다. 심화는 계속 선희의 맘과 몸을 끄을렸다.

"야, 선희야! 이것 좀 봐!"

간신히 사람 하나 옆으로 위태롭게 빠질 수 있는 길을 막 나왔을 때,

인철의 들뜬 목소리가 들렸다. 저 경박한 목소리……!

"이것 봐! 우리가 길을 잘못 든 건 아닌 모양이야!"

"그게 무슨 신나는 일이라고, 호들갑들 피워?"

잔뜩 심상이 나 있던 터이라, 선희는 시큰둥했다.

"아니야! 이건 정말이라고……. 이것 좀 봐!"

인철이 손짓을 했다. 돌틈에 비닐 조각 같은 게 보였다.

……먹다 버린 빵 봉지? 언뜻 봐서는 거기에 비닐 봉지가 있다는 걸 알아채지 못할 정도였다. 썩어 들어간 부엽토와 같이 이물감이 전혀 느껴지지 않게 하고 있었기 때문이다. 그걸 보면 인철도 꽤 길이 안 나와 노심초사했던 모양이다. 하긴 지가 그러기라도 해야지!

"빵 봉지 첨 봤어? 그런 걸 갖고 사람 오라 가라 야단이야."

"그게 아니라니까, 생각을 해봐! 버려진 빵 봉지가 있다는 건 누군가 이리 지나갔다는 이야기 아냐? 그러니까……."

"그러니까? 우리는 길을 잘못 든 게 아니다 이거 아냐, 지금?"

"그래! 이제 좀 말귀가 트이는고만."

기가 막혔다! 세상에 저까짓 쓰레기를 보고 위안을 얻다니……!

"말귀가 트이긴 무슨 말귀가 트여? 야, 이 멍청아! 잘 봐, 저 빵 봉지가 얼마나 된 건가? 곰삭을 대로 곰삭어갖고 여기 버려진 지 수삼 년은 됐겠다! 뭐, 이리 사람이 지나간 흔적이라고? 사람이 지나가기야 지나갔지, 벌써 몇 해 전에! 그리고 나서 이 길로 들어서기는 우리가 처음이라고!"

"야, 너 왜 그래? 왜 그렇게 화를 내?"

"그럼 너 같으면 화 안 나게 생겼어, 이 멍청아! 그 모양이니까 후배들 불었단 소리나 듣고 다니지!"

더 대꾸할 필요도 없었다.

"비켜!"

기껏 끌고 들어온 산에서, 폐쇄된 등산로⋯⋯. 그 책임은 느끼지 못하고 하찮은 빵 봉지를 발견했다고 기뻐 날뛰다니! 이 산을 내려가기만 하면, 내가 너 같은 얼치기하고 다시는 상종하나 봐라! 선희는 홱! 인철을 앞질러 나갔다.

"야, 박선희! 거기 서 봐!"

"흥! 누구한테 서라 마라 야단이야!"

"야, 거기 서!"

인철이 몸을 날려 어깨를 꽉! 붙들었다. 그렇잖아도 바스라질 것 같은 어깨에 강렬한 통증이 밀려왔다.

"이거 안 놔!"

선희는 인철의 손을 뿌리치려 버둥거렸지만 쉽지 않았다.

"꼴에 남자라고 자존심 상한다 이거야, 뭐야? 빨리 놔!"

별 수 없이 선희는 몸을 돌려 인철의 손을 뿌리쳤다.

"너, 말 다했어?"

붉으락푸르락한 얼굴로 인철이 자신을 쏘아보고 있었다. 누가 그깟 인상에 겁먹을 줄 알고?

"그래, 말 다 했다! 어쩔래?"

인철의 안면 근육이 파르르 떨리기 시작했다. 안면만 떨리는 게 아니라 사지 전체를 부들부들 떨면서 서 있었다.

"너⋯⋯정말⋯⋯?"

씩씩거리느라 말도 제대로 안 나오는 모양이지!

"내가 한 마디 더 할까, 난 이제 너하고 다시는 상종 안해! 너같이 소심하고 겁 많고……. 세상에 남자가 돼갖고 그래, 어떤 사람들인지도 모르고 무조건 도망부터 가자고? 난 지금 왜 내가 너 같은 빈충이를 알게 되었는지 후회한다고, 알았어? 후회한단 말이야! 그러니 더 귀찮게 하지 마! 나도 인제 더 너 감싸주고 다니는 데 지쳤어, 그런 공도 모르고……."

인철의 얼굴이 이젠 아주 새파랗게 질려 있었다.

"너……너! 정말…… 그게 진심이야?"

인철은 어렵게 말을 이었다. 딱하단 생각이 들었다. 아니야! 괜한 거야! 저 남자를 더 생각해 줄 필요도 없다고!

"그래……! 그래! 그러니까 자꾸 말 시키지 마!"

선희는 아랫입술을 깨물며 바람소리 나게 돌아섰다.

"뭐……뭐, 후회한다고! 그래……! 그래……! 그러겠지……! 나는 뭐…… 후회 안 하는 줄 알아? 너같이 뻣뻣한 여자, 나도 싫다고! 싫어!"

인철이 등뒤에서 버럭버럭! 고함을 질렀다. 처음엔 좀 떨리는 기미가 있더니, 뒤에 가서는 아예 악을 쓰는 거였다.

선희는 다시 입술을 깨물었다. 더운 비린내가 입천장에 올라왔다. 그래! 서로 찢어발길 수 있는 만큼 찢어발기는 거야! 그래야 미련도 없을 거 아냐!

"니깟 것들이 얼마나 잘났다고 운동한다고 지랄하는 거야? 운동은 그렇게 하는 게 아냐! 전선체운동, 1선? 그게 그렇게 대단해! 운동이란 건 말이야. 하나 더하기 하나는 단순히 둘이 아니고 더 큰 하나가 되거나 셋이나 넷이 되어야 하는 게, 그런 게 변혁운동이야! 그런 거 알기나 해? 너희들같이 찢고 까불고 그저 만나기만 하면 분파부터 조성하는 게 운동인 줄 알고 까부는 건 절대 아니라고! 늬들이 무슨 고생을 한다는 거야. 운동하는 사람치고 고생 안 하는 사람이 어딨어? 1선에 간 놈들, 어떤 게 노동인지, 어떤 게 노동자의 삶인지, 어떤 게 노동운동인지도 모르고 설쳐대다가 빵에 한 번 갔다 오면 그때부터 노동운동가라고 명함 찍고 다니는 거, 구역질 난다! 구역질 나! 늬들이 알어, 노동자들 수준이 어디 늬들 뜻대로 따라오대? 지그미……! 너희들보다 한 단계 높거나 훨씬 낮은 게 노동자라고. 아무 것도 모르는 학삐리들이 공장에 가서 며칠 작업복 입고 뒹군다고 다 전위 계급이 될 줄 알아? 어림없어, 어림도 없다고! 늬들이 그들을 위해서 뭘 해 줄 수 있다는 거야? 의식의 각성, 계급 투쟁의 역사적 필연성? 웃기고 있네! 정말 웃기고 자빠졌네! 싸움을 해도 그들이 하고, 권력을 형성해도 그들이 형성해! 너희는 뭐야, 민중의 이름을 팔고, 거기 빌붙어 어떻게 하면 한몫 잡아볼까 하는 순 사기꾼 같은 것들이……! NL 놈들이 대중추수주의자라고 한다면, 늬들은 아무 물정도 모르고 날뛰는 헛된 책상물림에 불과해! 늬들이 아무리 노동계급에 편입한다고 기를 써도 늬들은 출신 자체가 학삐리야! 세상이 늬들 겉은 학삐리들로 해서 변하는 줄 알어? 몇 몇 머리 좋은 놈들이 책상 위에서 꾸며대고, 순진한 놈들은 피땀 흘려가면서 실행하고, 그것만으로 세상이 변하는 건 아니라고! 그거 알어? 난 말야, 아주 늬들한테 질렸어! 아니, 나 스스로에게 질렸어! 야, 선희 너도 교회 다녔지? 무슨 놈의 교회들이 하나의 신을 믿으면 그만이지, 기장이다 예장이다, 예장에서도 통합이다 합동이다 서로 찢어발기길 발기냐고 늬가 그랬지? 그걸 우리한테 적용해 봐! 지금 우리가 그 꼴이야! 그게 왜 그런 줄 알어? 사람은 죽고 없는데, 그 사람이 써놓은 책을 두고 해석하기 나름이라 그런 거라고……. 거기다가 서로들 지기는 싫어해 가지고 내가 해석한 게 맞다! 늬가 해석한 건 순전히 엉터리다! 그런 똥고집들만 강해 이런 거 아니냐고! 거기다가 어떻게 된 게 눈에 보이는 모든 게 다 잘못됐다는 거야? 그렇게 부정적인 시각에 가슴엔 그저 분노 하나만 담아두고서 그걸 표현한다는 방식은 고작 유치한 폭력성, 그 폭력적인 충동이 너희를 때려부순다고, 알아? 너희들의 폭력성이 결국 너희를 때려부순단 말야! 누가 이야기를 해줄 수 있어. 왜 영원한 노동자의 지상천국이 저렇게 변하게 되었는지, 그걸 누가 이야기해 주냐고? 세상이 변하면 거기에 맞게 우리도 변해야 하는 것 아니야! 너처럼 꽉꽉 틀어막힌 것들이 조직의 권력을 내놓지 않고 있으니까 이꼴이야! 정말 환멸을 느낀다, 환멸을 느껴!"

선희로서도 더 참을 수가 없었다. 자신에 대한 인신공격이라면 모를까, 자기도 운동에 몸담았다는 사람이 저런 망발을 할 수 있단 말인가?

정말 수준 이하였다. 저 정도 유치한 언변으로 자신과 자신이 몸담은 조직을 욕하다니……. 자기 얼굴에 침 뱉기도 저만하면 가래침 뱉기였다. 아무것도 모르고 그저 운동권이라면 무조건 싫다고 발버둥치는 그런 족속들이나 입에 달고 다닐 소리를 해대다니! 환멸을 느끼는 게 누군데, 지가 먼저 환멸을 느낀다고 야단이야!

선희는 몸을 돌려 쏘아붙였다.

"황인철! 너 그 정도밖에 이야기할 게 없어? 그렇게 저질이야? 뭐, 책상물림이 어떻다고, 너 겉은 책벌레나 책상물림이지 우리도 그런 줄 알어? 우리는 아니야! 누가 책상에서 뭘 꾸몄다는 거야? 다 너 겉은 애들이 헌 짓이야! 우리는 현장으로 뛰어들어 뼈 빠지게 고생했어! 뭐, 고생을 얼마나 했냐고? 그 독한 화학약품에 손톱, 눈썹 다 빠지게 고생했다! 땀 한 방울도 흘려보지 않은 사람이 어떻게 현장에 선 사람들의 땀을 가치 없다고 이야기할 수 있는 거지? 너 어떻게 된 애 아냐? 뭐, 빌붙어서 한몫 잡아볼려고 한다고? 우리가 언제 뒤에 챙길 떡고물 보고 운동했어? 고작 한다는 생각이 그 정도에 불과하니까 이렇게 분열이 되는 거야! 순전히 기회주의자들! 어떻게 하면 제 한 몸 빼내 저만 편해 볼라는 속물들! 배때기에 기름기 끼니까 쓸데없이 머리 굴리는 놈들이 분파를 조성했지, 우리는 피곤해서도 그렇게 못해! 알아? 우리는 피곤해서도 그런 짓 못한다고! 창백한 인텔리들이 왜 빨리 숙청되는 줄 몰라서 그래? 다 너처럼 불건강하기 때문이었어! 새벽에 퇴근해 가지고 찬밥 덩어리 간당간당 말아먹고 꾸벅꾸벅 졸리는 눈으로 책 읽으면 배는 살살 아프고, 더 참을 수 없어 화장실을 갈라니 줄줄이 나래비를 서서 이리 뛰고 저리 뛰고 별 웃긴 짓거리 다 하는, 그런 경험 해봤어? 해봤냐고? 뭐 세상이 변했으니까, 사람도 변해야 한다고? 황인철, 너 그 말 참 잘했다! 그래 고작 변한다는 게 그 따위 소리나 하는 거야? 사상과 이념이 우월한 사람이 열등한 사람을 지배하는 건 역사의 법칙이라고 우리한테 떠든 게 누군데, 그런 소릴 할 수 있는 거야? 인제 알았어, 인제 알았다고! 늬가 그동안 무슨 생각을 하고 있었는지. 난 그동안 그래도 네가 그런 짓 했으리라고는 믿지 않았는데, 오

늘 보니까 그게 아니야! 넌 충분히 그러고도 남을 놈이야! 알았어? 넌
충분히 그러고도 남을 놈이라고!"

그 말을 맺는 순간이었다. 선희는 가슴에 인둣불이 지글거리는 양,
뜨거운 게 온통 살을 태우는 고통을 느꼈다.

아주 사색이 다 된 얼굴로 인철은 멍하니 자신을 바라보고 있었다!

"넌 충분히 그러고도 남을 사람이야." 그래, 그 말은 안 했어야 되는
데…….

이미 쏴버린 말의 화살이었다. 그 화살에 맞아 인철이 신음하고 있
는 것이다!

아무리 화가 나더라도 입에 담아서는 안 될 말이었다는 게, 잔뜩 찌
푸린 채 어쩔 줄 몰라 하는 인철의 얼굴에 씌어 있었다. 찌르르…….
후회가 가슴을 울리며 지나가고 있었다.

"……미안해, 본심은 아니었어!"

"……."

"정말이야! 믿어줘! 난 인철이를 믿는다고!"

"……그렇게 사과할 필요가 있겠어."

힘이 하나도 없는 목소리였다. 목소리에 분노나 서운함 같은 것도
담겨져 있지 않았다. 어깨를 축 늘인 채 시선마저 떨구고 인철은 힘겹
게 서 있었다.

한 순간에 인철은 무게를 상실한 허떡개비처럼 바람에 펄럭이고 있
었다. 산정에서 밑으로 내리치는 거센 바람……. 저 남자 저러다 바람
에 날려갈지도 몰라!

6. 산을 내려오니 산이 보이고……

여전히 두 사람은 입을 꼬옥 다물고 있었다.

지금 인철은 미칠 것만 같았다. 이제 다 끝났어, 다 끝났다고……! 그 말을 몇 번씩이나 자기 자신에게 해주면서 속으로 울고 또 울고, 이 젠 더 울 힘도 없었다.

2선에 선 사람들은 늘 1선을 바라보며 부러움과 묘한 질시를 느껴야 했다. 그리고 같은 동료라도 서 있는 층위가 달랐다. 턱도 없이 부당하게 하대를 받아야 하는 때도 종종 있었다. 게으르다고, 수정주의자가 된 게 아니냐고, 회의라는 마약에 중독된 폐인들이라고 공공연히 비난했고, 밑도 끝도 없이 불만만 늘어놓는 불평분자들이라는 게 그들이 자신들에게 가진 편견이었다. 그러한 것이 누적되면서 아예 1선 사람들을 만나는 것 자체가 싫어졌다. 엘리트 의식은 아니었지만, 대개 2선에서 활동하는 사람들이 1선에 선 사람들보다 개인적인 역량이 뛰어난 경우가 허다한데, 졸업하고 조금만 있으면 1선으로 간 이들이 득세하는 것이었다. 물론 그들의 노고가 훨씬 크고 어려운 건 자신도 잘알고 있었다. 하지만 2선 역시 어렵긴 매한가지였다. 1선은 그런대로 틀이 잡혀 1선에 투입된 인원들은 어느 정도 정해진 코스대로 움직여도 됐지만, 문화운동이고 언론운동이고 사회운동이고 정당 활동이고 간에 약간의 차이가 있을 뿐이었지 자신들 노선에서는 가는 곳마다 황무지였다. 조건이 열악하다고 해도 뜻을 같이하는 사람들이 모여 있으면 좀 수월할 텐데, 이건 그야말로 각개약진이었다. 뭐든지 자기들이 맨 마지막 최종 결정자가 되어서 움직여야 했다. 어느 정도 자율성이 보장된다는 것 말고는 아무런 장점도 없었다.

툭하면 소부르주아적 근성을 버리지 못했다는 등, 비판받기 일쑤였다. 어디서고 자문을 받을 데가 없는 그런 고충, 그 쓰라린 외로움을 알아주는 사람은 없었다. 이 사회에서 나 혼자만 고립되어 미친놈처럼 이러고 있는 게 아닌가, 하는 '무한고독의 늪'이란 말도 그저 퇴폐적인 감상으로 치부되고 마는 조직이었다.

문제는 거기에서 그치지 않았다. 노동 현장에 있는 사람들은 상시적으로 싸워야 할 목표가 정해져 있고, 그 한 가지 목표만을 바라보고 뛰면 되지만 밖에 나와서 활동하는 사람들은 자신들이 처한 환경 내에서 빨리 적응을 해야 했다. 그러다보면 아무래도 그곳의 관행을 익혀야 하는데, 그때마다 고민에 처해야 하는 심적인 갈등을 전혀 이해해 줄 생각을 않는 것이다. 꺼떡하면 소영웅주의, 소영웅주의자라고 몰아붙였다.

그 간격을 애정으로 메꿀 수 있을 것으로 초기에는 자신했지만 환경이 의식을 형성한다는 테제, 그대로였다. 어떻게든 더 사이가 벌어지기 전에 좋았던 관계를 회복하자, 그렇지 않다면 서로가 피곤해서 안 되겠다……. 오늘 산에 오게 된 동기도 그것이었다. 근 1년 만에 가져보는 두 사람만의 호젓한 시간이었다. 그런데, 이렇게 엉망으로 흐트러져버린 것이다.

정말 이러다가 헤어지는 것일까. 우리는 헤어지고 마는가? 답답하고 둘 사이가 원만하지 못해 냉기류가 흐를 때면 까짓 헤어져 버리지, 헤어지자! 숱하게 되뇌었지만 막상 이렇게 헤어질지도 모르는 순간이 바짝 코앞에 닥치고 보니 정신이 다 아득했다. 저 여자 없이 지낼 수 없다는 게 뼈저리게 실감났다. 그렇지만 저 여자가 자신을 용납할 수 있을 것인가……. 억장이 무너져 내리는 소리가 가슴에서 천둥소리를 내고 있었다. 하지만 선희 같은 원칙주의자가 없었다. 노선에서 결정한 사항이라면 무슨 일이 있어도 준수하고 실행하는 사람이었다. 자신이 저지른 일을 선희가 용서할 까닭이 없었다. 아까 선희가 자신을 달랬었지만, 그건 자신이 저지른 일에 대해서 정확히 모르기 때문이었다. 이야기를 다 듣고 보면 거품을 물고 까무라칠 일이었다.

"저, 저기……."

착잡하게 터벅거리며 걸어가던 인철은 선희가 부르는 소리에 고개를 들었다.

이제 말 걸기도 싫은 모양이지……. 하긴 그렇겠지!

시선이 마주치자 선희가 먼저 외면했다. 그 상태로 말을 했다.

"저기, 저 밑에 사람이 올라오는 것 같애."

사람……?이 산에 사람?

정말! 사람이 하나 자신들 쪽으로 빠르게 올라오고 있었다.

이 산에 들어 지금까지, 처음 만나게 되는 사람이었다. 아침 나절에 만난 일행은 산 밑에서 만난 것이었지, 산에서 만난 것은 아니었다.

아까까지만 해도 사람을 만나게 되는 걸 두려워했었지만 이제는 그런 마음도 없었다.

30대 초반으로 보였다. 사내 걸음은 어지간히 빨랐다. 저만치서 나타나는가 싶더니 어느새 두 사람 바로 앞으로 다가오고 있었다. 인철과 선희는 좁은 길목을 터 주기 위해 옆으로 바짝 붙었다.

"수고 많으십니다!"

산사람들의 의례적인 수인사!

"예! 수고 많으십니다."

더 다른 말은 없었다. 가까이서 보니 네모로 각진데다 딱딱하게 굳어 보이는 얼굴이었다. 사내가 곁을 스쳐갔다.

"저…… 잠깐만요!"

"……?"

사내가 힐끗 고개만 돌려 인철을 바라봤다.

"뭐 하나 여쭤볼까 하는데, 저 이 길이 제대로 된 등산로가 맞습니까?"

"그걸 내가 어찌 알겠소. 사람들이 다닐 수 있으면 길이지, 어디 따로 길이 있답니까?"

말을 마친 것도, 그 사내가 두 사람의 시야 밖으로 벗어난 것도 눈 깜짝할 사이였다. 삽시간에 왔다 삽시간에 그 사내는 사라져 버린 것이다.

인철은 그 사내가 돌아간 모퉁이를 한참 바라봤다. 왠지 공허한 느낌이 들었다. 이렇게 어렵게 만났는데, 그처럼 쉽게 가버리다니…….처음 만난 사람에게 그런 감정을 느껴보기도 처음이었다. 그만치 내가 쓸쓸한 모양이지. 인철은 쓸쓸한 웃음을 지으며 몸을 돌렸다.

"이상한 사람이네! 이 시간에 산에 올라간다는 거야……."

선희가 혼자서 중얼거리는 게 들렸다. 아닌 게 아니라 벌써 세 시가 훨씬 넘어가고 있었다.

"어! 저기 또 사람이 오네."

한 십 분 내려왔을까, 선희가 다시 소리를 질렀다.

이번에도 한 사람이었다.

아까 번 사내보다도 이 사내는 훨씬 더 걸음이 빨랐다. 뭐에 화가 났는지 씩씩거리며 사내가 올라왔다.

"거, 말씀 좀 물읍시다, 요 앞에 나맨치나 나이 먹은 남자 하나 안 올라갑디까?"

붉은 대추빛 얼굴을 한 사내였다. 옅은 술 냄새가 풍겼다.

"예! 조금 전에 한 분 올라가셨는데……."

채 말이 끝나기도 전에 그 사내는 휑하니 바람 소리를 일으키며 산으로 치달았다.

"물어봤으면 고맙다고나 할 일이지! 웬 사람이 저렇게 무례해."

선희가 촌평처럼 한마디 했다. 한 사람이 가고, 또 한 사람이 그 뒤를 쫓는다?

"좀 이상하지 않아?"

"그러게……."

"한 사람이 도망치는 거 아닌가? 저 사람은 쫓아가는 거고……."

"글쎄 그런 것도 같고……."

인철과 선희는 아까 다툼 이후 서로의 입을 묵묵히 봉하고 있었다. 갑자기 나타난 두 명 사내를 빌미로 자연스럽게 두 사람은 말을 잇게 됐다.

"아냐, 틀림없어! 앞에 사람도 좀 허둥지둥했잖아! 뒤에 올라간 사람 눈매가 심상치 않은 것도 그렇고."

하긴 이상한 산에 이상한 사람들이라……. 어울리는 이야기였다.

"뭣 땜에 저럴까? 같이 올라오다가 다투기라도 했나보지……. 아!"

말을 하다 말고 선희가 짧은 비명을 내질렀다.

"……저 말씀 좀 묻겠습니다."

아! 어느새, 다시 수그러든 고개를 치켜 올리던 인철 역시 짧은 탄식음을 빠르게 삼켜야 했다.

몇 발치 앞에 또 한명의 사내가 서 있었다. 저 사람도, 앞에 사람들처럼……?

"…… 무슨 말씀이신데요?"

저절로 목소리가 떨렸다.

"혹시 이 앞에 남자 두 명 안 올라갔습니까?"

역시……!

정중하고 낮은 목소리였다. 갈수록 일은 이상해지고 있었다.

"예! 따로 따로 한 명씩 올라가긴 했는데……."

"저, 그럼 한 사람은 어깨가 딱 벌어진 친구고, 또 한 사람은 얍씰해 보이지 않던가요?"

"맞는지는 모르겠네요……. 한 사람은 얼굴이 네모졌고, 한 사람은 술을 좀 마신 것 같은 얼굴이던데?"

"아! 맞을 겁니다, 사람마다 사람 보는 눈이 다르니까요……. 감사합니다! 그럼, 좋은 산행 되십시오."

그 사내 역시 앞의 두 명처럼 재빠르게 두 사람 곁을 스쳐나갔다.

"여보세요! 잠깐, 잠깐만요!"

인철은 화급하게 소리를 질렀다.

"왜 그러시죠?"

"아니……. 저 뭐 하나 여쭤볼려고 그럽니다."

"무엇을 물어보시려고?"

괜히 얼굴이 달아올랐다. 물어볼 게 뭐가 있다고.

"저……. 이 아래로 가면 길이 나옵니까?"

"예! 저쪽 모퉁이만 돌면 바로 천황봉이지요. 그럼……."

"아니……! 잠깐만요! 한 가지만 더 여쭐게요. 저희가 오면서 보니까 이 길은 사람 다니는 길이 아닌 것 같던데, 그거 알고 올라가시는 거예요? 앞에 가신 두 분은 워낙이 황망 중에 지나쳐서 말씀드릴 틈도 없었는데……."

"하하! 그거야 사람이 다니다 보면 그게 저절로 길이 되는 거지, 어디 처음부터 길이라고 하는 게 있답니까……? 그럼, 먼저 올라가겠습니다."

아까 첨 만난 사내와 비슷한 이야기!

마치 무슨 꿈을 꾸는 것처럼, 세 사람이 차례차례 나타났다 셋 똑같이 휭하니 사라져 버린 것이다. 그 사람들이 가고난 뒤에 여운이 남다 떠돌았다. 궁금함과 아쉬움이 함께 섞인 그런 여운이었다.

월남리가 먼 빛으로 보이기 시작하는 산 중턱마루에 도착하자, 이미 해는 어둑어둑 지고 있었다. 관목숲으로 빗겨 드는 노을의 붉은 기운은 애틋한 처량함에 물들어 있었다.

산의 해는 짧기도 짧다더니……! 마지막 올라간 사람이 이야기한 대로 곧 천황봉 밑에 도착해 지체하지 않고 바로 경포대를 거쳐 내려왔는데도 시간이 그렇게 흘러가 버린 것이다. 오는 동안, 인철은 참으로 많은 생각을 했다.

그리고 한 가지 얻게 된 생각이 있었다. 진짜는 진짜끼리 만나고, 가짜는 꼭 가짜를 만나게 된다고.

한번도 눈앞에 나타나지 않은 산행 초입의 사람들을 왜 깡패라고 생각했을까? 그만치 요즘 자신이 쫓기고 불안한 심정이었다는 반증이었고, 망상과 집착이었다.

자신이 그들을 의심하지 않고 외로운 길에 동행으로 맞을 마음의 준비가 앞섰다면 그들을 피하기는커녕 기다렸다가 길동무를 삼았을 것이다. 나쁜 생각을 품고 있으니까 사람들이 죄 나쁜 놈으로만 보인 것이다.

더 나빴던 것은 자신 역시 출신이 촌놈이면서, 그들을 촌놈이라고 욕하고 경멸하고 있었다는 것이다. 어쩌다 이렇게 되었을까. 아까 선희에게 홧김에 퍼부은 이야기도 그랬다, 같은 동료를 누구보다도 아껴야 할 사람이 그들을 인간 말종이나 되는 것처럼 나쁜 점만 부풀려 이야기하고……. 선희에게도 어떡하면 한 번 안아볼까, 흑심을 품고 바라보니까 도리어 다른 사람에게 강제로 앗기지나 않을까 하는 치졸한 생각을 품게 되고……. 이야말로 집착이 빚은 망상이었다. 야욕을 품은 사람은 다름 아닌 자신이었다.

또 왜 그렇게 동료를 매도하기에 주저하지 않았을까. 결국은 자신들이 어려운 상태에 처하게 되었기 때문이다. 그러니 서로들 신경이 일어설 대로 일어서서, 조그만 일에도 예민하게 반응하고, 그렇게 서로 다쳐 가고……. 자신들이 성경처럼 신봉하고 있는 책을 쓴 이들도 예측하지 못한 게 하나 있었다. 사회 발전 단계가 대량소비사회로 넘어가게 되면 그때부터는 변혁의지가 현격히 감소하는 것을 몰랐던 것이다. 내 쓰고 싶은 대로 쓰고 사고 싶은 것 사는데 왜 이놈의 세상은 이처럼 불평등한가? 생각할 필요가 없는 것이다. 물론 아직까지 그렇게 소비하며 사는 사람들은 이 사회에 소수에 불과하지만, 점차 그 인구가 불어날 게 틀림없었다. 더군다나 이 사회는 몇 번의 커다란 정치적 격변을 겪었다. 그것이 사람들에게 무관심을 종용하고, 날 새기가 무섭게 치솟는 물가며, 어디 먼 나라의 이야기처럼 들리지만 바로 주위에서 벌어지고 있는 일확천금의 이야기들이 자신들과는 전혀 닿지 않는 곳에 있음을 실감할 때, 사람들은 세기말적 현상에 편승하기 마련인 것이다. 그것이 일단 눈앞에 보이는 현상적인 것들만 추구하게 만든다. 과소비가 부르주아지층에만 국한되었을 때는 오히려 문제가 되지 않는다. 그것이 자본주의를 쇠퇴의 길로 끌고 들어갈 것이기 때문이다. 하지만 신분상승의 기회가 자본력에 의해 좌우되는 자신들이 몸담은 기층세력들까지 흔들려 버린 것이다. 그것은 과소비랄 것이 아니라 심각한 저항의 시위라고도 할 수 있었지만, 전혀 변혁세력에 도움이 되지 않는 것이었다. 양이 질을 변화시킨다는 이야기는 정말 명언이었다. 밤새도록 술 마시고, 아침엔 그걸 후회하고 그러면서도 또 저녁엔 술집으로 쳇바퀴 돌 듯 하는 도시인들의 삶. 농사 지어 봐야 일년 품삯도 나오지 않는 것에 대해 좌절하다 좌절하다 결국은 고향을 등지게 되는 사람들……. 어지간하지 않고선 이들이 변혁운동에 참여하기란 어려운 것이다. 이들의 불만이 폭발적으로 표출되는 것은 이미 우상화된 정치노름이나, 프로야구 같은 것뿐이었다. 또 대부분의 사람들은 그런 이야기에 물릴 대로 물려 완전한 무관심으로 일관한다. 이들에 의해 형성되기 시작한 소집단이기주의는 이미 자신들의 운동에 가장 커다란 장해요소가 되어 버렸다. 몸을 던져 일하고자 하는 사람이 없는 것이다.

그런데……. 이런 와중에 자신들이 누릴 수 있는 모든 것을 포기하는 희생을 감수하는 동료들! 그들을 오늘처럼 손쉽게 매도할 수 있단 말인가? 과연 나는 그럴 자격이 있는가? 그 무수한 생각을 하면서 인철은 산을 내려왔다.

이제 해결되지 않은 것은 하나밖에 없었다. 선희에게 사과하고 용서를 비는 일이었다.

"좀 쉬었다 갈까?"

선희가 바짝 몸을 구부려 배낭을 허리에서 어깨 쪽으로 치켜 올리고 있었다. 지금 이야기를 해야지, 이제 조금만 더 내려가면 월남리 부락이 나타날 것이고, 거기서 버스를 타게 되면 말을 꺼낼 기회조차 없을지도 몰랐다.

선희는 별 말 없이 인철을 한 번 바라보더니 가까운 바위에 걸터앉았다.

잠시 침묵이 흘렀다.

"이야기할 게 있어."

"……?"

"아까는 미안했어. 정식으로 사과할게."

"그건 나도 마찬가진데, 뭘."

선희가 입매에 웃음을 달고 대답했다.

"그리고……."

아무래도 망설여졌다.

"그리고 말야, 한 가지 고백할 게 있는데 말야……."

"잠깐만!"

인철의 말허리를 선희가 뚝 잘랐다.

"내가 먼저 이야기할 게 있는데, 그 이야기부터 들어줄 거야?"

"아니, 나부터……."

"아냐! 나부터 해야 돼!"

"……."

"난 내려오면서 아까 그 세 사람들이 뭐 하는 사람들인가 생각을 해 봤거든. 두 사람이 원수지간이고 마지막 사람은 두 사람을 화해시키려는 사람일까, 아니면 셋이 모두 함께 쫓기는 사람들은 아닐까? 급하고 쫓기다 보니까 서로 흩어져 만나기로 약속한 장소를 찾아가는 것이 아닌가……. 별 생각을 다했어."

"……?"

"그런데 말야. 조금 시간이 지나니까 그럴 필요가 있을까, 그런 생각이 드는 거야. 왜 그런 생각이 들었냐 하면, 우리를 저들이 봤을 때는 어땠을까 싶기도 했고, 그때 우리는 막 싸우고 내려오는 길이라 남들이 보기에도 심상치 않았을 거야. 우리는 둘 다 화나면 그걸 얼굴에서 감추지 못하잖아! 또, 그건 그렇다치고……. 사람은 말야, 어쩌면 자신에게 닮은꼴을 남을 통해서 보는 것 아니겠어? 그들을 보니까 마치 우리 같더란 말이야. 그들 처지가 어떻고, 그들이 지금 왜 서로를 찾아, 쫓고 쫓기는 것인지도 모르지만, 그렇게 다니는가? 그런 게 아닐까, 미움이든 사랑이든 사람들은 자기 가까운 사람들에게 먼저 쏟아붓게 되는 그런 거 말이야……."

195

선희 이야기는 계속 흘러나왔다.

"……사람들은 궁지에 몰리면 자신을 궁지에 몰아넣은 적을 향해 대드는 게 아니라, 옆에 선 동료에게 적개 어린 이빨을 들이대는 모양이야. 허망하게도 그렇게 자중지란이 일어나고 동료가 동료를 의심하고 헐뜯고, 그래서 같이 무너지고……. 알고 보면 우리 조직도 그렇게 몇 번씩이나 풍비박산났잖아. 인철이 불구속으로 처리한 거 저놈들이 머리 쓴 거야! 인철이를 의심하게 만들어서 우리끼리 이간질시키려는 수작이 아니겠어. 왜 이렇게 됐지? 잡혀 들어갔다 하면 의심하게 되잖아? 잡혀 들어간 사람은 잡혀 들어간 사람대로 고생하고 밖에 있는 사람은 결국 자기들도 잡혀 들어갈 텐데도 잡혀 들어간 동료를 의심하게 되지, 그 사람이 만일 나머지 동료들이 생각한 형량보다 더 적은 형량을 받는다면 말이야……."

"그게 아니야! 그게 아니라고!"

인철은 더 참지 못하고 격렬하게 큰 목소리로 소리쳤다.

하지만 전혀 인철의 반응에 구애받지 않는단 태도로 선희는 제 이야기를 이어갔다.

"난 또 지금 그런 생각이 드는데, 만약 밑에서 우리를 바라보고 있는 사람이 있다면 우리를 무어라고 느낄까?" "……선희 네가 못 들은 척한대도 좋아, 난 이야기할 게 있어! 선희 너는 몰라! 난 정말로 무서웠다고. 육신의 고통을 정신력으로 버팅긴다는 게 사실은 불가능하다는 것을 그때사 깨달았어."

"……밑에서 보면 이 산에 사람이 있다고 느껴질까? 이 산의 나무 한 그루, 지는 노을, 수천 년 움직이지 않는 바위, 흘러가는 구름…….

196

그것들과 함께 있는 이 산! 아마 저 밑에서 이 산을 바라본다면 이 산의 모든 것들이 다 산으로 보일 거야, 우리까지도 말이지……."

"선희야! 제발 내 말 좀 들어! 근데 어떻게 된 줄 알어? 무지막지하게 쥐어 패는 그놈들이 미워지는 게 아니라, 만나기만 하면 날 씹어대던 그 선배, 후배들의 얼굴이 더 미워지는 거야! 사실 난 죄가 없다! 난 기껏 문화운동이나 한다고 깝죽거리는 주제다, 그런데 왜 나를 못살게 구는 거냐? 늬들이 족쳐야 할 건 내가 아니고 누구 누구다! 다 불어버리고 싶더라고……."

둘은 경쟁하듯 서로 맘에 담아둔 말을 끄집어냈다. 두 사람이 지르는 목소리가 계곡에서 서로 맞부딪쳐 심한 메아리를 울렸다.

인철은 또 한 번 미칠 것 같았다. 가슴이 벌렁벌렁, 마구 말은 뛰쳐나오는데 선희는 전혀 딴죽이었다. 인철의 목소리가 격하게 흘러나올 때마다 잠깐잠깐 주춤거리기는 했지만, 선희는 목소리까지 차분하게 가라앉아 있었다.

"인철아, 정말 우리는 여기서 이대로 산의 돌멩이 하나가 되는 거야! 바람은 바람대로 저렇게 수천 년을 흘러가고 저기 저 나무들은 여기 한 인간이나 한 세대의 삶이 다 보지 못한 역사를 증언하며 서 있는 것처럼, 햇살은 밤이 되어 물러나게 되는 것을 서운하게 여기지 않고, 내 아침 다시 동녘 하늘에서 해후해야겠다는 격정의 회오리도 없을 것이며, 언제나처럼 자신들의 희귀선을 따라 영원히 흘러 흘러갈 거야! 그리고 다시는 돌아오지 않겠지! 애잔함도 역시 같이 흘러가 버리고……."

"……그래서 난 결국 그들 중 몇 명을 불었어! 말야, 바로 내 후배들을!"

인철은 목이 터져라, 선희를 향해 악을 썼다.

"난 배신자야! 동료를 팔아넘긴 배신자라고!"

선희가 잠시 말을 멈추고 인철을 물끄러미 쳐다보더니, 곧 고개를 치켜들어 먼 산으로 눈길을 돌렸다.

"난 그런 생각도 드는데, 인철아! 이 산은 살아 숨쉬고 있다, 지금 우리가 무슨 생각을 하고 있는지 이 산은 다 짐작을 하고 있으면서도 내색을 않는 거야! 다만 자신의 몸을 한 번 흔들어 보이지! 그래서 우리는 오늘 이렇게 힘들었던 것 아냐? 한때 사람들은 이 산비탈에 의지하여 살아간 때도 있었다. 이제 사람들이 그 은공을 죄 잊고 돌아서 풍진 속에서 허우적거리다, 풍진에 너무 더렵혀졌다 싶으면 그제야 그 먼지를 잔뜩 끌고 와서 이 산에다 털어놓고 가게 되었지만, 그래도 산은 아무 말 안 해! 더러운 먼지를 버리고 간다고 해도, 그 덕으로 저 사람이 세파 속을 헤치고 가길 바리기만 하겠지……! 인철이가 지금까지 무슨 이야기를 했는지 모르겠는데……. 난 들은 바도 없고, 앞으로도 듣고 싶지 않아!"

인철은 끝내 눈물범벅이 된 얼굴로 선희를 바라봤다.

선희 얼굴 위로 여리게 노을이 내려앉아 발그스레 빛났다. 선희의 깊은 눈망울엔 그늘진 산자락이 찬찬히 내려앉고 있었다.

'네가 이야기 말라니까 더 이야기는 않겠어! 왜 옥쇄하지 못했나, 이처럼 와전瓦全된 삶을 살아야 하는가? 나와서 고민을 했지. 그런데 그게 또 무디어지고 나를 의심하는 놈들에게 난 아니다 거짓말을 하다 보니까, 그게 또 진짜처럼 떳떳해졌던 거, 난 그거까지 네게 털어놓고 싶었는데…….'

7. 월출

산은 이제 어둠에 잠겼다. 한쪽 산마루를 넘어 달이 떠오르고 있었다. 달빛은 산정을 조요하고, 산은 가끔씩 자신의 손을 흔들며 달을 향해 몸짓했다.

월남리에서 경포대 쪽으로 가는 길에도 달빛이 비쳤다. 길섶 억새밭에 달빛이 눈가루처럼 뿌려지자, 그것들은 바람에 실린 듯 흔들리고 있었다.

아…… 좀더 자세히 보자! 무언가 눈부신 게 있잖은가!

사람……?

남자와 여자가 서로 엉켜 마치 하나처럼 보이고 있었다.

사내는 굴강한 등허리에 마악 힘을 모으는 중이었고 하얀 여자의 허벅지가 잔잔히 떨리고 있었다.

여인의 눈을 보라!

가득 달빛이 차올라 휘황하게 반짝이지 않는가!

월출산 둔덕에 머물러 두 남녀를 내려다보던 달빛은 이제 영암만으로 달려가고, 놀라 잠을 깬 물새들이 끼룩이며 이른 날갯짓을 시작했다.

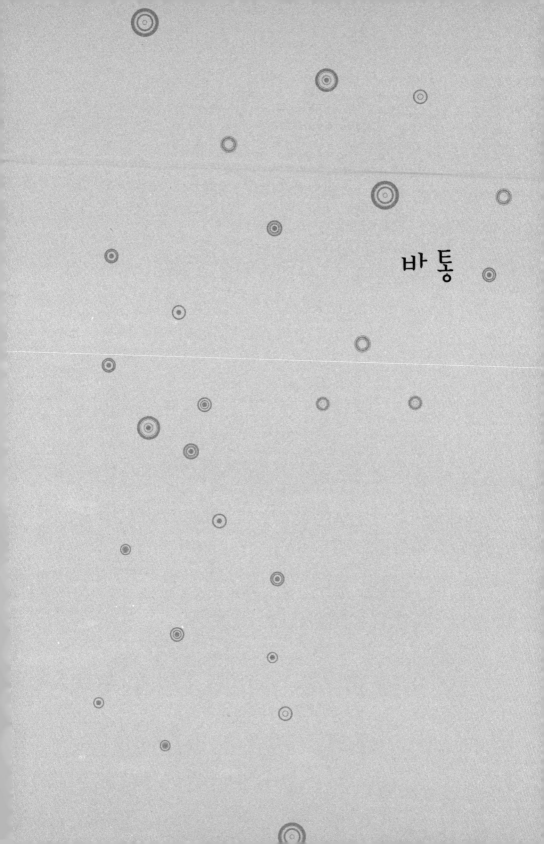

바통

1

'조……심……해……요……'

……언제였던가, 폐정廢井을 본 적이, 하릴없이 그 폐정을 내려다봤던 일이, 무슨 소린가 들린다 싶어 쭈뼛 소스라쳤던 때가, 마른 우물은 저 혼자서 그렇게 우는 때가 있다고 말했던 건 도대체 누구였더라……. 그런 소리, 우물이 마르면 그게 공명통이라, 땅울음 소리가 들릴 때도 있어… 당최 거리를 짐작할 수 없어 가까운 듯 오히려 더 몽롱해지는 소리…….

어쨌건 방금 전 '조심해요' 라고 말한 목소리는 아내의 것이었다, 그건 분명했다. 좀 느린 듯, 약간은 신경질적인 근이 섞인 목소리…….
하지만 대체 뭘 조심하라는 것일까, 뭘……? 어지러웠다. '조심' 이라는 말이 지시하는 구체적 대상이나 행위가 무엇인지 떠오르지 않았다.

그냥 일상적으로 들을 수 있는, '술 좀 조심해요'와 같은 말은 너무 느슨하다. 하다 못해 '운전 조심해요'라도 되어야 하지 않을까……. 조심해요…….

잘 모르겠다. 아내는 과연 내게 그런 말을 했었던가? 한 것 같기도 하고, 오는 내내 우리는 한 마디 말도 하지 않았던 것 같기도 하고……. 그렇다면, 내 머릿속 이곳저곳에서 되울리는 '조심해요'는 혼인 후 이제껏 들었던 아내 잔소리의 잔향 같은 것인가, 그런 것인가……. 그렇잖아도 어지럽던 머릿속이 쓸데없이 꼬리를 무는 그런 생각 때문에 더 지끈거렸다.

얼마나 졸았던 것일까? 묵지근한 고개를 쳐든 뒤에도 한참 있다가 눈을 떴지만 아까 눈에 익힌 풍경은 여전했다. 비상구 표시를 제외하곤 불 꺼져 있는 병원 복도, 바짝 끌어올린 옷깃을 두 손으로 단단히 움켜쥔 채 잠들어 있는 아내의 모습 또한 변함없었다. 한 시간 쯤 졸았는지, 아님 그저 한 오 분쯤 지끈거리는 머리가 가수假睡 상태를 원했던 것인지……?

그래……. 어리둥절한 표정 지을 필요 없다. 이런 게 처음도 아니잖아. 저렇게 단단히 옷깃을 여민 아내가 내게 말을 건넸을 리 없었다. 피곤하고 몽롱한 탓이다. 언제 들었는지 가늠조차 되지 않는 아내의 목소리가 내 머릿속에서 울리는 것도 그 때문이다, 그럴 것이다.

3시 48분.

휴대폰 LED 창에 눈 시린 청색광이 떠올랐다. '부재중 전화' 표시는 없었다. 아직 경해는 오지 않은 것이다. 경해의 전화를 받았던 시간은, 오늘 8월 28일, 새벽 1시 13분. 그 뒤로 2시간 35분 째, 경해는 연락 두절이었다.

1시 13분.

그 시간을 부러 기억하려 했던 것은 아니다. 경해가 전화를 통해 '꼴보'의 소식을 전하던 그 순간, 내 시선은 여전히 TV 화면에 못 박혀 있었고, TV 화면의 왼쪽 윗편에는 그 시각이 표시되어 있었다. 하긴, 기억나는 숫자가 그 시각만은 아니다.

미국팀 2번 주자, 메리언 존스 배번 3293.

3번 주자, 로린 윌리암스 3363번.

그들이 바통 터치에 실패한 시각, 19초 82, 83, 84의 찰나.

이런 숫자들, 아직 뇌리에 남아 있다.

……이번 중계에 투입된 트래킹 카메라는 100미터를 7초에 주파한다. 2000년 시드니 올림픽 중계를 기점으로 국내 지상파 방송은 슈퍼 슬로우 모션 캡쳐 편집이 가능한 기기들을 갖췄다……. 라디오 PD라고 해도 이 정도는 상식이었다. 내가 전화를 받았던 그 순간엔 벌써, 그 최첨단 기기들은 0.01초 단위로 계측되고 재현되는 슬로우 비디오를 세 번째 방영하고 있었다. 그저 멍하니 화면을 바라보고 있던 내 동공에는, 나도 모르게 그런 숫자가 각인되고 있었던 것이다. 이 숫자들 중 어떤 건 오래 내 머리에 남아 있게 될지도 모른다. 0902, 9701……. 대한민국 성인이라면 누구나 자신의 주민등록 번호를 아무 생각없이 줄줄 욀 수 있는 것처럼 내 머릿속에는 이런 숫자들이 떠돌아다닌다. 이게 내가 전에 사용했던 전화 번호였는지, 차량 번호, 군번의 일부였는지 그 번호가 지시하는 의미 체계는 사라졌다. 다만, 그 숫자들만이 뚜렷할 뿐이다.

……학창 시절, 단체 관람했던 3류 호러물의 한 장면. 죽은 자의 동공엔 그가 세상에서 마지막 본 풍경이 필름처럼 박혀 있다, 요마妖魔를 물리칠 수 있는 능력을 가진 신부神父가 피살자의 풀린 동공을 뚫어지게 쳐다본다, 거기 떠오르는 얼굴이란……. 왜 그랬는지, 단체 관람만 했다 하면 너나 할 것 없이 껌을 그렇게 씹어댔다, 어두컴컴한 극장 안에, 짝— 딱— 쩌억 울려 퍼지던 껌 씹는 소리. 숨 막히는 장면에서는 유독 그 소리가 더 시끄러웠다. 그러다가 아악—! 소리 한 번 지르고 다시, 짝! 따악! 쩍! 쩝……!. 난 시끄럽고 단순 유치한 소음들의 단속斷續이 싫었다. 극장이 싫으니 영화도 싫었다. 어쩌면 그런 경험의 누적이 나로 하여 TV를 기피하게 했는지도 모르겠다고, 언젠가 '꼴보'에게 말했던 것 같다.

…… 했던 것 같다. 그렇다, 사람의 기억이란 참 허무한 것이다. 안 했는지도 모른다. 혹은, 그 말을 했더라도 그걸 들은 사람이 경해였거나 아내였을 수 있다. 아까처럼, 손에 잡힐 듯, 닿을 듯 아슬아슬한 순간의 선명한 기억도, 언젠간 다시 기억하지 못할 망각의 무저갱에 빠지고 말 것이다.

왜 미국 여자 계주팀은 바통 터치에 실패했을까, 전화를 받던 그 순간 나는 그런 생각을 하고 있었을까……. 그랬을지도 모르나, 어쩌면 난 오래 묵은 궁금증에 사로잡혀 있었을 것이다.

비디오는 슬로우로 흘러가는데 소리는 정상적인 속도를 유지하는 것.

난 그 불일치의 기술적 매커니즘을 지금도 이해하지 못한다. 어쩌다 방송국 동료들이 단체로 호프집에 몰려가 함께 축구 중계라도 보게 되는 경우, 특히나 거기 엔지니어가 끼어 있는데, 골인 되는 장면이 재차 삼차 슬로우 비디오로 다시 흘러나올 때면, 난 평소 데면데면했던 그 엔지니어의 손목이라도 붙들고 도대체 어떻게 저럴 수 있느냐고 묻고 싶은 강렬한 충동을 느끼곤 했다.

물론, 이제껏 한 번도 그런 적은 없었다. 명색이 피디라는 사람이 그 것도 모르느냐, 그런 눈빛으로 나를 볼 거라는 예단도 언짢은 것이었 지만, 난 그게 어떤 것이든 간에 누군가에게 신세를 졌다는 마음의 짐 을 내 스스로 내 가슴에 부려놓는 일, 하고 싶지 않았다.

아니다, 이것도 아니다……. 내가 이제껏 그걸 묻지 않은 진짜 이유 는, 슬로우 화면에 정상적인 속도의 음성이 함께 하는 이질적인 장면 을 접할 때마다, 궁금증만큼이나 강렬한 쾌감 같은 것을 느꼈기 때문 일 것이다…….

그래, 소리만이 정직하다. 사람은 저렇게 느리게 말할 수 없다. 동작 은 편집 재현될 수 있지만, 소리는 왜곡, 재현되지 않는다…….

설령 그게 터무니없고, 하찮은 승리감에 불과할지라도 난 그렇게 믿 고 싶었다. 당장 내가 최근까지 사용했던 구형 마이크로 테잎 녹음기 만 해도, 'Play' 버튼과 'F.F' 버튼을 함께 누르면 마그네틱 테잎에서 는 무딘 칼끝에 긁히는 불쾌한 소음이 쏟아졌다. 치리릭, 칙찍, 칙…….

그럼에도 내 생각은 수정되지 않았다. 난감했지만 난 금세 다른 대 답을 찾아낼 수 있었다…….

그래, 이것이야말로 정직하다는 반증이야. 소리는 제 속도보다 느리 거나 빠르면 찢어져버린다고, 남에게 훼손되느니 차라리 제 얼굴에 칼을 긋는 거지…….

나는 정말 그 장면에 몰입했던 것 같다. 올림픽 5관왕이 기대된다던 미국 여자 선수의 뜻하지 않은 실수에 대한 호들갑스러운 관심이라기보단 잠이 안 왔고, TV를 틀었고, 그때 중계가 있었을 뿐이지만……. 바로 그 때문에 난 TV 앞에 무아지경이었다. 기억할 만한 장면은 연출되는 게 아니다, 흘러오고 흘러간다. 마침 포착하면 각인되는 것이고, 놓치면 나와는 무관한 풍경…….

처음 중계를 봤을 때도 그랬다. 도대체 무슨 영문인지 알 수가 없었다. 전세계 스포츠계가 여자 육상 5관왕으로 등극할 것을 기대하는 선수가 미국팀 2번 주자로 뛴다는 멘트가 긴박하게 흘러나왔고, 스타트 총성이 울렸고, 1번 주자들이 뛰쳐나갔다. 1번 주자가 2번 주자에게 바통 터치하는 데 걸린 시간은 채 10초도 되지 않은 찰나였다. 그 짧은 틈에도, 아나운서는 올해 미국 여자팀의 기록이 41.47로 결승에 오른 다른 팀들보다 무려 1초 이상 앞선다는 말을 하고 있었다. 크레인 카메라로 레인 전체를 보여주던 화면은, 2번 주자에게 바통 터치되면서 즉각 트래킹 카메라로 바뀌었다. 아닌 게 아니라, 미국팀 2번 주자는 훤칠하게 늘씬했고 누구보다 빨랐다. 곡선 주로를 빠져나오기 전까지는 잘 모르겠더니, 직선 주로에 들어서자 순식간에 옆 레인 선수를 2~3미터 뒤로 따돌리고 선두로 뛰쳐 나갔다…….

맹렬한 기세였다. 빠르다는 건 단순 반복 운동을 가장 효율적으로 해낸다는 것. 불필요한 일체의 동작이 모두 배제된 손과 발의 놀림. 1/100초 단위로 계측되는 화면 속으로 질주해 나가는 미국팀 2번 주자의 놀라운 스피드가 오히려 비현실적인 느낌을 자아냈다.

뛴다는 건 온몸을 허공에 내던지는 것, 발굽을 세운 앞꿈치에 가속이 붙은 자신의 체중을 모두 싣고 박차 오른다. 역시 1/100초 단위겠지만, 그렇게 공중에 체류한다……. 그리고, 그 속도와 그 체중 그대로 지표면에 정면 충돌……. 아무리 비싼 운동화를 신었다고 해도, 저건 뼈로 부딪치는 거다, 거기서 생기는 반탄력으로 다시 도약……. 문득 저렇게 무서운 기세로 뛰어오르고 착지하다 보면 몸에 금이 가지 않을까, 하는 생각마저 들었다.

'저들은 그런 생각을 하지 않을까……. 뛸 때마다 몸에 금이 간다는 것. 나 같은 범인은 제자리 점프만 한 번 해도 온몸이 욱신거리는데, 날마다 수백 번씩 날아오르고 추락하길 반복하는 저들은, 곧 자신의 몸에 금이 가는 듯한 충격이 온다는 것을 알면서도 몸을 솟구치는 것이 두렵지 않을까……? 알겠지, 그 충격과 그 충격에 대한 두려움의 강도強度를 그들이 왜 모르겠는가……? 알면서도 뛰는 거지, 그걸 감당하는 것이 제 몫이라는 것을 그들은 알고 뛰는 거겠지…….'

그같이 부질없는 생각을 하는 짧은 틈에도, 아나운서와 해설자의 목소리는 계속해서 내 귓전을 울리고 있었다.

"단거리 선수들은 뛰는 동안에 한 숨도 들이쉬지 않는다죠?"

"예, 그렇습니다. 100미터 같은 경우, 정말로 단숨에 뛰거나 딱 한 호흡에 뛰는 선수들이 대부분입니다. 한 호흡 차이라는 것이……."

그 짧은 순간에 쏟아지는 저 질문과 대답들, 저런 목소리가 없다면 스포츠 중계를 사람들이 시청할까, 만약 무성無聲으로 저 화면을 본다면 지금의 이 긴박함이 느껴질까, 생각하는 동안에도 내 머릿속 부질없는 생각 또한 끊임이 없었다.

209

'숨을 참고 뛴다는 건 온몸에 산소 공급이 되지 않는다는 것. 이제 껏 들이쉰 숨만으로 뛴다는 것. 이제껏 살아왔던 것에 무엇 하나도 더 보태지 않고, 그대로 앞을 향해 달려간다는 것……'

"아니, 저게 무슨 일이죠?"

"녜???"

갑자기 아나운서 목소리가 커졌다. 화면에 잠자듯 못 박혀 있던 내 눈동자 또한 그 소리에 화들짝, 수선스러워졌다.

TV 화면은 크레인 카메라가 잡은 장면으로 전환, 3번 주자들이 벌써 5~60미터, 4번 주자에게 근접하고 있었다.

"아, 이게 웬일입니까? 5레인 미국팀, 3번 주자가 보이지 않는데 요……? 4레인? 6레인? 4레인인가요?…… 아! 4레인 자메이카, 자메 이카가 선두입니다. 자메이카! 자메이카 맨 먼저 바통 터치에 성공했 습니다……."

무슨 일이 벌어졌는지, 도무지 알 수 없었다. 미국은 어디 가고 웬 자메이카……? 사태를 파악하기까지는 5~6초 남짓, 시간이 필요했 다. 아나운서가 '자메이카 선두'를 외치는 동안, 해설자가 침묵하고 있었기 때문이다.

"아……! 미국팀 바통 터치에 실패했네요!"

말이야말로 달리는 말馬이다. 5레인을 제외한, 1레인부터 8레인까 지 나머지 7명의 선수들이, 또다른 7명을 향해 바통을 넘겨주고, 새로 운 주자 7명이 결승선을 향해 뛰쳐나가는데도, 화면엔 긴박한 느낌이 없었다. 생동감 자체가 급속히 소거된 화면. 왜 5레인을 달리는 선수 가 없는지, 그게 궁금할 따름. 화면에 박진감이 돌아온 건, 해설자가

210

입을 뗀 바로 그 순간. 어쩌면 마침 그때, 일그러지는 선수들의 안면 근육 움직임까지 다 잡아내는 트래킹 카메라 화면으로 바뀌면서 발생한 착시 현상 때문인지도 모르지만, 해설자가 입을 열기까지 내 궁금증은 터질 듯 숨 가빴다. 말이 이어져야 화면도 달리는 거다.

현장의 카메라맨부터 편성 피디, 아나운서, 해설자를 거쳐 시청자인 나까지 그 중계를 지켜보던 전세계의 시청자들은 집단 환각에 빠진 것처럼, 그 10여 초 동안 우승자보다 5레인이 궁금했었다.

그리고, 미국팀의 바통 터치 실패……. 궁금증이 풀렸다는 것을 아는 순간, 경기는 이미 끝나버렸다.

"아테네 올림픽 스타디움, 이변이 일어났습니다! 강력한 우승 후보 미국이 바통 터치에 실패하는 바람에, 4레인 자메이카 팀 1위로 들어왔습니다."

잠시 잠깐, 내가 자메이카 국민이라면 저런 중계 아나운서 멘트를 어떻게 받아들일까, 하는 생각이 들었지만, '이변, 이변'이라고 말하면 이변으로 받아들여야 하는 것이다. 중계자의 말 한 마디는 시청자들의 관심을 단숨에 하나로 묶어버린다. 음속, 1초에 340미터. 대기 중 전파의 속도는 1초에 30만 킬로미터, 마하 882353의 속도이다. 당연히, 아나운서의 목소리는 광속으로 시청자를 지배한다. 거부할 틈이 없다, 이것이야말로 편재遍在하는 목소리이다.

어느새, 화면은 이변을 재현하고 있었다.

— 미국팀 2번 주자는 키가 컸고 3번 주자는 상대적으로 작은 편.

내가 그 화면을 다시 보면서 생각한 바통 터치 실패의 원인 그것이었다.

이 날 단 한 순간을 위해 이들은 몇 번이나 바통 주고 받기 연습을 했을까, 수 천 , 수 만 번……. 하지만, 연습은 연습일 뿐이었다. 내가 보기에, '테이크오버 존' 에 들어오는 순간, 2번 주자와 3번 주자는 서로 상대방을 의식했다. 2번 주자는 키가 작은 3번 주자를 배려해 손을 낮게 뻗었고, 3번 주자는 가속을 붙이는 그 순간에도 2번 주자의 신장이 자신보다 크다는 것을 의식해 손을 높이 뻗었다. 또, 하나는 속도를 줄여야 했고, 하나는 차고 나가야 했다. 한 번 어긋나기 시작하니 걷잡을 수 없다. 보폭이 다르고, 팔의 길이가 다르고, 0.01 단위의 세분 동작이 달랐다. 3번 주자가 안타깝게 보이지 않는 허공에 손을 뻗을 때, 2번 주자의 손에 든 바통은 바로 그 몇 센티미터 밑, 또다른 허공에 제 머리를 들이밀고 있었다.

신장 차이에 대한 배려라면 배려였고, 불신이라면 불신인 순간의 엇갈림.

재차 2번 주자가 내던지듯 바통을 들이밀었지만, 3번 주자의 손은 더 크게 허공을 내저었다. 당황한 3번 주자가 돌아보며 세 번째 손을 내저을 때, 이미 그녀의 발은 터치 존을 벗어나고 말았다. 릴레이에서는 20미터로 한정된 테이크오버 존에서만 바통을 주고 받는다……. 엄격한 제한. 누가 정했는지 알 수 없지만, 정해진 이상 그 누구도 예외일 수 없다, 왜 여기 와서 언제 죽는지도 모르고 살아가지만 누구도 피할 수 없는 인간의 운명처럼…….

실격이다!

이변의 내용이 확인되자, TV는 더 수선스러워졌다. 화면에는 1위 자메이카, 2위 러시아……. 스팟 자막이 떠오르고 있었지만, 아나운서

는 연신 '미국 실격패'만을 거듭 전하고 있었다. 가치중립적인 화상
정보와 어긋나는 음성 정보. 저 아나운서는 지금 선택 가치를 전달하
는 것이다. 처음부터 이번 릴레이의 중계 가치는 5레인의 2번 선수에
게 있었던 것, 하필 그 선수가 바통 터치 실패의 주인공이 됐으니 중계
자가 저처럼 열을 올리는 것도 당연했다. 의심의 여지없이 금메달을
목에 걸 것으로 예상됐던 선수가 실격패를 했다는 것. 이제 뉴스는 새
로워졌다.

이변, 이변……. 스포츠의 세계에는 이변이 끊이지 않고, 그로 인해
스포츠는 흥미롭다고 해설자가 끼어들었다, 저처럼 무성의하면서도
정직한 말이 또 어디 있을까.

알려고 하지만 알 수 없는 일, 삶이란 다 그런 것이다, 라는 정의定義
도 정의에 해당하는 것일까, 그런 생각을 할 때…….

경해의 전화가 울렸다.

"꼴보가 죽는갑다……."

그때, 경해의 그 첫 마디도 내게는 슬로우 비디오처럼 느리게 들렸
을 것이다. 사람이 무슨 이야기를 듣고, 그 이야기가 무엇인지를 판단
하고, 그에 관련된 반응을 뇌리에서 찾아내고 하는 데 걸리는 시간은
얼마나 될까, 그것도 음속이나 광속처럼 측정되는 것일까. 당사자는
그 속도감을 느낄 수 있을까.

"술을 너무 많이 처먹어 갖고 간이 다 녹아내렸단다. 큰 병원에 갔
더니 벌써 복수腹水가 차올라 틀렸다고, 도로 데려가라고……. 읍내 들
어서서 바로 우회전하면 병원 하나 있다, 그리 옮기는 모양이다."

경해는 내게 전할 말은 다 한 셈이었지만 난 아무 것도 듣지 못한 것

이나 마찬가지였다. 바짝 마른 경해의 목소리엔 어떤 판단도, 감정도 실려 있지 않았고, 나도 그랬다. 슬퍼해야 하는 것인지, 화를 내야 하는 것인지, 궁금해야 하는 것인지……

TV에서는 여전히 슬로우 비디오가 흘러가고 있었다.

2번 주자, 보폭을 줄이며 바통을 내민다.

약간 엉덩이가 뒤로 빠진 3번 주자, 손을 내민다…….

닿지 않는다…….

다시, 한 번 더…….

역시 닿지 않는다…….

'더 빨리'는 평범한 우리들이나 TV 속 유명 선수에게나 공히 주박 呪縛이다.

'더 멀리' '더 빠르게' 달리겠다는 욕망이 아니라면, 테이크오버 존을 벗어날 리 없다. 더 빨리, 더 빨리……. 하는 사이, 우리에게 주어진 어떤 시간도 순식간에 지나간다. 내가 너에게 가 닿아야 하는 시간, 내가 나에게 넘겨줘야 하는 그 무엇……. 그런 걸 돌아볼 틈도 없이 누군가는 10대에서 30대, 40대로 건너뛰었고, 또다른 경계마저도 이탈하려 한다.

결국, 테이크오버 존을 벗어난 3번 주자와 건네지지 않은 바통에 클로즈업…….

'이제 더 되풀이하지 않아도 된다, 바통 터치는 이뤄지지 않았다!'

울컥 울화가 치밀었다……. 저것 때문이었던가.

2

그 물건은 차 트렁크에 그대로 있었다. 이제야 나를 찾았냐는 원망도, 이제라도 반갑다는 인사도 없었다. 거무튀튀한 어둠, 단단하고 묵묵한 살기…….

이제 영원히 돌려주지도 못할 형편이었다. 지리산에서 돌아와 배낭을 정리하던 중, 이게 튀어나왔다. 이틀 동안 눈에 익은 것이긴 했지만, 그건 분명히 내 것이 아니었다. 채욱의 것이었지만, 또 채욱이 말대로 하자면 채욱의 것이랄 수도 없었다. 10여 년 전, 농민대회 현장에서 우연히 습득한 것이라고 했다. 사복 경찰들이 비수처럼 품고 있다 시위대와 격렬한 근접전이 벌어지면 휘두르는 삼단봉. 평소에는 20센티미터 정도 길이밖에 되지 않았지만, 확— 뿌리면 안에 숨어있던 2단 스틱이 튀어나와 사람 팔뚝 길이만한 흉기로 돌변하는 물건이었다. 그걸 경찰에게 돌려주기도 그렇고, 무슨 전리품인 양 농민회 사무실에 둘 수도 없어 버릴까 하다, 의외의 용도를 발견했다는 것이었다. 산을 오를 때, 들고 다니면 그만이란 것이었다. 얄팍하게 보이지만, 강철 파이프보다도 훨씬 단단한 재질이어서 땅을 팔 때, 텐트 팩을 박을 때나 잡목을 쳐내기에도 유용할 뿐 아니라, 오르막에서는 등산 스틱 대용으로도 쓸 수 있고, 원래 호신용이니 혼자 산을 오를 때 든든한 마음도 들고…….

하지만, 내가 보기에 그건 산행에 별 쓸모가 없는 물건이었다. 스틱으로 쓰기에는 아무리 봐도 길이가 짧았고, 삽이나 곡괭이 대용으로 쓰기에는 끝이 너무 뭉툭했다. 아닌 게 아니라 팩 박을 때나 그럭저럭

215

제 몫을 할 것 같았다.

아니라고 했지만, 채욱은 그걸 일종의 전리품 삼아 은밀히 소지하고 있는 것처럼 보였다, 전장의 상처를 드러냄으로써 자신의 참전 사실을 알리는 상이용사처럼, '나도 한때는 이걸 휘두르는 자들과 맞서 싸웠던 사람이다' 라고 말하고픈……

산행 내내 한사코 술자리를 피하던 모습과 짬짬이 배낭에서 그 단봉을 꺼내 만지작거릴 때, 좀 더 유심히 살폈어야 했던 건 아닐까. '내 배낭에 네 물건 있다' 고 전화했을 때, '너는 아직도 그렇게 청간스럽냐? 다음에 만나면 돌려 줘!', 산행 때 애지중지하던 것과는 사뭇 상반된 대답을 했을 때 아무런 기미도 감지 못하고 고작 '자식, 청간스럽기는 누가 더 청간스럽다고' 그딴 소리나 하다니…….

따지고 보면, 처음도 그랬다. 느닷없이 전화를 해서는, '아홉 수가 고비라는데, 내년이면 우리도 마흔, 그 전에 지리산이라도 한 번 다녀오자' 고 했을 때, 뭔가 괴이쩍은 낌새를 알아챘어야 했다.

일을 당해 떠올려 보면 지난 일들이 대개 예사롭지 않게 마련이라고는 하지만, 핸들을 잡고 있는 내내 나도 경해도 너무 무뎠다는 생각밖에 들지 않았다. 그래서 그렇게 경해 목소리가 말라붙었던가…….

마음은 황망하고 길은 어두웠다. 차내에 쩐 담배 냄새를 이유로 어지간해서는 내 차에 탑승하지 않았던 아내가 동행을 자원했다. 아내가 핑계거리로 삼은 초저녁 술이야 진즉 다 깼지만, 한밤중에 날아든 흉흉한 소식이 채 가라앉지 않은 아파트에서 아내 혼자 잠을 청하기도 어려웠으리라.

이렇게 캄캄한 시각에 운전대를 잡는 일, 최근 들어 벌써 두 번째다.

그때도 내가 가야 할 길의 앞에 채욱이 나를 기다리고 있었다. 꼭 13일 전. 남원역에서 새벽 4시에 만나기로 한 약속을 위해 운전을 한 일이 있었다.

20대 초반에도 간신히 2박 3일이었는데, 성삼재-벽소령-칠선봉-세석-장터목-천왕봉-백무동을 1박 2일에 주파하잔 것이었다. 채욱이나 평소 등산을 즐기는 경해로선 어쩐지 몰라도 내겐 감당하기 힘든 스케줄이었으나, 이번에도 너는 그냥 따라오기만 하면 된다는 두 사람의 말만 믿고 시작된 산행…….. 연하천을 지나면서부터 처지기 시작한 나는 벽소령에 이르러 완전히 바닥난 체력을 드러내고 말았다. 그 뒤에는 무슨 정신으로 세석평전까지 내 몸을 끌고 갔는지 기억할 엄두조차 나지 않는다. 두 사람이 나를 끌고, 밀고, 당기며 거기까지 갔다. 하긴, 20여 년 전 첫 산행부터 늘 그랬다.

내가 가장 먼저 취하는 것도 여전했다. 10여 년 전 대취해서, '도움 받는다는 게 상처 받는 거야, 너희들 그걸 알아?' 되레 고래고래 소리를 치고 난 뒤에는 민망한 대로 차라리 홀가분한 심정이 되어 배낭도 맡기고, 내미는 족족 손을 맞잡긴 했지만 그래도 산에만 오면 난 늘 내가 짐스러웠다. 내 두 발로 감당하지 못하는 내 육신의 하중, 덜어내거나 버리고 싶은 내 몸과 마음의 군살들…….

그런 점에서, 난 산행이 버거웠다. 가져간 짐을 바리바리 다 싸서 내려온다는 것. 쓰레기를 버려서는 안 된다는 등산객들의 불문율이 난 견딜 수 없이 괴로웠다. 아무데나 이것저것 다 버리고 살아도 견디기 힘든 게 산 밑의 생활인데, 내 몸도 가누기 힘든 산중에서 쓰레기까지 짊어지고 다니라니…….

나로 인한 모든 것이 나에게 귀속된다는 거, 굳이 산속에서 쓰레기를 짊어지고 다니지 않아도 잘 안다. 그걸 배우자고 산에 와서 이 고생이란 말인가…….

더러, 별스러운 자기 변명을 늘어놓는다고 혀를 차거나 그 정도 산행에 엄살도 심하다고 핀잔을 놓을까 봐, 내놓고 말한 적은 없었지만 산에 올 때마다 내 기분은 그랬다. 지리산은 이번까지 총 세 번, 고작 그 정도로 산을 안다고 하느냐고, 비웃는 산꾼도 있겠지만, 내겐 늘 벅찼다. 경해와 채욱이 아니었다면, 지리산 산행은 내게 언감생심이었다.

산 위엔 늘 길들여지지 않은 바람이 있었다. 그 바람 맞으러 산에 간다는 사람도 있긴 있는 모양이었다. 뻔히 다음날 산행에 지장이 될 거라는걸 알면서도, 매번 내가 술을 마시는 까닭도 그 바람 때문이었다. 길길이 날뛰며 치받는가 하면 내리찍고 후려치고 깎아 치는 바람, 종잡을 수 없이 휘몰아쳤다가 순간 잠잠해지는 바람 소리들……. 그렇잖아도 피가 차가워지는 나이였다. 한때 격정의 대상이었던 것들이 순식간에 냉소의 대상이 되는 일들이 하도 많아, 이제는 얼만큼 면역이 됐다 싶을 때, 바로 그때 피가 식는다. 술로 덥히지 않으면 살얼음이 돈다.

작년 가을 이후 딱 술을 끊었다는 채욱의 말을 곧이곧대로 받아들인 경해와 난 배낭 깊이 박아뒀던 양주 한 병을 꺼냈다. 한 번 술자리에 앉았다 하면, 식음전폐하고 족히 열흘은 내리 퍼부어대는 채욱의 폭주暴酒를 아는지라, 다행이다 싶기도 했다.

채욱과 경해는 고향이 같았다. 추석 때 내려온 경해가 채욱 처 하소연에 채욱을 불러내 흠씬 두들긴 일이 작년 가을에 있었다. 결국, 채욱

218

은 알콜 중독 전문치료 병원을 제 발로 다시 한 번 찾아갔었다.

'요즘도 참 팍팍하다. 늬들 알았냐, 20년 전에도 팍팍하고 20년이 흐르고도 이렇게 팍팍할 줄…… 야, 채욱아! 너는 알았냐?'

대충 내가 기억하는 데는 거기까지였다. 드센 술버릇이 아닌 편인데도, 산에만 오면, 두 친구만 만나면 나는 정신을 놓았다. 어쩌면 내게는 그게 일종의 술버릇인 모양이었다. '한 고비 넘으면 또 한 고비……' 어떻게 생각이 났는지, 10년 전 쯤 채욱이 즐겨 부르던 노래를 다시 불러보라 한참 떼를 쓰다가 잠들더라고, 다음날 아침 경해가 말해 줬다.

"뭐 틀어줘요?"

뭔가 이상하다는 듯이 차 안을 둘러보던 아내가 입을 뗐다. 새삼 아내가 내 차를 타지 않은 게 꽤 오래 됐다는 게 실감났다. 그때만 해도 내 차에서는 각종 소리가 넘쳐났다. 생방송 프로만 맡다 보니, 내 프로를 내가 직접 들을 기회는 없어, 녹음 모니터용으로 별도의 시디플레이어를 장착했고, 라디오 채널은 유사, 경쟁 프로 시간대별로 바쁘게 돌아갔었다. 하지만, 이젠 다 참을 수 없는 소음처럼 들렸다.

라디오 스위치를 누른 아내가 의아한 표정으로 호출 시그널을 살피는 듯 했다. 우리 회사 채널이 아니었던 모양이다. 내가 듣기에도 낯선 아나운서 목소리였다. 하긴, 그게 설령 우리 회사 채널이고 내가 열심히 모니터할 때라고 하더라도, 지금 이 시간에 라디오를 켤 일은 거의 없었다.

심야 음악 방송……. 어떤 이들이 이 시간에 이 방송을 듣는 것일까,

잠들어야 할 시간에 잠들지 못하는 이유는 무엇일까······.

"꺼!"

"왜요?"

"······."

별 대꾸가 없자, 아내도 더 묻지 않고 힐끔 내 얼굴을 한 번 살피더니 스위치를 껐다. 나는 나대로 아내는 아내대로 그저 묵묵히 주행 차로만 응시한 지 10여 분 남짓.

왜 나는 이렇게 됐을까, 우리는 어째야 하는가······. 그런 생각에 잠시 한눈을 팔았던 것일까.

갑자기, 길 한복판에 싯누런 짐승이 나타났다······. 개였다!

······하마터면 칠 뻔 했다.

핼쓱한 아내의 눈이 놀랐다는 듯이 나를 쳐다보고 있었다. 고무 타는 냄새가 차 안으로 스몄다. 한 2~3미터······. 가까스로 충돌은 피했다.

하긴 우리만 놀란 것도 아니었다. 전조등 불빛에 길바닥에서 버둥거리는 놈의 행색이 다급했다. 처음엔, 저도 놀라 저러는 것인가····· 했지만 그건 아니었다. 왼쪽 앞다리가 덜렁거렸다. 분명, 어떤 차에게 치인 것이다.

놈이 안간힘을 쓰며 일어섰다가 팩 쓰러지고, 도로 일어났다 다시 고꾸라졌다. 아직도 제 앞다리가 성한 줄 아는 모양이었다. 깨갱 깽─ 고통스럽게 비명을 지르면서도 또 앞발에 힘을 주고 있었다. 끅─, 신음 소리 무겁게 놈은 턱주가리를 아스팔트에 처박았다. 왼쪽 뒷다리를 앞으로 끌어당겨, 무릎 꿇듯 체중을 옮겨 싣느라 버둥거리는 놈의 동체에 갈비뼈가 불끈 솟았다. 간신히 몸을 일으킨 놈이 세 발로 버팅겨 섰다. 전조등 불빛에 부딪친 놈의 눈가에서 타닥— 불똥 같은 것이 튀었다.

왼쪽 앞발을 든 놈이 이번엔 깡총 뜀을 하듯, 도로를 이탈하려고 했다. 그게 쉬울 리 없었다. 이번에 턱주가리와 어깨쭉지가 한꺼번에 무너졌다. 넘어지긴 쉽지만 일어서긴 힘들다. 일으킨 몸이 계속 왼쪽으로 쏠아지니, 핑그르르 맴을 도는 게 꼭 재롱이라도 피우는 것처럼 보였다, 놈은 그 자리를 벗어나지 못하고 있었다.

어떻게 좀 해 보란 표정으로 아내가 나를 바라보는 다급한 시선이 느껴졌지만, 나로서도 어쩔 방도가 없었다. 눈에서 퍼런 불빛이 희번 뜩이는 놈이었다. 지금 접근하면 누구든 다 적이다. 상처 입은 짐승 곁엔 얼씬도 말아야 한다. 그리고, 무엇보다도 저 놈은 제 처지를 잘 알고 있었다. 여기서 뭉기적거리다간 숨통 끊어진다. 격한 입김과 함께 쏟아내는 가르릉 소리가 차 안까지 들려오는 듯 했다. 통행이 뜸한 시간이란 게 다행이었다. 다시 놈이 뱅글 고꾸라졌다.

길바닥에 피떡으로 뭉개져 나뒹구는 다른 짐승들의 시신이라도 연상한 모양이다. 질끈 눈을 감은 아내가 꼬옥 쥔 주먹으로 허벅지를 몇 번 문지르더니 고개를 파묻었다.

기다려 주마……. 점멸되는 비상등, 거칠고 눅눅한 짐승의 숨소리, 핸들을 잡은 손바닥에 땀이 찼다. 아프가니스탄이던가, 이라크던가, 폭격으로 아수라장이 된 마을을 찾아간 외신 카메라 렌즈에 한쪽 다리가 아예 날아간 강아지 한 마리가 포착된 적이 있었다. 흔히 '똥개' 라고 부르는 개는 우리나라에만 있는 줄 알았는데, 카메라 속의 그 강아지도 별반 다르지 않았다. 그 강아지가 포커스가 아니었으므로, 먼빛으로 잠깐 비추어졌다 사라졌지만, 몇 초 동안 그 강아지는 분명히 세 발로, 그것도 늠름하게 길을 건너고 있었다. 너도 그럴 수 있다. 이제 세 발로 살아야 한다. 내가 해 줄 수 있는 건 이것뿐이다. 뒷차가 오지 않는 한, 내게 허여된 시간만큼은 기다려 주마……

하지만, 이런 말 책임지기 힘들다.

"가요! 뭐해요, 지금……? 비켜 가요, 빨리!"

아내의 목소리가 파르르 떨렸다. 고개를 치세운 아내가 입술을 깨물고 있었다. 입술 주위가 새파랗게 질려 있었다. 이럴 때는 어떻게 해야 하나……? 쫓는 시늉이라도 해봐야 하나……? 그때, 놈이 나를 쳐다보았다. 놈의 눈길에 담긴 게 분노인지 아픔인지 분간할 길이 없었다.

"가자니까!"

마른 천을 쫙— 잡아 찢는 소리가 났다. 홱 돌아보는 아내의 흰자위에 점멸하는 비상등 불빛이 서렸다. 핏물 속에 파랗게 반짝이는 인광. 그랬다, 아내 또한 상처 입은 짐승이었다. 이러면…… 어쩔 수 없다.

어서 피해라……. 그 다리로는 이제 다시 땅을 짚을 수 없을 거다. 처음부터 세 발 짐승이었다는 듯 사는 거다, 너만 그런 것도 아니다. 누구든 팔다리 하나쯤 내주고 산다……. 핸들을 틀어 천천히 중앙선을 넘어 반대편 차선으로 진행했다, 룸미러에서 놈이 사라졌다. 다시, 내가 가야 할 차선으로의 복귀……. 길에 나왔으나, 여기는 짐승의 길이 아니었다, 그러면 모든 게 치명적인 덫이다, 짐승아……. 네 발로 걷던 한 시기가 지나고 이제 세 발로 걸어야 하는 때, 오직 너 혼자서 그 시간과 시간 사이를 건너올 수 있단다. 네 다리 하나를 내주고……. 놈은 벌써 작아져 있었다. 엑셀레이터를 밟자 놈은 금세 작은 점으로 변했고, 먹물처럼 번져나간 어둠이 곧 그 점을 삼켜 버렸다.

아……. 그리고, 차에 막 가속이 붙고 난 뒤 얼마 안 가, 반대편 차선에 트럭이 한 대 나타났다. 조심해라, 저 앞에 상처 입은 짐승이 있다……. 상향등 레버를 두어 번 끌어당기는 사이, 그 트럭은 벌써 우리 차와 교차해 저만큼 사라졌다. 알아들었을까……. 룸미러 속을 맹렬하게 달려나가는 트럭의 후미등이 소실점처럼 느껴졌다. 어둠 속으로 사라진 불빛의 잔상이 다시 내 가슴에 소름을 돋게 했다. 저기, 내가 도망치듯 버려둔 곳에서 한 생명이 죽어가는지도 모르는데, 이렇게 서늘할 뿐이라니……. 격하게 짓눌린 냉랭함 같은 것에 어색해 하던 아내가, 트럭의 출현으로 크게 요동치는 어둠의 물결을 불안스레 살피면서 혼잣말처럼 중얼거렸다.

"좀, 조심해요……."

3

무의식중에 괴괴한 시골 병원, 낮게 흐르는 흐느낌 같은 것들을 예상하고 있었던가. 좀 당황스러웠다.

'야간 통행구'라는 응급실 입구부터 사람들이 바글바글댔다. 응급 병상에 환자는 눈에 띄지 않았다. 채욱이 어디 있는지 물을 필요도 없었다. 응급실을 거쳐 현관, 2층 중환자실로 향하는 통로에는 술기운에 벌개진 것인지, 분노나 근심으로 격앙된 것인지 하나같이 상기된 표정의 사람들이 무언의 표지판처럼 삼삼오오 술렁이고 있었다. 저 사람들이 모두 채욱이 한 사람 때문에 여기 온 것이다. '중환자실'은 더했다. 이미 통제 기능을 상실한 출입문은 활짝 열려 있었고, 줄잡아 20여 명의 사내들이 채욱이가 누워 있는 듯한 침대 하나를 둘러싸고 있었다. 단지, 좀 더 무거운 공기가 흐른다는 것만이 밖과 다를 뿐이었다.

내가 알만한 얼굴은 하나도 보이지 않았다. 하긴, 설령 한둘쯤 발견한다고 해도 난감한 일이었다. 뭐라 할 것인가, 한 20년 전 쯤 인사했었는데 알아보겠냐고 할 것인가, 10년 전 쯤 농민회 사무실에서 만난 적이 있다고 할 것인가. 채욱의 고향 친구들인 게 분명해 보이는 내 또래 사내들이 절반쯤 서 있었고, 농민회에서 같이 활동한 이들로 추측되는 연령 불상의 사내들이 또 그만큼 서 있었다.

병원에 들어서자 부쩍 더 창백해졌던 아내가, 사내들만 빼곡한 중환자실을 보자 차라리 잘 됐다는 듯, 내 등을 떼밀 것처럼 손을 내젓기도 했지만, 나 또한 그 틈을 파고들 엄두가 나지 않았다. 병상을 둘러싼 사내들의 등과 어깨는 완강한 벽처럼 느껴졌다. 경해가 없는 한, 내게 이곳은 외지였고, 나 또한 저들에게는 외지인이었다. 지금 이 자리, 누군가의 인증이 있어야 한다, 저 완강한 사람들의 벽 너머로 나를 넘겨줄 수 있는 공중公證……. 생사의 기로를 헤매는 채욱이 지금이라도 벌떡 일어나 나를 확인해 준다면 모를까……. 채욱이 누워 있는 병상과 나 사이의 거리를 단축시켜줄 그 누구도 여긴 없었다.

'……경해가 오면 볼 일이다.'

난 결국 채욱이의 코앞까지 갔다가 돌아서 내려왔다. 어쩌면 이번이 생존 상태의 채욱 얼굴을 볼 마지막 기회인지도 모르겠다는 생각에 불안했으나, 어찌 생각하면 지금 와서 얼굴 한 번 더 보는 것이 무슨 큰 의미가 있으랴 싶었다. 계단을 되짚어 1층 현관으로 내려오는 사이, 어디쯤 오고 있느냐, 물으려고 다시 전화를 했지만 경해 휴대폰은 계속 꺼져 있었다. 넌 왜 침묵하는가……. 경해를 겨냥한 것인지, 아님 채욱에게 하는 말인지 그도 아니면 내게 하는 말인지 모를 혼잣말을 하면서…….

병원 1층 로비가 제법 널찍하긴 했지만, 어디 마땅히 엉덩이 붙일 자리가 없었다. 소읍小邑이니 다들 알만한 처지일 텐데도, 로비에 모여 있는 이들은 듬성듬성 흩어져, 별로 작지 않은 목소리로 수군거리고 있었다. 어느 틈에 끼어야 할지 모를 일이었다. 응급실 형편도 마찬가지였다. 그렇게, 중환자실, 현관 로비, 응급실로 되돌아나가는 동안, 난 처음 들어올 때는 별로 의식치 못했던 사실을 하나 깨달았다. 채욱이 누워 있는 곳으로부터 좀 더 먼 쪽에 있는 사람들의 목소리가 훨씬 컸다. 끼리끼리 모여 있기는 마찬가지였지만, 응급실에서 서성이고 있는 이들이 주고받는 말은 공공연했다.

"이슥아. 위에 빵꾸가 난 거랑게……."

"사람 간뎅이가 뭔 우무라도 된다냐, 녹아분지게……."

"채욱이 자슥, 오늘 점심까정 멀쩡했담선……?"

"야가 뭔 소리를 헌다냐, 어젯밤에 벌써 피 토하고 자빠졌다더만……."

중구난방이었다. 하긴 그럴 밖에, 한 사람의 생애가 경각인데, 어찌 말이 없겠는가. 그냥 왔다 그냥 가는 생애는 없다. 왔다며 울고 간다고 우는 사이, 풍문과 억측의 소음 속을 횡단하는 것이 사람 사는 일인지도 모른다.

밖이 좀 나았다. 바람 끝이 제법 맵지만 견딜만 했다. 밤하늘에 마른 냉갈 냄새가 난다. 푸석푸석, 은밀하게 움직이는 먼지들, 밤에만 움직이는 것인가, 먼지들은…… 이런 냄새, 한 때는 매우 익숙했었다.

'산다는 게 견디는 거야. 한때는 활활 타올랐다가 재가 되는 거거든. 문제는 그거야, 재가 되고도 견뎌야 한다는 거지, 재의 시간들, 오래 오래…….'

밤하늘로 머리를 쳐든 채 채욱이 내게 그런 이야기를 했던 건, 어울리지 않게도 학력고사가 막 끝난 그런 때. 고작 열아홉 살이었다. 내가 원했던 학과와 아버지가 원했던 학과가 달랐다. 충돌은 불가피했다. 경해는 기대에 훨씬 못 미친 점수를 받아들자 즉시 재수학원으로 달려갈 것을 결심했다. 그러나, 사실 그때 누구보다도 더 위로받아야 할 사람은 채욱이었다.

'꼴보' 양채욱은 경해의 친구였다. 고교 시절, 같은 하숙집에서 만나게 된 경해와 난 대처에 나온 촌놈이란 공통점을 매개로 금세 친해졌고, 그 나이 때 누구나 그러듯이, 친구의 친구, 그 친구의 또 다른 친구와도 친해지는 과정을 자연스럽게 밟았다. 같은 도시에 있지만, 서로 다른 고등학교에 배정되어 흩어져 있던 촌놈들은 '향우회'를 조직해, 한 달에 한 번씩 만나곤 했었다. 언젠가 따라 나선 경해 쪽 향우회 모임에서 채욱과 첫인사를 나눴다.

그런 친구들 중 하나였던 채욱이 남다르게 여겨지기 시작한 것은, 그가 갑자기 고등학교를 그만두고 고향으로 돌아간 때부터였다. 아등바등 성적에 매여 불안해 하던 나와 달리 채욱은 제가 다니던 학교에서 최상위 그룹에 속해 있었다. 지금이나 그때나 약간 선병질적인 구석이 있는 나와 달리 채욱과 경해는 몸도 마음도 단단한 친구들이었다. 입시 중압감, 이런 것에 시달릴 애들이 아니었다.

무엇보다, 내가 그때 이해할 수 없었던 건 다시 시골로 돌아간다는 말이었다. 꼭 그래야 한다는 것은 아니었지만, 고등학교 진학을 통해 대처로 빠져나오면서, 난 실질적으로 고향과 결별한 것이라고 여겼었다. 그러자고, 그러라고…… . 식구들 간에도 다 암묵적인 합의가 있었던 게 아닌가. 설령 그게 아니라고 하더라도, 학업까지 그만둘 때는, 뭔가 좀 더 가파른 삶에 투신해야 하는 것 아닌가…… . 고향으로 돌아간다는 말은 어쩐지 체념적이고, 또 그때 내 나이에는 너무 밋밋한 발언이었다.

경해와 처음 찾았을 때, 채욱은 이 소읍에서 그리 멀지 않은 암자에 떡 자리를 잡고 있었다. 방 한켠에 차곡차곡 쌓인 참고서에 제법 두터운 먼지가 내려앉은 꼴로 짐작을 하긴 했지만, 기별을 받고 나타난 채욱의 행색은 너무 낯선 것이었다. 교복을 입은 우리로선 엄두도 내지 못할 만큼 긴 더벅머리에 헐렁한 츄리닝 차림이었다. 그때만 해도 우리는 '단정한 매무새에 단정한 정신'과 같은 이야기에서 자유롭지 않을 나이였다. 교분의 연조가 나보다 훨씬 깊고 오랜 경해로서는 참기 힘든 꼬락서니였을 것이다. '이슥아, 고시생 시늉이나 내려고 학교 때려 치웠냐', 화를 내고, '검정고시라도 봐야 될 거 아니냐', 불안스럽게 떠보고, '너 이러다 자칫 폐인 된다', 염려하는 경해를 지켜보는 동안, 마땅히 끼어들 만한 대목을 찾지 못한 나는 해찰하듯 방안을 둘러볼 수밖에 없었다. 방바닥에 나뒹구는 몇 권의 책…… . '황무지', '하이

네 시집' 그리고 니체의 책, 또 지금은 기억할 수 없는 몇 권의 불경……. 난 채욱이 치유하기 힘든 깊은 염세의 병에 들었다고, 혼자서 짐작해 보았다. 아마, 그때부터 경해는 채욱을 '꼴보'라고 칭했을 것이다.

1년 뒤 학력고사가 끝난 날, 같은 반 친구들과 미리 약속했던 생맥주집 대신 경해와 난 밤차를 탔다. 아무래도 안 되겠다, 채욱이한테 가 봐야지…….

학력고사가 끝나길 고대했던 것은 경해와 나뿐이 아니었다. 마치, 형기를 다 마친 사람처럼, 암자 살림을 정리하고 있던 채욱이 우리를 보자 씩— 웃었다.

'글잖아도 연락할 참이었다, 그럭저럭 짐이 불어서…….'

'이슥아, 그게 어디 맨입으로 된다냐?'

시원찮은 댓거리를 주고받으며, 우리는 시오리 길을 되짚어 걸어 나갔다. 그때부터 열흘 남짓, 경해와 난 학교로도 하숙집으로도 돌아가지 않았다. 자신은 자신만이 안다는 생각만큼 허술한 것도 없다. 내게도 이런 일탈 욕구가 있었던가, 깜짝 놀랄 만큼 무모한 방종에 나는, 아니 우리 셋은 휩쓸렸다. 마치 사전공모라도 했던 것처럼 우리 셋은 인근 술집을 싸돌아다니며 술병을 까기 시작했고, 밤이면 해머를 들쳐메고 냇가에 나가 바위를 후려 팼다. 배를 허옇게 뒤집고 떠오르는 물고기들의 밤, 장딴지는 얼어터질 것 같았다……. 이런 난데없는 일탈은, 내가 암자의 폐정에 토악질을 하는 것으로 끝이 났다. 쫓겨난 것이었다.

그 열흘 남짓, 우리는 다투어 떠들어댔지만 그건 모두 독백이거나

무의미한 방백이었다. 대화는 없었다. '내겐 이런 사정이 있다' 까지는 허용되지만, '어떻게 해야 하니' 물어서는 안 될 것 같은, 아슬아슬한 묵계 속에 우리는 취했고, 울고 쓰러졌다.

그렇게 우리는 10대를 마감했다. 알 수 없는 미래에 내던져진다는 것, 다시는 이런 자리가 없을 거라는 막연한 불안감 같은 게, 우리를 통제할 수 없는 광기에 몰아넣었을 것이다. 통과의례치곤 난데없었고 허술했지만, 우리뿐이라는 은밀하고 불안한 유대감 같은 것으로 우리는 한 시대를 마감했다. 그 뒤로도 20년, 우리는 셀 수 없이 빈번히 만났지만, 그때처럼 감정의 방기 상태에서 울거나 웃지 않았다. 가끔 내가 취해 혼자 나가떨어져 주정을 부리다 혼자 잠드는 정도…….

한 번이면 족하다, 삶이 단 한 번이듯. 한 번 쓴 티켓은 다시 사용할 수 없다……. 지난 20년, 나는 그런 생각으로 내 앞에 놓인 길을 걸어왔다. 하지만, 번민이 없었던 것은 아니다. 아니, 늘 주저하고 마지못해 걸어왔다는 것이 더 정확하다.

아버지의 뜻을 꺾고, 국문과에 진학했던 나는 금세 문필가의 꿈이 허망하고 어줍짢은 것이라는 것을 깨달았다. 누구나 열정 어린 꿈을 갖는다, 문제는 그 열정을 압축해 열정 너머로 돌파해 갈 수 있느냐 하는 것과 그 뒤에도 열정을 유지할 수 있느냐 하는 것.

채욱의 말처럼, 언젠간 식을 거라면 차라리, 빨리 식는 게 낫다고 생각했다. 국문과에 입학했다는 것으로 내 치기 어린 판단 착오의 댓가는 충분히 치렀다. 아침 서리와 함께 도서관 문을 열었고, 밤이슬을 맞으며 하숙집 문을 열었다. 그뿐이었다. 내 청춘은 그렇게 냉각되었다. 딱딱한 얼음 덩어리가 쉽게 부서진다는 것을 난 잘 알고 있었다. 난 누구에게도, 무슨 일에도 상처를 입지 않으려고 바둥거렸다.

나와 달리, 경해는 과단성이 있었다. 재수를 거쳐, 결국 나와 같은 대학에 다니게 된 경해는 며칠 내 꼴을 유심히 살피더니, 나이대로 살아야지, 한 마디를 남기곤 하숙집을 옮겼다. 1학년 때는 그동안 밀린 숙제라도 하듯 술집에 당구장, 미팅 장소를 찾아 분주하더니, 2학년이 되자 그동안 은근히 경원시했던 학생운동 진영에 가담, 그해 가을 전국을 시끄럽게 했던 '총장 차 방화 사건'의 주모자로 매스컴을 타는 인물이 되어 있었다. 그리고 또, 그걸로 충분하다고 생각했던 것일까. 내 군 복무와 비슷한 형기를 살고 나온 경해는 다시 내 하숙집으로 돌아왔다. 그렇게 남은 2년, 경해와 난 도서관에서만 지냈다. 때때로 '학출'이 된 친구들로 인하여 부질없이 심란해 하기도 하고, 설핏 스친 인연의 덧없음에 몸살을 앓을 때도 있었지만, 도서관은 우리 둘에게는 스스로 기어든 감옥인 셈이었다. 스스로 지은 결계 안에서 해제解制에 이르기까지, 현기증 나는 형기刑期는 당연한 것이었다.

채욱은 또 달랐다. 마치, 제 삶의 스케줄을 미리 작성해 놓은 사람 같았다. 최종 학력이 중졸이었던 탓에 짧은 기간 방위 복무를 마친 채욱은, 결국 검정고시 거쳐 대학에 올 것이란 우리의 관측과 달리, 그대로 고향에 주저앉았다. 농사를 짓겠다고 했지만, 실제로는 농민회 활동에 여념이 없었다. 최소한 나로선 납득할 수 없는 일이었다. 농촌이라니, 농사라니, 내게 농사란 할아버지나 아버지가 짓는, 아예 상관조차 하지 말아야 할 그런 일이었다. 게다가 농민운동이라니……. 위장 취업한 '학출'들의 비장함에 비하면 그건 마치 어린애 장난처럼 여겨졌다. 물론, 이 생각은 이후 채욱의 삶과 그가 함께 해 온 농민운동을 간접적으로나마 접하면서 수정되었지만, 그때는 그랬다. 채욱을 뼛속까지 염세주의자라고 생각했던 내 진단은 그렇게 교정되었다. 경해식 표현대로 '얼척 없는 놈'이긴 했지만, 채욱이 우리보다 훨씬 더 강한 도덕적 용기를 지녔다는 것은 분명해진 셈이었다.

내가 방송국에 취직을 해서 이제껏 근무하고 있는 동안, 경해는 중소기업 사원을 거쳐 대기업 간부로 다시 자영업자로 바쁜 변신을 거듭했고, 최근엔 몇 군데 시민단체 활동의 후원자 노릇도 할 만큼 경제적 자립에 성공했다. 늘 내 예상보다 빠른 전신이었다. 채욱은 꼭 2년 전까지 만 18년, '언젠가 저러다 말겠지' 하는 우리들의 예측을 비웃기라도 하듯, 농민운동가로 살았다. 소몰이 시위가 트랙터 시위로 변하는 그 시간 동안, 많은 사람들이 그 자리에 나타났다 사라졌지만 채욱은 늘 그 차림 그대로 한자리였다. 정보과 형사들에게 채욱은 그야말로 '꼴보'였을 것이다.

나는 때때로 경해의 삶이 부러웠고, 채욱의 삶을 경외했다. 열흘 간의 일탈을 마지막으로 나는 시들었으나, 경해는 늘 새로운 꽃을 피웠고, 채욱은 벌써 단단한 열매가 되었다고, 혼자서 술을 마실 때면 생각하곤 했었다.

2년 전 봄, 채욱이 갑자기 공부를 다시 시작해야겠다고 했을 때, 내가 놀라지 않은 이유도 아마 그 때문이다. 아마, 이것도 이십 년 전쯤, 짜 놓은 스케줄이리라. 책을 다시 잡은 지 1년 만에 채욱은 검정고시를 거쳐, 한의대에 입학했다. 예전에 함께 농사짓고 싸우던 이들이 다 늙어, 이제는 그들에게 동지보다 돌봐 줄 의사가 더 필요하다는 말이 충분히 감격스러웠음에도, 나는 별 내색하지 않았다. 채욱은 그리고도 남을 친구였었다.

4

아내의 자세엔 흐트러짐이 없었다. 자고 있는 것인지, 그저 눈을 감고 있는 것인지 알 수도 없었다. 문득, 아내 가르마가 정수리에서 약간 오른쪽으로 치우쳐 있는게 눈에 띄었다. 아내도 알고 있을까…….

'아저씨, 왼쪽 숱이 더 많다.'

'그게 무슨 소리야?'

'왼쪽 머리에 숱이 더 많다구요……. 사람들은 다 그래요, 언뜻 똑같아 보이지만 왼쪽이든 오른쪽이든 어느 쪽에 머리숱이 더 있거나 덜하거나 그래요.'

미장원 아가씨의 말에 적이 놀란 적이 있었다. 39년 동안 나도 모르고 있었던, 내 신체의 비밀을 그 아가씨는 단번에 알아챘다.

늦여름 밤도 밤이었다. 참았던 담배를 내리 두 대 태우는 동안, 차 안에 들어가 있겠다던 아내가 긴 팔 자켓을 걸치고 나타났다. 내게도 오슬오슬 한기가 스며들었다. 여전히 경해와는 통화가 되지 않았다. 그저 기다리는 수밖에 없었다. 차 안에서 기다릴까, 생각했으나 그러자니 아내나 나나 서로 숨이 막힐 것 같았다. 또, 채욱의 상태에 변화가 있을지도 모를 일이었다. 별 수 없이 다시 병원 안으로 들어갔으나, 우리가 앉을 만한 자리가 별안간 생길 리 없었다. 한 바퀴 다시 돌아보니 지하층이 좀 한산했다. 정확하게는 병원 로비에서 장례식장으로 이

어지는 복도……. 곧 사망할 거라는 의학적 판단을 받은 환자가 있다
는 것을 틀림없이 파악하고 있다는 듯이, 비어 있는 분향실과 접빈실
에는 불이 켜져 있었고, 몇몇 직원들이 부산스레 청소를 하고 있었다.
아내는 좀 께름칙한 표정이긴 했지만, 북새통인 로비보다야 그래도 지
하층 복도가 낫겠다고 판단한 모양이었다. 그러고 보니, 꼭 죽기를 기
다려 앞질러 내려온 꼴이었지만, 그렇게 미세한 부분까지 마음 쓰기로
하자면, 이 병원 내에 지금 깨어 있는 사람들은 모두 채욱이의 죽음을
기다리는 사람이었다.

왜 채욱은 제 죽음을 재촉했을까, 묻자면 머리가 지끈거렸다. 알 수
없었다. 생의 국면이 우연의 연속인 것처럼 이건 우연한 사고인지도
모른다고 하기엔, 폭주暴酒라는 사태의 원인이 너무나 엄연했다. 왜 그
렇게 술을 마셨을까, 그 또한 자세히 알 수 없었다.

채욱이의 폭주가 문제가 되기 시작한 것은, 지금 생각해 보니, 늦깎
이 대학생이 된 직후였다. 가족들을 남겨둔 채, 대학 근처에서 원룸 생
활을 시작한 채욱은 전과 달리 내게 곧잘 전화를 해왔다. 무슨 일이든
다 잘해 낼 거라고 여겼던 나로선, 혼자 밥 먹기가 그렇다는 채욱의 말
이 한동안 낯설었다. 당시 나는 새로 맡은 프로의 고참 DJ 교체 문제
로 한참 골머리를 앓고 있었으나, 누구 하나 상의할 사람이 없던 처지
였다. 아니, 그런 처지를 자초했다고 해야 옳았다. 남의 삶에 간섭하지
않기, 대신 간섭받지도 않기……. 그런 식으로 살아온 내게 우군이나
조언자가 있을 리 만무했다. 게다가, 아내는 한 달에 한 번이나 바깥문
출입을 할 정도로 웅크릴대로 웅크리고 있었다. 세상을 향한 문도, 마
음의 문도 닫은 아내 앞에서 난 어쩔 줄 모르는 남편이었다. 아내는 극

도로 예민해져 있었고, 난 사실상 자포자기적이었다.

처음엔 몇 번 채욱이 먼저 이야기를 꺼냈었다, 생각했던 것과 많이 다르다고……. 난 그 말을 새겨듣지 않았다. 내 말이 더 급했기 때문이다. 먼저 떠들고, 먼저 취했고, 먼저 잠들었다. 굳이 변명하자면, 그게 관행이었다. 암시할 수는 있지만 다 말하지 않기. 그렇게 내가 취한 뒤, 채욱은 혼자서 남은 술을 다 비우고 집에 들어갔을 것이다.

채욱은 나와 달리, 그때까지 혼자서 술 마실 일이 없었던 사람이다. 생의 태반을 함께 해 온 농민회의 동지들이 있었고, 안주거리 삼아 함께 논의할 문제가 산적한 술자리만 겪어 온 터였다. 학교에 가서 동급생들과 어울리기엔 너무 나이가 들었고, 채욱의 옛 동지들은 학생이 된 채욱을 너무 자랑스럽게 생각했다. 빨리 공부 마치고 돌아오라며, 술판이 벌어질만 하면 채욱의 등을 떼밀었다. 그럴 수 있고, 그래야 하는 일이었지만, 결과적으로 채욱은 외톨이가 되고 말았다……. 전화를 받고 여기까지 오는 동안, 난 그런 추리를 해 봤었다.

하지만, 그건 아니었다. 그렇게 채욱은 나약한 애가 아니었다. 이미 고등학교 때, 학교를 때려치우고 제 혼자서 제 삶을 다 설계한 채욱이었다. 그때, 채욱의 곁에 누가 있었단 말인가……? 그렇다면, 도대체 무엇 때문에 채욱은 제 몸뚱이가 저 지경이 될 때까지 자신을 방치했단 말인가…….

여름 방학을 맞아, 집에 내려간 채욱은 내처 술만 마셨다고 한다. 처음엔 그러려니 했던 채욱의 처는, 불현듯 무서운 생각이 들어 자제를 권유했지만, 그때는 이미 걷잡을 수 없는 지경이 되고 말았다는 것이다. 휴가차 고향에 내려갔던 경해의 연락을 받고 내가 갔을 때, 채욱은 가끔 헛것이 보인다고 할 만큼 피폐해져 있었다.

'잠만 들었다 하면 누군가 나를 쫓는데…… 어떤 때는 아버지가, 어떤 때는 동생들이, 동지들이, 친구들 너희들이, 자식 놈이 식칼 같은 걸 들고 나를 죽이려 드는 거야. 이대로 죽어야 되나, 맞서야 되나, 맞서면 또 어떻게 되나…… 꿈속에서도 그런 생각을 하다 보면 도통 견딜 수가 없고…… 뭐, 나 지킬 것도 없고…….'

잠드는 게 무서워 술을 마신다고, 말하는 채욱의 모습을 난 받아들일 수 없었다. 저건 내가 아는 채욱이가 아니다. 피해망상 따위에 시달려, 알콜에 의지하다니…….

고등학교를 때려 치고, 암자 생활을 할 때나 그 뒤 농민운동을 한다고 할 때에도 채욱의 부모님은 자식 뜻을 존중해 줬다. 워낙 영민하고 듬직하니 제 앞가림은 능히 할 거라고, 철석같이 믿는다고 말하는 채욱의 아버지가 얼마나 존경스러웠는지 모른다. 그런, 채욱의 아버지까지 달려들어 술병을 뺏어 들었지만, 한 번 무너지기 시작한 채욱은 거의 회생불능처럼 보였다. 정말 꼴보가 된 것이었다.

헛것들, 그것도 친숙한 사람들이 죄다 적으로 보이는 꿈이 무서워 잠을 못 자겠다니…… 술에 곯아 떨어져야 꿈을 안 꾼다니…… 아무도 겪지 못한, 상상도 해 본 적이 없는 사태였다.

그래도 경해가 빨리 결단했다. 별 수 없다, 병원에 넣어야지…… 어쩌면 채욱에게 그건 더 견딜 수 없는 치욕이 될지 모른다는 생각이 들었지만, 경해는 단호했다. 채욱 처와 부모의 동의를 받은 경해는 즉시 병원에 연락했다.

그리고…… 그렇게 끌려들어갔던 채욱이 단 보름 만에 제 발로 걸어나왔다. 한 이삼일 금단증세에 시달리더니 언제 그런 일이 있었냐는 듯 멀쩡해졌다는 의사의 말이 도무지 믿기질 않았다. 이렇게 간단한 것이라면, 이런 병원이 왜 있어야 되느냐고 반문하고 싶은 지경이었다. 하지만, 씩— 웃고 나타난 채욱의 얼굴엔 정말로 알콜의 흔적이 남아 있지 않았다.

그렇지, 채욱이가 그렇지. 미심쩍어 하던 난 그렇게 안도할 수밖에 없었다.

'야, 그전에 우리 술 마시던 때, 그때처럼 잠시 미쳤던 거야.'

그 뒤, 지난 추석 때 다시 술에 입을 댔다가 성묘차 내려온 경해와 주먹다짐을 벌인 해프닝이 한 번 더 있었지만, 그 뒤로 채욱은 이때까지, 최소한 우리 앞에서는 완벽하게 술을 끊고 살아 왔었다.

늘 나보다 몇 발자욱 앞장서 걷는 듯하던 경해에게 아직도 그렇게 뜨거운 분노가 살아 있다는 것에, 언제부턴가 마치 도덕 선생님처럼 어렵기만 하던 채욱에게 술을 마시고 드잡이질을 할 무모함이 남아 있다는 것에, 난 잠시 놀랐었다.

……하지만, 경해와 채욱이는 그럴만한 친구들이다. 경해의 빠른 전신이나, 채욱이의 우직함 사이에는 단호함이란 닮은꼴이 있었다. 둘은 나같은 어중떼기가 아니었다. 고향을 아예 벗어난 경해나, 아직도 고향을 지키는 채욱이와 다르게 난 고향을 중심으로 하자면 위성도시 같은 지방 소도시를 벗어나지 못하고 있었다. 둘 사이에는 주먹다짐을 할 수 있는 뜨거움이 존재했지만, 난 그저 뱅뱅 비슷한 자리만 맴도는 자의 싸늘함이 남아 있을 뿐이다…….

그런 생각을 했을 뿐이다, 그때는…….

5

아내의 눈치를 살피던 나는 다시 담배를 태우기 위해 1층으로 올라왔다. 계단을 올라와 로비와 응급실을 빠져나가는 사이 경해에게 전화를 했지만, 여전히 휴대폰은 꺼져 있었다.

2층은 여전한 모양이었다. 굳이 올라가보지 않아도 알 수 있다. 다 죽은 자의 목숨을 현대 의술이 연장시키고 있는 것. 1층 현관과 응급실 사이의 로비에 설치된 TV 화면이 제법 수선스러웠다. 최근 병원에만 가면 볼 수 있는 병원 전용 유선 방송, 의료 TV라는 것이었다. 화면에 집중하는 사람이 없더라도, 소리는 계속 흘러나온다.

"임신에 관한 오해 중에 가장 흔한 것은 남자의 정자와 여자의 난자가 만나 수정란이 발생하는 순간을 임신이라고 착각하는 것입니다. 그게 아니구요. 임신은 그렇게 형성된 수정란이 분할 증식의 과정과 난관 수송 과정을 거쳐 자궁에 착상되는 것을 일컫는 말입니다……"

나도 몇 번 본 적이 있는 방송이었다. TV 화면 속에서 흘러나오는 여자 리포터의 전형적인 나레이터 톤, '솔'이나 '라' 음계에서 발성되는 목소리, 나레이터 톤은 교육된다. 다소 들뜬 저 음성은 여기까지 우리 부부를 쫓아왔다. 하긴 저 내용은 십 년 가까이 들여다 본 책에도 있었다.

TV를 보는 사람이 아무도 없었기에, 내가 볼륨 줄이는 걸 제지하는 사람도 없었다. 소리 없는 화면만의 방송……

……채욱이 학교를 그만 두기 얼마 전, 우리 셋은 권투 중계를 함께 본 적이 있었다. 당시 세기의 대결이라던 '레너드—헌즈' 전이었다.

요란한 중계가 계속되는 가운데, 당초 6:4 정도 우세할 것으로 예상되던 레너드가 계속 수세에 몰리는 경기가 14회까지 진행됐다. 그러다가 정말 눈깜짝할 사이, 해설자가 '럭키펀치'라고 했던 혹 한 방에 헌즈가 비틀거리자 소나기같이 쏟아지는 펀치…… '한 번의 기회를 놓치지 않는 복싱 천재 레너드의 기적 같은 역전승'이란 해설자의 최종 판결을 들으면서 우리는 내내 불퉁거렸다. 아무리 이변이 속출하는 것이 스포츠라지만, 이건 말도 안 된다. 내내 이기고 있던 헌즈가 너무 불쌍하다…… 럭키 펀치 한 방으로 경기가 뒤집어져선 안 된다는 도덕적 당위 같은 것도 작용했을 것이다. 우리는 재방송을 기다렸다. 헌즈의 장렬한 패배를 애도한다는 차원에서 우리는 볼륨을 다 줄이고 TV를 시청했다. 그때만 해도, 원중계했던 목소리 위에 재방송하는 중계자 목소리가 겹치거나, 원중계 사운드를 소거하고 재중계 목소리만을 내보낼 때였다. 둘 다 재미없는 경우 아닌가…… 한데, 이게 웬일이란 말인가. 14회 내내 경기를 일방적으로 주도했다고 믿었던 헌즈의 몸놀림이 무성 화면으로 보니 엉성하기 짝이 없었다. 분명히 주먹을 많이 날리고는 있었으나, 레너드의 빈틈없는 가드에 모두 막히고 있었다. 오히려 간간히 튀어나오는 레너드의 주먹이 송곳처럼 헌즈를 파고들고 있었다. 14회 케이오승은 당연한 귀결이었다…… 비단 TV만 말을 잃은 것은 아니었다. 우리 셋은 한동안 서로의 얼굴만 빼꼼이 쳐다볼 수밖에 없었다…… 궁금하고 창피했다, 나도 아까 너처럼 그렇게 소리지르고 있었던가…… 첫 중계도, 두 번째 중계도 모두 우리 눈으로 본 것인데, 이렇게 다르단 말인가…… 내 기억으로 그때 가장 낙담하고 실망한 표정을 지었던 것이 채욱이었다. 속았다는 말을 몇 번씩 되뇌였지만 누구에게 속았다는 것인지는 알 수 없었다. 채욱이 학교를 그만 둔 것은 그 직후의 일이었다. 그 둘 사이에 모종의 관계가 있다고, 나 혼자서 짐작했지만, 난 한 번도 채욱에게 그걸 묻지는 않았다. 어쩌면, 그날의 그 경기는 후일 내 직업 선택에도 영향을 줬을지도 모른다, 가끔 생각하지만 그걸 내 스스로 크게 문제삼은 적은 없었다……

우리 부부 사이에 아이가 생기지 않는다는 걸 먼저 문제 삼은 것은 시골의 부모님이었다. 무슨 일이든 문제를 삼으면 문제가 된다. 둘 사이에 무슨 문제가 있냐고, 조심스레 어머니가 말을 꺼낸 이후, 우리 사이에는 진짜로 문제가 생겼다.

나나 아내나 그렇게 맥없이 그 덫에 걸려들지는 몰랐다. 둘 다 별 문제가 없다는 산부인과의 진단은 오히려 문제를 더 심각하게 만들었다. 둘 다 아무런 문제가 없는데, 왜 아이가 생기지 않는가……. 한 번 문제에 빠져들기 시작하자, 아내는 해답 찾기에 골몰했다. 아내의 조바심에 짜증으로 대꾸한 것은 나도 조급했기 때문이다. 그런 걸 서로 알았지만, 짜증이 짜증을 불렀고, 고성을 낳았고 그런 끝탕의 끝에는 냉기류가 형성됐다. 신경이 예민해지면, 자신을 둘러싼 것들이 자신에게 무신경하고 불친절한 것만 같다. 공동의 문제로 시작된 불임은 결국 각각의 문제가 되고 말았다. 아내는 나로 인해 상처받았다고 했고, 난 그렇게 말하는 당신 때문에 내가 더 상처받는다고 했다. 소모적인 악순환으로 피폐해질 만큼 피폐해진 뒤에야, 결국 우리 부부는 작년 인공 수정을 시도해 보기로 합의했었다.

근 6개월 가까이, 각종 검사를 위해 병원을 드나들고, 아내는 '조심해요'를 입에 달고 살며 병원 외에는 아예 바깥 출입을 하지 않을 정도로 최선을 다 했으나……. 결국 우리는 실패했다. 착상이 불안정하다는 것이었다.

차라리 난 홀가분한 심정이었다. 누구나 자신 앞에 놓인 단계를 차근차근 다 밟고 가는 것은 아니다. 여기서 저기까지, 쉽게 건너가는 사람도 있고 길이 다 보여도 못 건너가는 사람도 있다. 그냥 그런 것이다. 조심해도 안 되는 것이 있다, 불행하다고 여길 필요 없다……. 아내를 달랬으나, 순식간에 아내는 세상에서 가장 가련하고 불쌍한 사람으로 자신을 자리매김하기 시작했다. 최근 들어서는 친정 식구들조차도 기피하고 있었다.

"나도 몰랐었는데, 난 친정 엄마 얼굴을 보면서 거기서 내 미래를 읽고 있었던가 봐요. 내 미래는 저럴 것이다, 저래야 한다, 그런 자기 최면 같은 거……. 한데 이젠 아니라고 판명이 났잖아요. 친정 엄마는 나의 미래가 아닌 거예요. 그러면, 내 미래의 얼굴을 가진 모델을 찾아봐야 하는데, 그게 없어요……. 아니, 사실은 엄살이네요. 왜 없겠어요. 길에 나가면 수도 없이 많아요. 어디서 본 듯 하고, 돌아서면 잊어버리는 얼굴들……. 내가 그 속에 있는 거예요, 나도 모르는 내 얼굴 속에 내가 있다고 생각하면……. 어쩔 땐 죽고 싶어요. 나는 아무 것도 아니예요……."

어느날 들어와 보니, 엉망으로 취한 아내가 나 몰래 기저귀감이라고 챙겨뒀던 것들을 쫙— 쫙— 잡아 찢고 있었다. 그 소름끼치는 소리를 듣고 있자니, 차라리 서로 상처를 주고 싸우던 때가 나았다는 생각밖에 안 들었다. 세상과 절연한 아내에게 남은 건 남편 하나밖에 없었다.

내가 들어올 때까지, 아내는 소파에 꼿꼿이 앉아 있었고, 내가 들어서는 순간 허떡개비처럼 허물어져 잠이 들었다.

아내의 고통과 외로움이 짐작되지 않는 건 아니었으나, 난 누구를 보살피기엔 너무 차가운 사람이었다. 내 가슴의 냉기에 내가 먼저 얼어붙었다. 아내는 웅크린 듯 손을 내밀고, 나는 손을 내민 듯 뒷걸음칠 궁리만 하고 있었다. 아……. 이런 사정을 누구에게 말할 수 있단 말인가. 21세기에 '불임'으로 고민한다는 말은 얼마나 촌스러운 것인가. 함께 도시에 살고 있는 경해에게 말을 못한 이유가 그러했다. 아니, 그보다 아무리 친구 사이라 하더라도 그런 것까지 내보여서는 안 된다는 생각……. 내 고민을 털어 놓으면, 너의 고민도 들어줘야 한다, 그렇게 삼투되는 삶……. 난 그런 게 싫었다. 그런 점에서, 이같이 스스로 얼어붙길 자초한 나에게 불임은 내가 지불해야 할 대가이거나, 어떤 순간에 내게 채워진 차꼬 같은 것인지도 몰랐다.

채욱이도 그랬으리라, 우리에게 말할 수 없는, 말해도 소용없을 거라 지레 짐작한 무슨 사정이 있었으리라. 술독에 빠져 죽었다고 말하면 사고 같지만, 죽을 줄 알고 술을 마셨다고 하면 자진한 것이다. 처음, 내가 채욱을 염세주의자라고 생각했던 것이나 단단한 열매라고 생각했던 것은 모두 일면의 진실일 뿐이다.

'난 사실, 이놈을 볼 때마다 한 번 홱— 뿌려보고 싶어. 원래 찰칵— 튀어나오게 만든 거잖아. 그놈 원래 속성대로 그렇게 해 주고 싶어. 한데, 이게 뽑히면 흉기잖아. 뽑을 수 있지만 뽑으면 안 되는 거……. 나 술 끊자고 마음먹으면서 늘 이걸 쥐고 다녔어. 아무리 뽑고 싶어도 뽑으면 안 된다…….'

왜 그렇게 그걸 만지작거리냐고 묻자, 마지못한 듯 채욱이 그런 대답을 했었다. 그런 물건이 왜 내 배낭에 들어와 있는 것일까. 부러 내 배낭에 찔러 넣은 것인가.

'하여, 넌 그렇게 웅크렸던 네 생애를 이번에 아주 한껏 뻗대본 것이냐……'

어디서 돌개바람이 불어왔다. 여름과 가을 사이, 새벽엔 이런 돌개바람이 자주 일어난다. 자고 있어 모를 뿐이다. 내가 빼어 문 담배 끝에서 불티가 날렸다. 소지燒紙처럼, 날아오른 불티가 허공에서 사위었다. 그 허공중에 별자리의 흔적이 희미했다.

날이 샐 모양이다. 해가 뜰 무렵이면 밤하늘 자욱한 구름이나 냉갈 같은 것들이 동쪽으로 마구 달려가는 것처럼 보인다, 마치 보이지 않는 어떤 힘이 그것들을 빨아올리는 것처럼……. 뿌우연한 청색……. 갑자기 오한이 느껴졌다, 이때가 하루중 가장 춥게 느껴지는 때, 얼음 덩어리보다 그것들이 녹아내릴 때 더 차갑다……. 이제 녹는 것인가……

눈가에 싸늘한 물기가 서렸다. 경해는 지금 어디쯤이나 오고 있는지, 아내는 이제 깨어났는지……. 밤새 환하게 불 밝히고 있던 응급실 출입구가 피곤하고 누추한 모습으로 하품을 하고 있었다.

파국과 함께 살아가기

고봉준(문학평론가)

1

김병용 소설의 주인공들은 소통하지 못한다. 그의 서사적 인물들은 '단절' 때문에 신음하고 고통 받는다. 소통 불능의 이유는 많다. 그들은 대체로 훈육권력의 세련된 메커니즘 때문에, 지나친 긴장과 호흡의 불일치 때문에, 폭력과 정신이상 때문에, 타인에 대한 불신과 불안, 타인에 대한 자기중심적 이해 때문에 소통에 실패한다. 관계의 단절은 치유의 대상이기 이전에 현대적 삶의 필연적 조건이다. 이 단절의 고통 그 자체를 전면에 내세움으로써 우리들 삶의 파탄을 극대화하는 소설이 있는가 하면, 개인의 의지나 윤리적 가치를 내세워 이 단절을 봉합하려는 소설들도 있다. 단절을 강조하는 서사는 그로테스크한 이미지 안에 디스토피아적인 삶의 불화를 새겨 넣음으로써 세상을 출구 없는 미로로 형상화하고, 봉합에의 의지를 강조하는 서사는 새로운 삶의 윤리 안에서 그 불화를 뛰어넘는 가능성을 모색한다. 김병용의 소설은 후자, 즉 세계의 불투명성을 가시화하고,

그 난관을 돌파하려는 서사적 노력에 해당한다. 균열된 세계를 헤집고 인간관계의 분리를 극복하려는 몸짓에 다가설 때 그의 소설은 삶의 의미라는 가치에 안착한다.

분리와 균열의 역설은 극복되기 위해서라도 먼저 긍정되어야 한다. 이것이 모든 봉합의 원칙이고 구조이다. 문제는 이 소통의 부재와 단절이 인물의 주관적 의지로 쉽게 돌파되지 않는다는 사실이다. 하여, 김병용의 소설은 의지나 성찰을 섣불리 제시하기보다는 균열의 단층과 심연을 드러내는 데 집중한다. 가령 「원장의 개」에서 훈련소의 인물들은 물론 그들을 지배하는 주임 역시 상징적 권력의 메커니즘 안에서 단절된 채 수동적인 역할극에 충실하며, 이 단절감은 「바통」에서 바통을 전달하는 행위의 실패나 아내의 불임, 채욱의 죽음과 전화의 불통으로 복합적으로 변주된다. 고립감과 단절은 「개는 어떻게 웃는가」에서 남편의 폭력과 순천댁의 정신이상 같은 병리적 현상으로 가시화되는가 하면, 「산행」에서처럼 자기중심적인 타인에 대한 이해처럼 한층 본질적인 방식으로 제시되기도 한다. 세계의 불투명성과 인간의 단절은 소통의 부재나 소통 자체를 가로막는 세계의 폭력성에서 타인의 타자성을 주관성으로 회수하는 인간적 이해의 딜레마에 이르기까지 광범위하게 설정되어 있거니와, 김병용 소설의 인물들은 그 고통을 육체를 통해 표출함으로써 우회적으로 분리 극복의 중요성을 암시한다.

2

"신체의 조련, 신체적 적성의 최대 활용, 체력의 착취, 신체의 유용성과 순응성의 병행 증대, 효과적이고 경제적인 통제체제로의 신체통합, 이 모든 것이 '규율discipline'을 특징짓는 권력의 절차, 한마디로 신체의 해부—정치학anatomo-politics으로, 이는 '기계로서의 육체'를 도모하는 듯했다."
미셸 푸코의 말이다. 오늘날 사회는 훈육사회에서 통제사회로 급속하게 이동하고 있다. 훈육사회가 관습과 습관을 생산·규제하는 배열 장치라면, 통제사회는 명령의 메커니즘이 민주적인 형식으로 사회적 장에 내재적이며 시민들의 두뇌와 신체 전체에 퍼져 있는 사회이다. 훈육사회의 인간은 자신의 고통과 불행의 근원이 외재적이라고 생각하며, 통제사회의 인간은 고통의 외재적인 원인 대신 내면의 불안이나 공포와 맞닥뜨리게 된다. 푸코에 따르면 권력의 통제 목표는 바로 인간의 몸이다. 훈육사회에서 그것은 학교, 공장, 보호시설, 감옥, 병원, 대학(학교) 등 근대에 탄생한 훈육제도들에 의해 현실에서 적용된다. 훈육사회에서 규율의 위반은 즉각적으로 신체에 대한 처벌로 되돌아온다. 이 신체적 처벌의 대표적인 사례가 체벌과 기합이다. 처벌의 대상은 처벌 과정을 통해서 사회가 정한 기준, 가치, 규범 등을 몸에 새기게 된다. 몸에 대한 지식은 권력이 인간의 행위 전반을 통제하는 기술technique인데, 푸코는 이러한 권력을 생체권력bio-power이라고 불렀다. 그러므로 생체권력은 개인들을 단순히 규제할 뿐만 아니라, 권력에 순응하는 주체를 생산해 내는 지식이다.
「원장의 개」는 직업훈련원 공간에서 벌어지는 권력의 훈육이 권력에 순응하는 주체를 생산하는 과정을 그린 소설이다. 이 주체생산의 과정은 한편으로는 권력의 부속 기계인 이 주임이 스스로를 상징적 권력, 즉 원장 강분모와 스스로를 동일시하는 과정으로, 다른 한편으로 주인공 경철과 운규가 자신들의 욕망을 '기능사'라는 정상적 신체와 일치시키는 것으로 묘사된다. 이 소설의 공간적 배경인 훈련원은 "군대식으로 철저한 상명하복 관계"에 의해 유지된다는 점에서 군대와 구분되지 않는다. 이 훈련원에서 어느 날 원장의 강아지가 없어지는 사건이 발생한다. 강아지의 실종 사건은 표면상 원생들의 인권보다 강아지의 지위가 높다는 참담한 현실을 증명하지만, 궁극적으로 그 사소한 사건은 권력이 작동하는 방식을 정확하게 묘파하고 있다. 훈육사회에서 인간의 신체를 통해서 작동하는 권력은 엄청난 사건이 아니라 강아지의 실종처럼 사소한 일에서 비롯된다. 이것은 비교육적인 일이 가장 교육적인 일이라는 경철의 깨달음과 맞닿아 있다. 소설은 이 사건으로 인해 권력이 소위 훈련원의 고참인 경철과 운규에게서 이 주임에게도 이동하는 과정을 보여 준다.

원장의 애완동물은 권력의 위계를 상징한다. "사회란 것이 지위에 따라 사람 만드는 것인데 어쩔 수 없는 일은 일찌감치 수긍하는 것이 잘하는 짓이었다." 훈련생들은 욕망은 기능사이고, 그것을 위해서는 결코 훈련원에서 쫓겨나서는 안 된다. 이 주임—권력은 정확하게 훈련원들의 이 욕망과 빈틈을 파고들어 자신의 권력을 폭력적인 방식으로 확인시킨다. 임시직 사환에 불과했던 이 주임은 평소 자신의 부끄러운 과거를 알고 있는 경철과 운규를 제압하지 못한다. 그러나 원장의 개가 사라지고, 경철과 운규가 그 강아지를 찾지 못하고, 그 와중에 철조망을 부실하게 만들고 훈련원의 금기사항인 술을 마셨다는 사실이 탄로나면서 사태는 급반전된다. 이 주임은 '손찌검'이라는 극단적 방식을 통해서 경철과 운규에게 권력의 균형이 깨졌음을 암시한다. 권력투쟁에서 유리한 위치를 선점한 이 주임은 경철과 운규에게 가혹한 신체적 징벌을 내리지만, 그 투쟁에서 "완전한 판정패"를 인정한 경철과 운규는 더 이상 주임의 적수가 되지 못한다. 실상 이 가혹한 신체적 징벌은 옛날 운규가 "자신을 임시직이라고 깔보고 고작 깍두기 세 쪽을 줬던 수모"에 대한 복수의 성격을 띤다. 복수는 또 다른 복수를 낳는 법, 그러나 이 주임과의 권력관계에서 패배한 운규가 복수할 수 있는 대상은 이 주임이 아니라 후배들이다. 이 지점에서 소설은 권력과 연계된 폭력의 작동방식을 드러낸다. 그렇지만 이 폭력에서 인도는 '인간적 자존심'과 '인간애의 가능성'에 대한 경철의 가르침이 한낱 위선에 불과했음을 깨닫고, "사람은 결국 환경의 지배를 받는 짐승에 불과"하다는 환경결정론자가 된다. 육체에 가해지는 극한의 폭력은 "이런 내무 생활에서는 우리들 몸뚱이 값어치란 게 수천만 개 나사나 볼트 중의 하나와 같은 것이라고. 그러니까 이런 생활 속에서는 자신도 모르게 기계쟁이로 틀에 맞춰져 깎이고 마는 자신 내부의 뾰족하고 예민한 부분들을 입소 전처럼 소중히 지켜야 하는 것"이라는 경철의 인간주의적 논리는 무의미하게 만든다. 그러나 이 무의미, 다시 말해 신체에 가해지는 폭력과 훈육을 통해서 기계쟁이 신체로 거듭 태어나는 것이야말로 권력의 최종적인 목표이다. 이 목표를 자각하지 못하는 한 권력과의 싸움에서 패배는 필연적이다.

…… 이번 일로 원생 놈들 아주 절감한 게 있을 거야, 지들이 강아지 한 마리만도 못한 신센 줄. 요즘같이 원생들 통제하기 어려운 때는 그런 일이 한 번씩 일어나야 돼! 자네, 생각해 보게! 강아지 한 마리 찾는 일이 무에 어려워?……(중략)……그래야 그놈들이 사회에 나가서도 열심히 일이나 할 생각하지 다른 생각 안 한다고…… 한심한 놈들이야. 알아봤더니 그때도 지들끼리 치고 받고 한바탕 난리를 쳤다덤만, 성미 고약한 놈들이 그런 놈들이라고. 하긴 직원도 모다 허섭쓰레기 같은 놈들이 되어 놔서 그렇게 한 번씩 군기도 잡아야 하고……

—「원장의 개」 중에서

기계쟁이―신체의 생산은 원장―권력의 최종적이면서도 유일한 목표이다. 기계쟁이―신체는 최고점 합격처럼 기능적으로 유능한 기술자를 만드는 것이면서, 동시에 "그놈들이 사회에 나가서도 열심히 일이나 할 생각하지 다른 생각 안 한다고"처럼 사회적인 층위에서 정상적 신체를 생산하는 일이기도 하다. 그러나 굳이 권력에게 둘 가운데 하나를 선택하라면 그들은 반사회적인 일탈을 획책하지 않고 묵묵히 작동하는 근로자, 즉 후자를 선택할 것이다. 이것은 신체에 새겨지는 상징적 질서의 권력이 내용과는 무관하게 형식적이라는 사실을 의미한다. 신체를 통해서 작동하는 권력의 훈육은 이런 목표를 달성하기 위해 강아지의 분실이라는 트릭을 쓴 것이고, 결코 고귀한 혈통이 아닌, 그러면서 강아지에 대한 애착 없는 원장의 진술은 그것이 '통제'를 위한 한낱 계책에 불과했음을 보여준다.

그렇다면 이 주체 생산의 과정에서 이주임은 '권력'의 체현자일까? 표면적으로 그는 경철과 운규에 비해 우월한 지위를 점한다는 점에서 '권력'이지만, "직원도 모다 허섭쓰레기 같은 놈들이 되어 놔서 그렇게 한 번씩 군기도 잡아야"처럼 권력의 기계장치가 정상적인 작동('군기')을 확인하기 위해 고용한 나사에 불과하다. 소설은 이 주임의 비극적 운명에 대해서 말하고 있지 않지만, 이 주임의 최대 비극은 자신의 비극적 운명을 전혀 깨닫지 못한다는 사실 그 자체에 있다. 철저한 상명하복의 체계 안에서 권력이 정상적인 신체를 생산하기 위해서는 사건이라는 계기를 필요로 한다. 권력은 구체적인 사건 안에서만 작동하기 때문이다. 사건의 규모는 전혀 중요하지 않다. 아니, 사소한 사건일수록 권력의 힘은 한층 뚜렷하게 드러나기 마련이다. 강아지의 실종 사건이 바로 그것이다. 권력은 한편으로는 훈련생들에 대한 감시와 처벌의 기능을 이 주임에게 양도하지만, 다른 한편으로 이 주임과 훈련생들 사이에서 벌어지는 권력 게임을 통해 그 기능을 회수한다. 피라미드식 구조에서 정점에 위치한 상징적 권력을 제외한 그 누구도 권력을 배타적으로 소유할 수 없기 때문이다.

3

순천댁이라고 불리는 여자가 있다. 아파트 상가에서 어물전을 운영하는 그녀는 하루의 대부분을 전화 통화에 소비하는 '정신이상자'이다. 실패한 사랑 때문에 정신 질환을 앓고 있는 그녀는 매일 정신과 의사를 자신의 남편으로 오인하고 전화를 건다. 또 한 여자가 있다. '이상커피숍'의 주인인 그녀는 대학 강사 남편의 뒷바라지를 위해 "악착같은 생활력"을 발휘한다. 「개는 어떻게 웃는가」는 이 두 여성, 즉 사랑의 희생자인 그녀들의 운명을 중심으로 소통 불능의 상태를 파고든다. 어릴 적, 이상커피숍의 여주인 '나'는 영준이라는 이름의 개를 무척 아꼈다. '나'는 영준이 동네 암캐와 어울리지 못하도록 대문 밖 출입을 통제했고, 그걸 "사랑의 다른 표현"이라고 믿었다. 그러나 영준에 대한 '나'의 사랑은 영준의 죽음으로 되돌아오고, 그 사건을 통해서 '나'는 "사랑도 지나치면 화근이 된다"는 사실을 깨닫는다. 소설은 한편으로 사랑을 둘러싼 두 여자의 이야기를, 다른 한편 글쓰기를 통해서 영준에 대한 죄의식의 하중을 덜어내려는 '나'의 소설쓰기를 중심으로 전개되지만, 두 인물은 소통 불능의 '사랑'을 매개로 연결된다. 영준에 대한 '나'의 사랑이 죽음을 불러왔다면, 남편에 대한 '나'의 애정은 남편의 폭력이라는 또 다른 비극을 낳는다. 점차 "현대의 선비를 꿈꾸는 몽상가"로 변해 가는 남편은 아내의 억척스러운 내조로 인해 포악해진다. 남편은 자신에 대한 아내의 사랑에서 부담감을 느낀다. 한편에서의 '사랑'이 다른 한편에게는 견딜 수 없는 악착으로, 그리하여 자신의 무능함을 후벼 파는 상처가 되는 구조, 이것이 사랑 안에서 그들의 소통을 가로막는다. 고통 끝에 내지르는 순천댁의 신음과 남편의 폭력은 결국 이 상처에 대한 병리적인 반응의 일종이라는 점에서 일치하지만, 소설 안에서 그들의 상처가 치유될 가능성은 발견되지 않는다.

사랑이라는 이름의 폭력 혹은 도착이라는 문제의식은 「바통」에서 바통 터치의 실패로 변주된다. 이 소설 역시 두 개의 이야기가 교직되면서 전개되는데, 하나는 올림픽 경기에서 미국팀이 바통 터치에 실패하는 사건이고, 다른 하나는 죽음에 임박한 '꼴보'(양채욱)와 '나'의 좁혀지지 않는 거리이다. 주목할 것은, 미국팀의 바통 터치가 자기중심적인 이기심의 발로 때문이 아니라 상대방에 대한 이해와 배려 때문에 발생한다는 사실이다. "2번 주자는 키가 작은 3번 주자를 배려해 손을 낮게 뻗었고, 3번 주자는 가속을 붙이는 그 순간에도 2번 주자의 신장이 자신보다 크다는 것을 의식해, 손을 높이 뻗었다." 물론, 테이크오버 존 안에서 순식간에 벌어진 이 사건이 배려인지 불신인지는 명확하게 구분하기 어렵다. 분명한 것은 20미터로 한정된 테이크오버 존에서만 바통 터치가 가능하다는 사실이다. 그것은 삶의 기원과 이유를 알지 못한 채 살아가는 인간의 운명과 흡사하다.

> 너만 그런 것도 아니다. 누구든 팔다리 하나쯤 내주고 산다…… (중략)…… 길에 나왔으나, 여기는 짐승의 길이 아니었다. 그러면 모든 게 치명적인 덫이다. 짐승아……. 네 발로 걷던 한 시기가 지나고 이제 세 발로 걸어야 하는 때, 오직 너 혼자서 그 시간과 시간 사이를 건너올 수 있단다. 네 다리 하나를 내주고

　　김병용의 소설에서 운명의 불가항력은 실존적인 성격을 띤다. "누구든 팔다리 하나쯤 내주고 산다"는 이 깊은 허무의식은 '너 혼자' 처럼 모든 개인이 떠안아야 하는 상실과 결핍의 운명으로 다가온다. 화자는 질주하는 자동차에 다리 하나를 잃고 세 발 짐승으로 살아가는 도로변의 개에게서 시간의 흐름 안에서 살아야 하는 모든 생명체의 비애를 읽는다. 운명의 형식을 띤 이 비애는 다음 순간 '꼴보' 와 '나' 에게도 닥쳐오지만, 그 운명의 공통성 안에서도 그들은 하나가 아니다. 소설 전체를 통해서 확인되는 '꼴보' 와 '나' 사이의 좁혀지지 않는 거리는, 결국 이 비애가 공유될 수 없는 것임을 암시한다. 따지고 보면, 「바통」에 등장하는 생명체들은 모두 결핍을 껴안고 살아간다. 죽음을 앞둔 '꼴보' 가 그렇고, 불임 상태에 있는 '아내' 가 그러하며, 다리 하나를 잃고 살아가는 세 발 짐승이 그렇다. "산다는 게 견디는 거야. 한때는 활활 타올랐다가 재가 되는 거거든. 문제는 그거야, 재가 되고도 견뎌야 한다는 거지. 재의 시간들, 오래 오래……" 화려했던 시간이 지나고 나면 재의 시간이 찾아오고, 네 발 짐승의 시간 다음에는 세 발 짐승의 시간이 찾아온다. 물론 이 시간이 모든 인간에게 동일한 과정으로 다가오는 것은 아니다. 또 "한 번의 기회를 놓치지 않는 복싱 천재 레너드의 기적 같은 역전승"도 불가능하지는 않다. 그 기적에도 불구하고 인간이 외로운 까닭은 결코 타인에게 삼투될 수 없는 삶의 비밀이 존재하기 때문이다. "우리에게 말할 수 없는, 말해도 소용없을 거라 지레 짐작한 무슨 사정이 있었으리라." 그렇지만 실상 인간의 고독과 소통 불능은 소용없을 거라는 이 염세주의적 태도와 "내 고민을 털어 놓으면, 너의 고민도 들어줘야 한다, 그렇게 삼투되는 삶……. 난 그게 싫었다"처럼 단독자로 살아가려는 자세 때문에 생겨난다. 「바통」의 결말은 삼투되는 삶, 즉 소통의 가능성을 희미하게나마 열어두지만 '경해'와의 전화 연락이 되지 않는 상황의 지속은 그 가능성이 쉽게 현실화될 수 없을 것임을 예언하고 있다.

4

일찍이 노신魯迅은 희망을 길에 빗대어 이렇게 말했다. "희망이란 본래 있다고도 할 수 없고 없다고도 할 수 없다. 그것은 마치 땅 위의 길과 같은 것이다. 본래 땅 위에는 길이 없었다. 걸어가는 사람이 많아지면 그것이 곧 길이 되는 것이다." 마찬가지로, 소통이란 처음부터 존재하는 인간 삶의 조건이 아니라 타인을 이해하려는 의지에 의해 획득되는 결과물이다. 중편 「산행」은 '길'이라는 상징을 통해서 소통의 문제에 접근한다. 한 쌍의 남녀가 월출산을 오른다. 이념을 공유하고 있는 현장활동가인 그들은 "재충전과 새로운 출발의 기쁨"을 확인하기 위해 산을 오른다. 오해를 극복하고 이해와 사랑의 힘으로 새롭게 시작하려는 그들은 서로에 대한 심정적 믿음을 지니고 있다. 그렇지만 그 믿음은 산행의 과정에서 점차 상대에 대한 불신과 원망으로 변한다. "내 생각인데 말이야, 인간들 사이의 신뢰라는 것, 다른 사람 역시 같은 생각을 하고 같은 바람을 갖고 있다는 믿음……. 그건 사실 허망한 것 아니야?" 이 '믿음'이 허망한 까닭은 신뢰와 소통을 같은 것의 공유, 즉 이념과 생각의 동일성에서 찾으려 하기 때문이다. 신뢰란 다름을 가로지르는 의지의 힘이지 결코 동일한 생각이나 이념의 공유로 설명되지 않는다.

「산행」에서 길 없음("길은 없어! 우리가 갈 길은 없다고!")의 절망은 중의적이다. 그것은 지도와 길의 불일치, 즉 산행에서 길을 발견하지 못하고 헤매는 과정, 동시에 소통불능의 절망적인 상황을 암시한다. 실제로 이 소설에는 모든 사건은 오해에서 비롯된다. "살과 살이 하나 되고 뼈는 뼈끼리 녹아내리는 쾌락"을 선희에 대한 사랑으로 착각하는 인철의 오해, 산의 초입에서 만난 사내들이 자신들의 뒤를 쫓고 있다는 인철의 오해……. 지도에 의지한 채 산행에 나선 인철과 선희는, 그러나 안개라는 복병을 만나면서부터 지도의 무력함을 실감한다. 지도가 가리키는 길은 결국 나오지 않거나 알아볼 수 없다. 길을 잃었다는 것이 반드시 길의 부재만을 의미하지는 않는다. "둘 중 어느 것이 자신들이 가야 할 길이란 말인가?"처럼 길은 다수일 때에도 방향감의 상실을 불러온다. 지도에 나와 있는 갈림길을 찾으려는 이들의 시도는 계속 실패하고, 그럴 때마다 상대에 대한 사랑과 이해의 감정에도 조금씩 금이 가기 시작한다.

낯선 사내들에 대한 인철의 공포감은 극한으로 치닫고, 선희는 그런 인철의 행동을 자신에 대한 "무관심의 증거"로 받아들인다. 믿음이 그렇듯이, 오해 또한 상대에 대한 올바른 이해가 아니다. 그들이 길을 잃고 허둥거리는 바로 그 순간, 반대편에서 나타난 등산객은 길을 묻는 그들에게 이렇게 이야기한다. "그거야 사람이 다니다 보면 그게 저절로 길이 되는 거지, 어디 처음부터 길이라고 하는 게 있답니까?" 사내의 말은 '과학'으로 삶을 이해하고 '지도'를 통해서 산을 이해하려는 인철의 태도가 한낱 관념에 불과했음을 폭로하며, 동시에 '길'(전망)이란 발견하는 것이 아니라 만드는 것임을 암시한다. 그것을 소통이라고 말하든, 희망이라고 말하든, 아니면 '길'이라고 말하든 사정은 동일하다. 이 깨달음을 통해 인철은 "진짜는 진짜끼리 만나고, 가짜는 꼭 가짜끼리 만나게 된다"는 체험적 진실에 도달한다. 그것은 타인에 대한 태도가 실은 자신의 내면 상태를 타인에게 덧씌운 것에 불과하다는 것, 그래서 '나쁜 생각'을 품고 있으면 사람들을 나쁜 사람으로 본다는 논리이다. 이 지점에서 소통에 대한 인철의 욕망은 삶에 대한 성찰의 방향으로 급선회한다. 동료를 아껴야 할 사람이 정작 동료에게 공격적인 태도를 취하는 것, 그리하여 궁지에 몰리면 자신을 궁지에 몰아넣은 적이 아니라 옆의 동료에게 적개심을 드러냄으로써 함께 무너진다는 것, 이것은 결국 이념의 공유가 신뢰의 근거가 될 수 없음을 보여준다. 그것은 가령 자신이 동료를 배신했다는 인철의 치욕스러운 비밀 고백 장면에서도 확인된다. 자신의 잘못을 털어놓으려는 인철과 그 고백을 막으려는 선희. 이 장면은 인간에 대한 믿음과 신뢰, 나아가 소통의 문제가 이념의 공유라거나 죄의식에 의해서 성취될 수 없음을 보여준다. 인간의 삶에는 '과학'과 '이성'으로 해명할 수 없는 부분들이 있다. 믿음이나 소통도 그 가운데 하나인데, 작가는 그것이 타인을 이해하려는 의지에 의해 돌파될 수 있음을 어렴풋하게나마 제시하고 있다.

김병용의 소설을 '소통'에 관한 서사로 한정하는 것은 불가능하지만, 「원장의 개」에서 「산행」에 이르기까지 소통 부재는 불가항력적인 현실로 다뤄진다. '훈련원'과 '산'처럼 비일상적인 공간에서 발생하는 소통의 단절과, 그로 인해서 발생하는 신뢰의 균열은 현대적인 삶의 폐쇄성을 보여주는 장치들인데, 김병용의 소설들은 단절의 극복에 대한 가능성을 부정하지는 않지만, 그렇다고 그것이 손쉽게 이루어질 수 있는 장애라고 인정하지도 않는다. 이것은 궁극적인 의미에서 '소통'을 가로막고 있는 불가항력적인 현실의 두께를, 우리의 삶을 짓누르고 있는 위태로운 시간의 견고함을 환기한다. 그런 까닭에 김병용의 소설은 '소통'이라는 궁극적인 목표보다는 '소통'이 요청되는 파국적인 현실에 더 가까이 위치하고 있